COMUNHÃO DO SANGUE

UMA HISTÓRIA DO PRÍNCIPE LESTAT

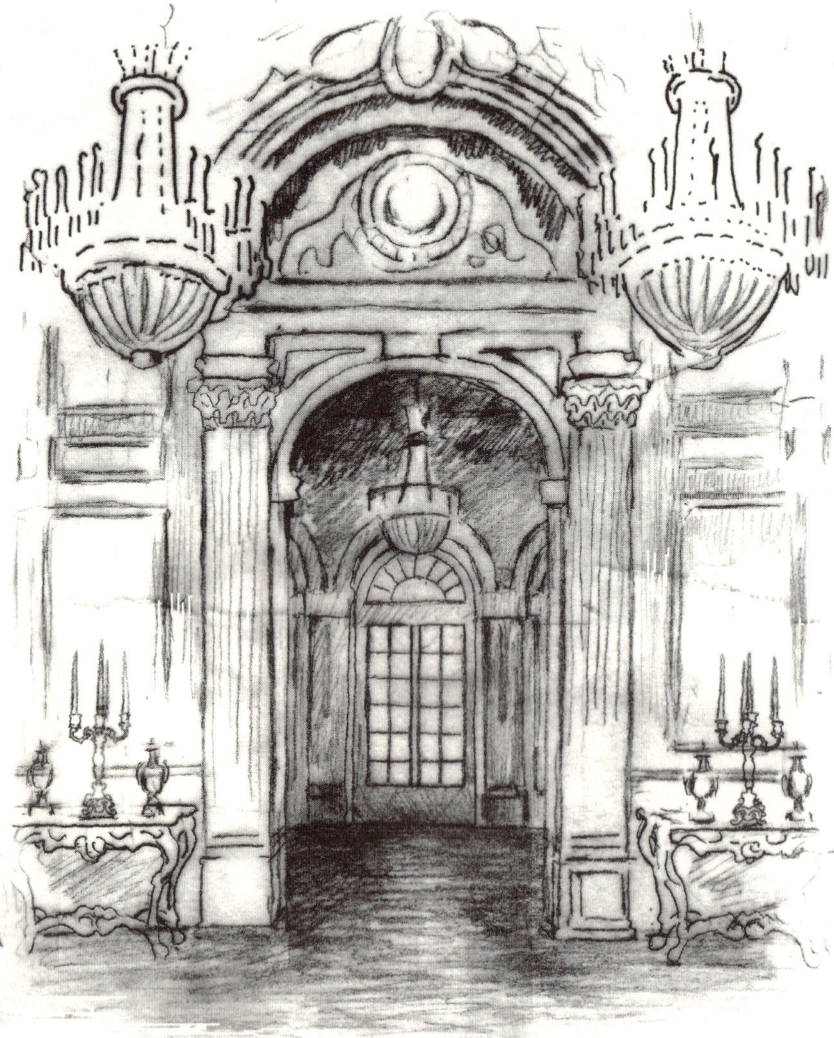

COMUNHÃO DO SANGUE

UMA HISTÓRIA DO PRÍNCIPE LESTAT

ANNE RICE

TRADUÇÃO
WALDÉA BARCELLOS

Rocco

Título original
BLOOD COMMUNION
A Tale of Prince Lestat
The Vampire Chronicles

Copyright © 2018 *by* Anne O'Brien Rice

Todos os direitos reservados incluindo o de reprodução no todo ou em parte sob qualquer forma.

Ilustrações miolo *by* Mark Edward Geyer

Direitos para a língua portuguesa reservados com exclusividade para o Brasil à
EDITORA ROCCO LTDA.
Rua Evaristo da Veiga, 65 – 11º andar
Passeio Corporate – Torre 1
20030-021 – Rio de Janeiro – RJ
Tel.: (21) 3525-2000 – Fax: (21) 3525-2001
rocco@rocco.com.br
www.rocco.com.br

Printed in Brazil/Impresso no Brasil

CIP-Brasil. Catalogação na Publicação.
Sindicato Nacional dos Editores de Livros, RJ.

R381c Rice, Anne
Comunhão do sangue : uma história do príncipe Lestat / Anne Rice ; ilustração Mark Edward Geyer ; tradução Waldéa Barcellos. – 1ª ed. – Rio de Janeiro : Rocco, 2020.
(As crônicas vampirescas)

Tradução de: Blood communion : a tale of prince Lestat
ISBN 978-65-5532-015-2
ISBN 978-65-5595-015-1 (e-book)

1. Ficção americana. I. Geyer, Mark Edward. II. Barcellos, Waldéa. III. Título. IV. Série.

20-65101
CDD: 813
CDU: 82-3(73)

Leandra Felix da Cruz Candido – Bibliotecária – CRB-7/6135

O texto deste livro obedece às normas do Acordo Ortográfico da Língua Portuguesa.

Dedicado a

minha mãe

Katherine Allen O'Brien

E

à memória de

minha amiga,

Carole Malkin.

"Amo; logo existo."

Capítulo 1

Sou o vampiro Lestat. Tenho um metro e oitenta de altura, olhos de um azul-acinzentado, que às vezes aparentam ser violeta, e uma compleição atlética e enxuta. Meu cabelo louro e cheio chega até os ombros; e, com o passar do tempo, vem clareando de modo que às vezes parece ser totalmente branco. Estou vivo nesta terra há mais de duzentos e cinquenta anos e sou realmente imortal, tendo sobrevivido a inúmeras agressões à minha pessoa, bem como à minha própria imprudência suicida, só para sair fortalecido disso tudo.

Tenho o rosto quadrado, os lábios cheios e sensuais, o nariz insignificante e talvez entre os mortos-vivos eu seja o de aparência mais convencional que vocês chegarão a ver. Quase todos os vampiros são lindos. Eles são escolhidos por sua beleza. Mas eu tenho o encanto enfadonho de um astro de cinema, compensado por uma expressão feroz e cativante. Falo uma variante rápida, fácil e contemporânea do inglês – depois de dois séculos de aceitação do inglês como a língua universal dos mortos-vivos.

Por que estou lhes contando tudo isso, vocês poderiam se perguntar – vocês, membros da Comunhão do Sangue, que agora me conhecem como o Príncipe? Será que não sou o Lestat descrito com tanto brilho nas rebuscadas memórias de Louis? Não sou o mesmo Lestat que se tornou um roqueiro famoso por um curto período na década de 1980, expondo ao público os segredos de nossa tribo em filme e música?

Sim, eu sou aquela pessoa, com toda a certeza, talvez o único vampiro conhecido pelo nome e pela aparência praticamente por todos os bebedores de sangue do planeta. Sim, fiz aqueles vídeos de rock que revelaram nossos pais ancestrais, Akasha e Enkil, e mostraram como todos poderíamos perecer se um deles ou ambos fossem destruídos. Sim, escrevi outros livros depois de minha autobiografia; e, sim, sou de fato o Príncipe agora no comando, a partir de meu château nas montanhas remotas da França.

Só que faz muitos anos que me dirigi diretamente a vocês pela última vez; e alguns de vocês nem tinham nascido quando redigi minha autobiografia. Alguns só Nasceram para as Trevas em época muito recente; e pode ser que haja quem não acredite na história do Vampiro Lestat, como lhes foi contada – ou no relato de como Lestat se tornou o hospedeiro do Cerne Sagrado da tribo inteira, para então acabar sendo liberado daquele fardo e sobreviver como o governante de quem a ordem e a sobrevivência agora dependiam.

E não se deixem enganar: os livros *Príncipe Lestat* e *Príncipe Lestat e os reinos de Atlântida* foram escritos por mim. Tudo o que está relatado neles de fato aconteceu, e aqueles numerosos bebedores de sangue descritos nos dois livros estão retratados com precisão.

No entanto, chegou a hora de eu mais uma vez me dirigir a vocês com intimidade e moldar esta narrativa no meu próprio estilo informal e inimitável, à medida que lhes transmito tudo o que acho que deveriam saber,

E a primeira coisa que devo lhes dizer é que agora estou escrevendo para *vocês* – para meus companheiros bebedores de sangue, os membros da Comunhão do Sangue – e para ninguém mais.

É claro que este livro cairá nas mãos de mortais. Mas será encarado como ficção, por mais que seja óbvio que não se trata disso. Todos os livros das Crônicas Vampirescas são recebidos como ficção pelo mundo afora, e isso sempre foi assim. Os poucos mortais que interagem comigo nas proximidades do lar dos meus antepassados acreditam que sou um ser humano excêntrico que curte fingir ser vampiro, o líder de uma estranha seita de humanos com preferências semelhantes que se fazem passar por vampiros e se reúnem debaixo do meu teto para apreciar retiros românticos, longe da movimentação do mundo moderno. Essa continua a ser nossa maior proteção, essa recusa cínica de nos ver como monstros reais, de verdade, numa era que talvez apresente maior perigo para nós do que qualquer outra em que tenhamos existido.

Mas não vou tratar dessa questão nesta narrativa. A história que vou contar tem pouco ou nada a ver com o mundo moderno. É uma história tão antiga quanto a própria atividade de contar histórias, sobre a luta de indivíduos para encontrar e defender seu lugar num universo atemporal, lado a lado com todos os outros filhos da terra, do sol, da lua e das estrelas.

Logo no início desta história, porém, é importante que eu diga que estava mais ressentido e confuso por minha natureza humana do que em qualquer outra época.

Se vocês voltarem à minha autobiografia, é provável que vejam o quanto eu queria que os humanos acreditassem em nós, como fui audacioso na configuração da minha narrativa em forma de desafio: venham, lutem conosco, tratem de nos exterminar! Corria em meu sangue francês somente uma versão aceitável da glória: entrar para a História entre homens e mulheres mortais. E, enquanto me preparava para meu único show de rock em San Francisco no ano de 1984, sonhei, sim, com uma batalha imensa, um confronto apocalíptico que despertaria os bebedores de sangue mais antigos e os atrairia de modo irresistível, enquanto os jovens seriam instigados com fúria e o mundo dos mortais se empenharia em erradicar de uma vez por todas o mal representado por nós.

Ora, aquela ambição não deu em nada. Em nada mesmo. Os poucos cientistas que tiveram a coragem de insistir que viram prova viva de nossa existência tiveram sua vida pessoal destruída, com somente pouquíssimos deles sendo convidados para se unir a nossas fileiras, passando com isso a gozar da mesma invisibilidade que protege a todos nós.

Com o tempo, sendo eu o rebelde e o moleque que sou, engendrei mais uma enorme sensação, descrita em meu livro de memórias, *Memnoch*, e essa também buscava atrair um exame meticuloso por parte de mortais, um exame que poderia ter seduzido um número ainda maior de indivíduos desafortunados para terem a vida destroçada enquanto defendiam a ideia de que éramos de verdade. Mas esse rasgo transitório no tecido do mundo racional foi consertado de imediato por bebedores de sangue espertos, que eliminaram de laboratórios na cidade de Nova York todas as provas periciais de nossa existência. E no prazo de um mês, já havia desaparecido todo o entusiasmo gerado por mim e meu Sudário de Santa Verônica, com a relíquia em si indo parar nas criptas do Vaticano, em Roma. A Talamasca, uma antiga ordem de estudiosos, conseguiu mais tarde obter o Sudário e logo depois ele foi destruído. Tudo isso tem uma história, uma pequena história, por sinal, mas vocês não a encontrarão aqui.

A questão é que – apesar de toda essa agitação – nós continuamos com a mesma segurança de sempre em meio às sombras.

Para ser exato, este relato fala de como nós, vampiros do mundo, nos reunimos para formar o que agora chamo de Comunhão do Sangue; e de como eu me tornei não simplesmente o Príncipe, mas o verdadeiro governante da tribo.

Pode-se assumir um título sem realmente aceitá-lo. Pode-se ser ungido príncipe sem querer segurar o cetro. Pode-se concordar em liderar sem no fundo acreditar que se tem a capacidade para tanto. Todos sabemos que isso é verdade.

E assim foi comigo. Tornei-me Príncipe porque os anciãos de nossa tribo queriam que eu fosse. Eu tinha uma espécie de tranquilidade carismática diante da ideia, que outros não tinham. Mas, no fundo, não refleti sobre o que estava fazendo quando aceitei o título, ou quando me comprometi com ele. Em vez disso, agarrei-me a uma passividade egoísta nessa questão, supondo que a qualquer instante eu poderia me cansar daquela empreitada toda e ir embora. Afinal de contas, eu ainda era invisível e insignificante, um excluído, um monstro, um demônio predador, Caim, o assassino de irmãos e irmãs, um peregrino espectral numa viagem espiritual definida em termos tão restritos por minha existência de vampiro que qualquer coisa que eu descobrisse nunca teria importância para ninguém, exceto como poesia, metáfora, ficção, e eu deveria encontrar consolo nisso.

Ah, gosto de ser o Príncipe, não se iludam. Adorei a rápida e fenomenal restauração do château de meus antepassados e do pequeno povoado que ficava logo abaixo na estreita estrada de montanha que não levava a parte alguma – e era sem dúvida um prazer ver o enorme salão repleto a cada noite com músicos e dançarinos sobrenaturais, que exibiam a incomparável brancura da pele, o cabelo cintilante, trajes de uma opulência extraordinária e inúmeras pedras preciosas. Qualquer um dos mortos-vivos era e é muito bem-vindo sob meu teto. A casa tem uma infinidade de salões pelos quais se pode perambular, salas em que é possível se acomodar para assistir a filmes em gigantescas telas planas, e bibliotecas em que se pode meditar em silêncio ou ler. No subsolo, há criptas que foram ampliadas para talvez abrigar a tribo inteira em segurança, na escuridão, mesmo que o château em si fosse atacado durante o dia e ardesse por cima de todos nós.

Gosto de tudo isso. Gosto de dar as boas-vindas a todos. Gosto de pegar os jovens novatos pela mão e levá-los a nossos closets de onde podem tirar qualquer traje que queiram ou de que precisem. Gosto de observá-los despir seus trapos e queimá-los numa das numerosas lareiras. Gosto de ouvir em toda a minha volta o murmúrio suave e irregular de vozes sobrenaturais conversando, até mesmo discutindo, bem como de ouvir o ritmo baixo, vibrante, de pensamentos sobrenaturais.

Mas quem sou eu para governar outros? Fui consagrado Príncipe Moleque por Marius, antes mesmo de pôr os pés naquele palco de rock décadas atrás. E eu sem dúvida era um moleque. Marius tinha criado esse pequeno rótulo para mim quando se deu conta de que eu estava revelando ao Mundo dos Vampiros tudo o que ele tinha me transmitido com a advertência de que eu deveria guardar segredo sob pena de ser destruído. E uma legião de outros acolheu o título, usando-o agora com tanta facilidade quanto a simples designação de Príncipe.

Não é nenhum segredo para os anciãos por toda parte que eu jamais me curvei a autoridade alguma, que destroçei a seita dos Filhos de Satã quando fui aprisionado por eles no século XVIII, que desrespeitei até mesmo as regras mais informais com minha aventura no mundo do rock e mereci grande parte da condenação de que fui alvo por minha imprudência.

Tampouco me curvei diante de Memnoch.

E não me curvei diante do Deus Encarnado, que me apareceu no etéreo reino espiritual para o qual Memnoch me arrastou, levando-me à estrada estreita e poeirenta que seguia até o Calvário na antiga cidade de Jerusalém. E, não tendo dado a mínima para nenhum ser que um dia tentou me controlar, eu parecia ser a pessoa mais improvável para assumir a monarquia dos mortos-vivos.

No entanto, quando esta história se inicia, eu já a tinha aceitado. Eu a tinha aceitado total e completamente; e por uma única e simples razão. Queria que nós – nós, os vampiros deste mundo – sobrevivêssemos. E não queria que nos agarrássemos à periferia da vida, vestígios desgraçados de bebedores de sangue errantes, lutando entre nós nas horas da madrugada em disputa por territórios urbanos populosos, incendiando os abrigos e refúgios deste ou daquele inimigo, procurando nos destruir uns aos outros pelos mais mesquinhos interesses humanos ou vampirescos.

E era nisso que tínhamos nos transformado antes que eu aceitasse o trono. É exatamente isso o que nós éramos – uma tribo sem pais, nas palavras de Benji Mahmoud, o pequeno vampiro genial que conclamou os anciãos de todas as eras a se apresentar e a cuidar de seus descendentes, a nos trazer ordem, leis e princípios, para o bem de todos.

O bem de todos.

É de uma dificuldade extrema promover o bem de todos quando se acredita que "todos" são maus, abomináveis por sua própria natureza, sem nenhum direito de respirar o mesmo ar que os seres humanos. É quase impossível cogitar o bem-estar de "todos" quando se está tão dominado pela culpa e pela confusão que a vida parece ser pouco mais do que uma agonia, a não ser por aqueles momentos de êxtase avassalador quando se está bebendo sangue. E é assim que a maioria dos vampiros pensa.

É claro que eu nunca tinha engolido a ideia de que fôssemos malignos ou abomináveis. Nunca tinha aceitado que fôssemos maus. Sim, eu bebia sangue, tirava a vida e causava sofrimento. Mas vivia em luta constante com as condições óbvias de minha existência, a sede de sangue de minha natureza e minha imensa vontade de sobreviver. Eu conhecia muito bem o mal inerente aos humanos e tinha uma explicação simples para ele. O mal deriva simplesmente do que precisamos fazer para sobreviver. Toda a história do mal neste mundo está relacionada ao que os seres humanos fazem uns aos outros a fim de sobreviver.

Mas acreditar nessa explicação não significa vivenciá-la a cada minuto. A consciência é uma entidade nada confiável, às vezes distante como algo desconhecido, às vezes dominando o instante presente com tormento e dor.

E, ao lutar com uma consciência pesada, eu também lutava com minha paixão pela vida, minha avidez pelo prazer, a música, a beleza, o conforto e a sensualidade, pelo inexplicável deleite com a arte – e pelo enigma deslumbrante de amar tanto outro ser que o mundo inteiro parecia depender desse amor.

Não, eu não achava que fôssemos do mal.

Mas tinha adotado o jargão da autoaversão. Tinha feito piadas sobre percorrer a Estrada do Diabo e sobre fulminar como a mão de Deus. Tinha usado nosso desprezo por nós mesmos para aliviar minha consciência quando destruí outros bebedores de sangue; eu o tinha usado quando escolhi a crueldade por conveniência, apesar de outros caminhos estarem disponíveis. Eu tinha humilhado e insultado os que não sabiam ser felizes. Sim, eu estava determinado a ser feliz. E lutava com fúria em busca de meios para ser feliz.

E, sem admitir isso, eu tinha me acostumado à antiga ideia sacrossanta de que éramos inerentemente do mal e não tínhamos um lugar no mundo, nenhum direito de existir.

Afinal de contas, foi o próprio Marius, o antigo romano, quem me disse que éramos do mal, que o mundo racional não tinha espaço para o mal, que o mal jamais poderia se integrar de fato num mundo que tinha chegado à crença no verdadeiro valor de ser do bem. E quem era eu para questionar o grande Marius, ou para me dar conta de como sua existência era solitária e de como ele era dependente de cuidar do Cerne da vida vampiresca para aqueles que tão tranquilamente tachava de maus?

Por mais confuso que eu estivesse a respeito disso tudo, não desempenhei nenhum papel numa revolução social pelos bebedores de sangue. Não. Foi outra pessoa que questionou os antigos pressupostos sobre nós com uma simplicidade infantil que transformou nosso mundo.

Benji Mahmoud, Nascido para as Trevas aos doze anos, beduíno de origem, foi o bebedor de sangue que transformou todos nós.

Criado pelo poderoso Marius, com seus dois mil anos de idade, Benji não queria saber de ideias de culpa inata, de um compulsório ódio a si mesmo e da inevitabilidade do tormento mental. A filosofia não significava nada para ele. A sobrevivência era tudo. E ele tinha uma visão diferente – a de que os bebedores de sangue do mundo poderiam formar uma tribo forte e duradoura de imortais, caçadores da noite que respeitavam uns aos outros e exigiam o respeito recíproco. E, a partir dessa simples convicção no apelo audacioso de Benji, minha monarquia com o tempo veio a surgir.

E é somente num estilo informal e descontraído que posso lhes falar sobre como acabei aceitando ser o monarca.

Vocês verão que o relato está coalhado de divagações, e pode haver ocasiões em que suspeitem que as divagações são a história em si. E talvez estejam certos. Mas, não importa qual seja o caso, esta é a história que tenho para contar sobre como aceitei o que outros me ofereceram e como vim a saber exatamente quem nós, criaturas da noite, realmente somos.

Ah, não se preocupem. Não são só reflexões íntimas e transformação interior, por assim dizer. Há ação. Maquinações. Perigo. E, sem dúvida, houve surpresas para mim.

Mas vamos direto à história, está bem?

Enquanto ela começa, ainda estou fazendo um enorme esforço para atender às exigências da vida na corte, para encontrar algum equilíbrio entre as expectativas do Conselho de Anciãos e meus próprios desejos desenfreados de aprimorar e enriquecer a corte, que estava atraindo bebedores de sangue de todos os cantos do mundo. Estou longe de acreditar nela num sentido profundo, apenas pegando carona na paixão da crença de outros; e acho que sei o que significa ser Príncipe, mas não sei.

Eu esperava que a corte perdurasse? Não, não mesmo. Não, porque todos os esforços que eu já tinha presenciado para a criação de um refúgio duradouro para os mortos-vivos haviam fracassado com o passar do tempo. E muitos dos que vinham à corte tinham a mesma impressão que eu. "Isso também há de passar", eles não hesitavam em dizer, mesmo enquanto nos transmitiam seus melhores votos.

Mas eu queria que a corte perdurasse, queria mesmo.

Portanto, começo a narrativa numa noite em que Marius, o Filho dos Milênios, da Roma antiga, num ataque de irritação demonstrou sua impaciência com o que ele descreveu como meus "entusiasmo e otimismo repugnantes" diante do mundo em geral.

Naquela noite, no grande salão do château havia um baile, como quase sempre, nas sextas à noite. Nevava (está sempre nevando ao longo de toda essa narrativa), e as coisas tinham estado relativamente simples e movimentadas na corte durante os dois ou três meses precedentes. E eu estava de excelente humor, acreditando que tudo transcorria às mil maravilhas. Sim, tudo aquilo acabaria por desmoronar, mas por enquanto tudo ia bem.

Marius, observando os pares que dançavam sob o suave brilho dourado dos candelabros, falou comigo com uma voz áspera e fria.

– No final, todos irão decepcioná-lo.

– Do que é que você está falando? – perguntei. Suas palavras tinham me atingido com um impacto enorme, e eu queria voltar a ouvir a música, a observar os que dançavam ao seu som e a olhar para a neve que caía para além das portas abertas para o terraço. Agora, por que Marius, sentado ali no banco ao meu lado, precisava dizer algo tão sinistro?

– Porque você, Lestat, se esqueceu de algo absolutamente essencial acerca de nossa natureza. E, mais cedo ou mais tarde, eles irão relembrá-lo disso.

– E o que é? – indaguei. Nunca fui um aluno bem-educado. – Por que numa hora como esta você precisa inventar dificuldades?

Ele encolheu os ombros. Cruzou os braços e se recostou na parede revestida de estuque atrás de nós, com os olhos contemplando o salão de baile. Seu cabelo comprido, de um louro quase branco, estava puxado para trás e preso com uma presilha de ouro na nuca; e ele deixava transparecer um ar descontraído, de contentamento, naquela sua túnica solta de veludo vermelho, um ar que destoava totalmente do modo com que estava estragando o momento para mim.

– Você se esqueceu – disse ele – de que somos assassinos por natureza. Não! Ouça o que digo. Só preste atenção. – Ele pôs a mão sobre a minha, mas manteve os olhos nos pares que dançavam. – Você se esqueceu de que o que nos distingue dos seres humanos e sempre há de nos distinguir é o fato de que nós caçamos seres humanos e adoramos matá-los. Você está tentando fazer de nós anjos da escuridão.

– Não mesmo. Nunca me esqueço do que somos.

– Cale-se – disse ele. Continuou a falar, passeando os olhos lentamente pelo salão. – Logo você vai precisar se conformar com o que somos. E com o fato de que somos criaturas mais simples do que os seres humanos, criaturas às quais é permitido um único e supremo ato criativo e erótico, e esse é o ato de matar.

Fiquei magoado.

– Não me esqueci disso nem por um único momento isolado – disse eu, com um olhar furioso. – Nunca me esqueço disso. Como eu poderia esquecer? O que eu não daria, neste exato instante, por uma única vítima doce e inocente, uma meiga... – Parei de falar. Estava indignado por ele estar sorrindo.

Era só um sorrisinho.

– Por que cargas-d'água você foi tocar nesse assunto agora? – perguntei.

– Você não sabe? – retrucou ele, olhando para mim. – Não está sentindo? – Seus olhos estavam fixos em mim, e ele aparentava uma sinceridade sem esforço, quase uma bondade. – Eles todos estão esperando por alguma coisa.

– Ora, o que mais eu posso lhes dar nesta terra? – protestei.

Naquela noite, nossa conversa foi interrompida.

Alguma coisa nos separou.

Já não me lembro exatamente do que foi. Fomos interrompidos. Mas não me esqueci dessa pequena troca de ideias na penumbra junto às paredes do salão de baile enquanto apreciávamos os outros dançando.

Algumas noites depois, bem na hora do crepúsculo, acordei para ouvir a notícia perturbadora de que uma gangue de bebedores de sangue briguentos e desgarrados tinha aterrorizado, nos confins de Louisiana, um antigo imortal que estava solicitando minha ajuda; e também que nossos queridos amigos, os imortais Filhos de Atlântida, uma tribo de seres estranhos com quem compartilhávamos as sombras, tinha abandonado seu novo complexo rural na Inglaterra, para se abrigar nas imensas torres da indústria farmacêutica de Gregory Collingsworth, na periferia de Paris.

Questões para o Príncipe, e o Príncipe se atirou a elas. E esta é a história de tudo o que se seguiu.

Capítulo 2

O extermínio do bando de rebeldes desgarrados em Louisiana foi inevitável. Eles tinham sido avisados para se manterem afastados de Nova Orleans, onde se sabia que agrediam outros bebedores de sangue e causavam destruição suficiente para ser incluída no noticiário local. E dessa vez, eles não só tinham violado a paz ao atacar o imóvel de um imortal mais antigo, que implorou por socorro, mas também tinham arrombado minha casa na rue Royale, roubado roupas de meus closets e baús, e dilacerado, de modo estúpido, um quadro impressionista sem importância, porém belo, ao qual Louis era afeiçoado.

Agora, é provável que vocês saibam muito bem quem é Louis e o que ele significa para mim. Mas, para as crias mais recentes, direi aqui algumas palavras a esse respeito.

Louis de Pointe du Lac era um proprietário de terras na Louisiana francesa dos tempos coloniais quando lhe passei o Sangue das Trevas em algum ponto antes do fim do século XVIII. Pouco depois, principalmente com o intuito de prendê-lo a mim, porque eu o amava muito, eu trouxe para nossa família uma criança-vampiro; e nós três moramos juntos em relativa paz por sessenta anos no velho bairro francês de Nova Orleans.

Tudo isso foi descrito em detalhes por Louis na primeira das Crônicas Vampirescas, publicada há mais de quarenta anos. Naquele livro, Louis contou a história de sua vida, bem como a história de sua busca por alguma coisa que conferisse significado a sua dolorosa existência como vampiro. Era uma história trágica, com um final trágico. E foram as mentiras abomináveis de Louis a meu respeito, intencionais e não intencionais (algumas pessoas não deveriam ter direito à licença poética), que me levaram a escrever minha própria autobiografia e contar os segredos de Marius ao mundo inteiro.

Bem, Louis e eu nos reconciliamos algumas vezes; e, desta vez, na corte na França, nossa reconciliação está perdurando. A meu pedido, ele deixou aquele quadro impressionista no velho apartamento da rue Royale, e agora esses facínoras desgraçados cometeram o absurdo de destruí-lo.

Mas foi o apelo do vampiro mais velho que me forçou a atravessar o Atlântico para um acerto de contas. Um imortal que eu nunca tinha conhecido, chamado Dmitri Fontayne, escrevera para mim em pergaminho a tinta nanquim, numa incrível caligrafia antiga, um relato de como esse bando de rebeldes tinha tentado incendiar sua casa na região dos alagados, roubado seus cavalos e assassinado, sem dó nem piedade, seus dois criados mortais.

Eles não podiam ficar impunes.

Portanto, lá fui eu à Louisiana, com meus dois guarda-costas, Thorne e Cyril, aos quais estou cada vez mais afeiçoado, o que é bom porque eles me acompanham a toda parte.

Ora, antes havia uma razão de importância vital para isso, pois houve um tempo em que eu portava dentro de mim o Cerne Sagrado, a inteligência chamada Amel a quem todos os vampiros do planeta estavam ligados. Se eu tivesse sido destruído naquele período, todos os bebedores de sangue do mundo teriam perecido comigo.

Mas já não trago dentro de mim o Cerne Sagrado. Na realidade, nem eu nem ninguém. Amel foi libertado, e seu intelecto agora reside num novo corpo de carne e osso, que lhe foi fornecido por nossos companheiros imortais, os Filhos de Atlântida.

Uma vez realizado esse feito, eu calculava que perderia Thorne e Cyril. Tinha certeza de que eles declarariam que já não havia razão para me proteger. Mas, para minha surpresa total, ambos insistiram em ficar comigo. E o Conselho de Anciãos pediu-lhes formalmente que permanecessem, explicando que eu ainda era o Príncipe e que a contínua vitalidade da corte dependia de mim.

Foi para mim como que um pequeno choque, mas não desagradável. Ele assinalou uma percepção mais profunda do quanto minha presença era indispensável no château, e eu não tinha por que me queixar de ser necessário, respeitado e requisitado.

E lá fomos nós, os três, em busca dos canalhas que rondavam Nova Orleans.

Não vou relatar em detalhes como os aniquilamos. Não senti o menor prazer. Em cada caso, me certifiquei de que o rebelde de fato tinha sido avisado, que estava determinado a fazer o mal e acreditava que nós, os antigos, estávamos somente nos vangloriando de poderes que não possuíamos. E então eu os destruí. Usei o Dom do Fogo – ou a capacidade telepática de incendiá-los – e a ele associei um forte impacto telecinético que lhes espatifou a cabeça antes que desaparecessem numa nuvem de fumaça. Não quis que sofressem. Quis que sumissem. Haviam tido a oportunidade de percorrer a Estrada do Diabo e, por nada, tinham ferido outro bebedor de sangue, sem nenhum motivo razoável, e assassinado dois humanos que lhe eram benquistos.

Mas tudo isso me perturbou. O chefe da gangue, o último a morrer, tinha me perguntado com que autoridade eu ia tirar sua vida, e realmente não tive uma boa resposta a lhe dar. Afinal de contas, eu vinha sendo o Príncipe Moleque havia décadas, não é mesmo? A pergunta me atingiu. É claro que eu poderia ter desfiado uma ladainha de razões da boca para fora, mas não o fiz.

E quando tudo terminou, e nada restava desses novatos inconsequentes além de poças de gordura escura no alto dos telhados em que tinham caído, senti um leve asco e uma sede desesperada.

Thorne, Cyril e eu passamos uma hora caçando. Minha fissura por sangue inocente era praticamente insuportável, como de costume. Por isso, tratei de me contentar com o tormento infernal do Pequeno Gole, de uma infinidade de vítimas jovens, cativantes, tenras, na penumbra de uma casa noturna qualquer, aglomeradas diante do palco no qual uma cantora de música folk entoava lamentos delicados com um sotaque arrastado de sulista que fazia com que ela parecesse ligeiramente britânica.

Depois, saí andando. Só andando. Caminhei pelas calçadas de Nova Orleans, que não são como nenhuma outra calçada no mundo: algumas de lajes de pedra, algumas de tijolos dispostos em espinha de peixe, algumas de cimento rachado e fragmentado, muitas perigosamente arrebentadas pelas raízes de árvores, algumas cobertas de grama alta, sem aparar, outras escorregadias com um musgo verde aveludado e algumas até com antigos nomes de ruas incrustados em letras azuis.

Nova Orleans, minha Nova Orleans.

Por fim, voltei a meu apartamento e examinei o quadro destruído. Deixei um bilhete para meu advogado local para que ele o mandasse restaurar, elogiei seus esforços em fazer o possível para limpar a bagunça, e então me sentei em minha poltrona dourada preferida na sala de estar, no escuro, vendo os faróis da Royale cruzarem o papel de parede do teto de um lado a outro. Adoro os sons do French Quarter em noites amenas... o riso, a tagarelice, a alegria, o jazz Dixieland saindo pelas portas abertas, as batidas pesadas do rock em algum lugar – uma farra permanente.

Na noite seguinte, fomos à região dos alagados procurar a residência de Dmitri Fontayne, o bebedor de sangue de caligrafia elegante.

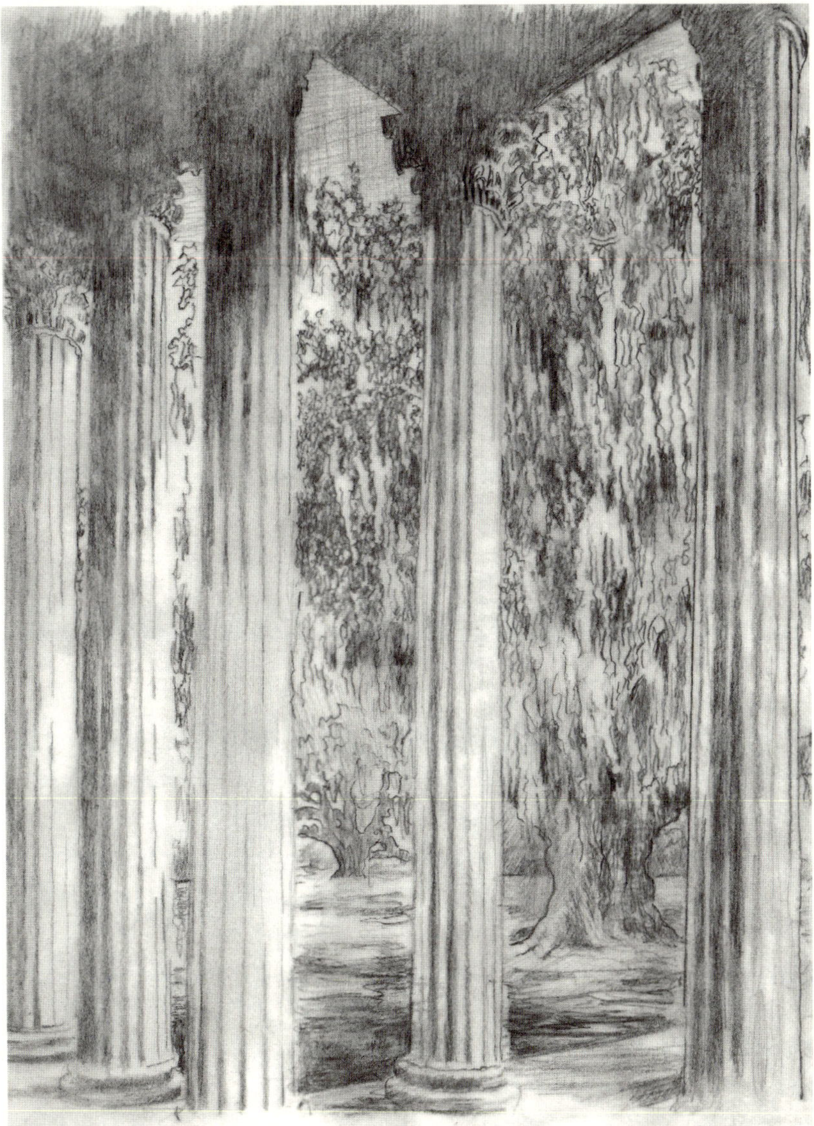

Capítulo 3

Eu me apaixonei pela criatura no instante em que avistei a casa e a enorme cerca de barras de ferro preto ao redor. Hoje em dia, cercas altas desse tipo costumam ser feitas de alumínio, e elas simplesmente não causam a mesma impressão que as de ferro. Mas essa cerca era realmente de ferro e muito alta, com flechas douradas nas extremidades, como os grandes portões e cercas de ferro de Paris; e eu amei esse sinal de cuidado, que incluiu o peso do portão em arco que senti quando o abri.

Depois de um caminho de entrada relativamente curto, ladeado por carvalhos majestosos, estava a casa em si, com uma alta escada de mármore na frente e, no térreo e no andar superior, varandas que se estendiam de um lado a outro da ampla fachada. Elegantes colunas coríntias de dois andares de altura estavam dispostas em intervalos nessas varandas, conferindo ao lugar uma imponência greco-romana que sugeria um templo.

Imaginei que a casa tinha sido construída nos tempos prósperos pouco antes da Guerra de Secessão, quando americanos ricos levantavam residências imensas como essa, numa desesperada competição entre si, usando a madeira do cipreste nativo e o estuque para obter uma construção que parecia ser toda de mármore, quando não era.

Captei o cheiro de lampiões a querosene antes de perceber sua luz suave e aconchegante por trás das cortinas de renda muito trabalhada; e parei por um instante no primeiro degrau, olhando para a bandeira acima da larga porta da frente. Todos os cheiros de Louisiana, tão conhecidos, tão sedutores, se abateram sobre mim: a fragrância bruta da quantidade de magnólias em flor logo ali perto, e o perfume profundo das rosas nos canteiros do jardim ao longo das varandas; o jasmim, o jasmim-da-noite, de uma doçura tal que, só de inspirá-la, seria possível mergulhar em sonhos sem fim, relembrar noites do passado remoto e a vida avançando confiante a um ritmo mais lento.

Passos no vestíbulo mais além, e então um vulto no portal, de uma esbeltez imperial, como diz o poeta, e com o cabelo parecido com o meu, comprido, tão louro que era quase branco, preso atrás, no estilo que Marius e eu tínhamos tornado popular na corte. E a mão ergueu-se com um lampejo de um anel de rubi, acenando para eu entrar.

Apressei-me a aceitar a acolhida enquanto Thorne e Cyril se afastavam de mansinho para efetuar uma inspeção na propriedade, como faziam tantas vezes.

Assim que apertei sua mão, gostei desse bebedor de sangue. Seus olhos não eram grandes, mas eram de um azul radiante, e seu sorriso animava o rosto inteiro.

– Entre, Príncipe, entre, por favor – disse ele, num inglês muito preciso, acentuado por um sotaque que não pude definir.

Era da minha altura e, de fato, muito magro. Usava um paletó moderno acinturado e uma camisa antiquada, com acabamentos de renda, com calças de lã e sapatos clássicos de cadarço e biqueira recortada, engraxados até ficarem espelhados.

Ele me conduziu por um amplo corredor central, com piso de mármore preto e branco, e então entramos numa espaçosa sala de estar dupla, tão comum em antigas casas de fazenda, que tinha se tornado uma biblioteca com as paredes cobertas de livros de todos os tempos. Havia uma mesa de centro na segunda sala, e ali nos sentamos para conversar.

Àquela altura, eu tinha avistado uma sala de jantar do outro lado do corredor, com uma longa mesa oval e cadeiras em estilo Chippendale inglês. Aquele aposento também tinha as paredes cobertas por estantes.

Antiquados lampiões de vidro espalhados a esmo na periferia dessas salas forneciam uma iluminação agradável. O assoalho de cerne de pinho, primorosamente acabado, rebrilhava. O propósito desses pisos antigos nunca tinha sido o de que ficassem expostos, mas, sim, que funcionassem como base para carpetes ou parquê. Mas a resina polimérica lhes tinha proporcionado resistência e beleza; e eles conferiam ao ambiente uma luminosidade da cor de âmbar.

– Pode me chamar de Mitka, por favor. E recebo com prazer seus guarda-costas aqui na casa. Meu nome é Dmitri Fontayne. Sou meio russo, meio francês. Fizeram de mim um bebedor de sangue nos tempos de Catarina, a Grande, na Rússia.

Isso me encantou. Não é comum que os vampiros exponham sua idade ou sua história tão de imediato; e ele aparentou uma confiança total ao tratar da questão com tanta tranquilidade.

Sua mente estava em total consonância com suas palavras, e essas palavras em especial me fascinaram. Acho que nunca me deparei com um bebedor de sangue com esse tipo de origem. E, de repente, havia muita coisa que eu queria lhe contar a respeito de Louis; Louis, que estava imerso nos romances de Tolstoi e tinha uma infinidade de perguntas sobre eles que ninguém se dava ao trabalho de responder; e como Louis gostaria dele de cara.

Mas voltei ao momento.

– Mitka, muito prazer – cumprimentei. – E você sabe quem eu sou. Lestat está de bom tamanho, apesar de parecer que o mundo prefira me tratar como "o Príncipe". Não se preocupe com Thorne e Cyril. Eles sabem que quero falar com você a sós.

– Fique à vontade – disse ele. – Mas eles não devem se afastar. Você tem inimigos.

– Se estiver se referindo a Rhoshamandes, sei de tudo sobre ele e suas atividades mais recentes...

– Ah, mas existem outros, Príncipe. Diga-lhes, por favor, que permaneçam por perto.

Fiz o que ele queria, enviando uma mensagem silenciosa para os dois, que estavam agora rondando os estábulos, apreciando os cavalos, que pareciam ser esplêndidos e que eles estavam com vontade de montar.

– Que inimigo é esse? Você sem dúvida sabe que o bando de rebeldes de Nova Orleans já foi aniquilado, não?

– Sim, sei. – Uma sombra passou por seu rosto, e ele baixou os olhos por um instante, como se estivesse murmurando uma oração pelos mortos, mas não captei nada. E ele então me surpreendeu ao fazer um rápido Sinal da Cruz russo. Como os gregos, os russos tocam o ombro direito antes do esquerdo.

Quando ergueu os olhos, seu rosto se iluminou maravilhosamente, e eu senti uma espécie de exultação que ultimamente era até comum demais, o simples fato de estar ali com ele, nessa sala de estar bem decorada, cercado por centenas de livros sedutores e sentindo o ar da noite entrar pelas altas janelas abertas para o sul. Rosas mais uma vez, o perfume das rosas em Louisiana talvez seja mais forte do que em qualquer outro lugar; e depois veio com a brisa uma grande corrente de fragrâncias verdes do pântano ali perto, tudo com um cheiro tão agradável de vida.

Precisei me controlar. Ataques de riso, eu sempre tinha me esforçado por conter em momentos inconvenientes, e ataques de fúria, eventualmente; mas agora eram acessos de exultação, como se as amenidades comuns do mundo fossem milagres.

Ocorreu-me de repente um trecho de Tolstoi, alguma coisa que Louis tinha lido para mim, alguma coisa em que o príncipe Andrei Bolkonsky estava pensando enquanto a morte chegava. Algo a ver com o amor, com o amor tornar tudo possível; e então o estranho comentário de Louis de que os dois primeiros grandes romances de Tolstoi eram estudos sobre a felicidade.

– Ah, sim – disse o bebedor de sangue diante de mim, com um entusiasmo irresistível. – "Todas as famílias felizes se parecem" – disse ele, citando a famosa primeira linha de *Anna Karenina*. E então se refreou. – Perdoe-me. Considero uma questão de cortesia não vasculhar a mente de quem acabo de conhecer. Mas não consegui me conter.

– Não precisa se preocupar de modo algum – repliquei. Passeei os olhos pela sala. Um excesso de assuntos para conversa faziam pressão sobre mim, e eu tentava encontrar alguma ordem. Sobre o que estávamos falando? Inimigos. Eu não queria tratar de inimigos. Comecei a falar sobre o que via diante de mim, as inevitáveis poltronas *bergères*, ao lado da lareira de mármore, e uma escrivaninha alta realçando as estantes, uma bela peça com desenhos marchetados e portas espelhadas acima do tampo rebatível.

Ele de imediato ficou feliz com isso. E uma observação maluca me ocorreu: de que a cada vez que eu vinha a conhecer outro bebedor de sangue em amizade era como se estivesse conhecendo um mundo inteiro e entrando nele. Parece que eu tinha lido em algum lugar, ou ouvido num filme, que os judeus acreditam que cada vida é um universo e, se você tirar uma vida, ora, você está destruindo um universo. E pensei, sim, isso se aplica a nós, é por isso que devemos amar uns aos outros, porque cada um de nós é um mundo inteiro. E, no caso dos bebedores de sangue, havia séculos de histórias a contar, milênios de experiências a serem relatadas e compreendidas.

Sim, sei o que vocês estão pensando ao ler isso. Tudo isso é óbvio. Quando as pessoas de repente entendem o amor, elas podem parecer perfeitas idiotas, é verdade.

– Esse inimigo é uma criatura chamada Baudwin. – A voz de Mitka me assustou. – Uma criatura desagradável, mas poderosa, antiga, talvez tão antiga quanto Marius ou Pandora, embora eu mesmo não saiba dizer. Rondava por

Nova York na ocasião em que você foi lá, fez de Rhoshamandes seu inimigo e foi proclamado Príncipe. No entanto, não o vejo há mais de um ano.

— É um prazer conhecê-lo — falei. — Vou conhecer esse Baudwin quando chegar a hora. Não vamos desperdiçar esses momentos falando dele, embora eu seja grato pelo aviso.

Não havia a menor necessidade de falarmos sobre o óbvio: que, se esse Baudwin tinha a mesma idade de Marius ou de Pandora, ele me destruiria de imediato com o Dom do Fogo, exatamente como eu tinha destruído os rebeldes em Nova Orleans. Era um choque de realidade perceber que podia haver uma infinidade dessas criaturas que eu ainda não chegara a conhecer, que sabiam de minha existência. Eu gostava de acreditar que conhecia todos os Filhos dos Milênios e tinha uma ideia razoável de quem me odiava e quem não me odiava. Mas nunca tinha ouvido falar de Baudwin.

— Adorei sua casa e tudo o que você conseguiu realizar aqui — disse eu, afastando da mente os pensamentos mais sombrios. Bastava saber que Cyril e Thorne estavam atentos a cada palavra que dizíamos.

— Fico feliz com sua aprovação — respondeu ele. — Eu não a chamaria de restauração, já que usei alguns materiais modernos e fiz algumas escolhas nitidamente modernas, mas me esforcei ao máximo para usar apenas os melhores materiais em tudo.

Ele também pareceu se esquecer dos pensamentos sombrios, e seu rosto agora estava iluminado pelo entusiasmo. E, como acontece tantas vezes, o calor humano e as rugas humanas voltaram a ele, fazendo com que eu pudesse ver que tipo de homem ele poderia ter sido. Talvez com seus trinta anos, não mais que isso; e me chamou a atenção como eram delicadas suas mãos, com as quais fazia gestos tranquilos. E todos os anéis que usava, até mesmo o de rubi, incluíam pérolas.

— Levei anos para conseguir mobiliar a casa — disse ele. — Lembro-me de que no início, quando cheguei aqui na década de 1930, parecia mais fácil encontrar os remanescentes de altíssima qualidade do século XVIII: quadros, cadeiras, esse tipo de coisa.

Ele continuou a falar descontraído sobre a estrutura da casa ser excelente, e o antigo estuque que se desprendia revelar paredes de segurança, de tijolos maciços. As paredes de segurança eram paredes que iam direto até o chão, em vez de subir a partir de um alicerce, e eu não ouvia aquele termo havia muitos anos.

— A casa estava totalmente em ruínas quando me deparei com ela. Entenda que naquela época eu não fazia ideia de que você estava em Nova Orleans.

Eu sabia que havia bebedores de sangue por aí, mas só fui saber alguma coisa sobre eles muitas décadas depois, quando li todas as suas histórias. E eu estava seguindo pela velha estrada para Napoleonville quando vi a casa numa noite enluarada; e posso jurar que ela falou comigo. Acenou para que eu enfrentasse toda aquela destruição e entrasse. E, quando fiz isso, soube que precisava restaurá-la a seu esplendor passado, de modo que, uma noite, quando por fim a deixasse, seu estado seria infinitamente melhor do que quando eu a encontrara, e eu teria deixado nela minha marca com orgulho.

Sorri, adorando como sua voz fluía com sinceridade e empolgação tão naturais.

– Ah, você sabe que esses assoalhos antigos de cerne de pinho não foram feitos para ficarem expostos, mas agora nós lhes damos esse acabamento com polímeros, e eles, além de resistentes, têm esse brilho da cor de âmbar.

– Bem, agora não há vândalos para atormentá-lo – comentei. – E vou me certificar de que ninguém tenha essa audácia no futuro. Acho que o que aconteceu na noite passada em Nova Orleans será divulgado por toda parte. Não deixei ninguém vivo para contar a história, mas ocorrências desse tipo sempre se espalham.

– É verdade – disse ele. – Eu soube quando eles morreram. – E aquela sombra passou por seu rosto. – Não quero mal a outros bebedores de sangue. Se, quando cheguei à Louisiana, eu tivesse sabido que você estava aqui e que precisava de ajuda, teria ido a seu encontro. Tinha morado em Lima, Peru, por muitos anos, bem, quase desde a época em que atravessei o oceano séculos atrás; e os Estados Unidos eram para mim uma grande novidade, algo espantosamente novo.

– Posso entender muito bem você nunca querer sair desta casa – disse eu. – Mas por que não vem à corte? Seria um prazer se viesse.

– Ah, mas o fato é que tenho um inimigo lá, um inimigo implacável; e eu estaria promovendo minha própria extinção se fosse.

Essas últimas palavras ele disse em tom sério, mas sem medo.

– Na realidade, devo confessar que aprecio a oportunidade de lhe apresentar a questão para que talvez você possa convencer esse inimigo a permitir que eu vá à corte e a me deixar em paz.

– Farei mais do que isso – retruquei. – Resolverei o assunto. Diga-me de quem se trata.

Eu estava gostando dele. Gostava muito dele. Gostava do rosto magro, do belo formato de sua boca animada e da suavidade dos olhos azuis. Seu cabelo, embora louro, tinha um toque branco perolado, e seus olhos também tinham essa aparência perolada. Seu paletó era azul-claro, e ele tinha escolhido botões de pérolas para ele, e é claro que havia aqueles anéis na mão direita. Por que, eu me perguntei, somente na mão direita? Se um homem usa três anéis na mão direita, geralmente costuma usar dois ou três na esquerda.

Não pude ler seus pensamentos enquanto ele olhava para mim, mas soube que ele estava refletindo sobre esse inimigo, e admirei sua capacidade de manter seus pensamentos encobertos. Sua expressão era atenta e agradável. Finalmente ele falou.

– Arjun – disse em voz baixa.

– Bem, é claro que o conheço.

– Sim... Li... nos dois livros. E ele está lá na corte, não está? Está com a condessa de Malvrier.

Condessa de Malvrier era um antigo nome de Pandora, um nome que pertencia a uma existência anterior e que ela nunca usava agora. E, sim, Arjun estava na corte com ela e, ao que eu pudesse avaliar, estava tornando a vida dela um inferno.

Arjun tinha sido erguido da terra pela "Voz", que por sinal era o espírito Amel, dentro de nós, recuperando a consciência e desesperado para destruir alguns dos vampiros ligados a ele. Mas tudo isso agora tinha ficado no passado. E Arjun, despreparado e sem nenhum interesse nos tempos modernos, residia na corte, quase como um paciente num hospício, olhando ao redor com um ar ameaçador e sempre grudado a Pandora.

Houve ocasiões em que ele parecia recuperado, agradável, pronto para enveredar por uma nova existência, mas esses períodos tinham se tornado pouco frequentes, e Arjun apavorava muitos dos outros vampiros que não tinham sua idade e poder.

– Li os livros mais recentes duas vezes – disse Fontayne. – E minha esperança é que Arjun tenha abrandado sua raiva de mim, mas não gostaria de pôr isso à prova de modo inesperado.

– Por que Arjun é uma ameaça para você? – perguntei. – Explique tudo. Dê-me o máximo de informação possível para que eu fale com ele e, de fato, consiga uma solução.

Uma lembrança repentina me surpreendeu: daquele rebelde em Nova Orleans me questionando enfurecido. "Com que autoridade você está fazendo isso comigo?"

Senti um arrepio e tentei me livrar dele.

– Quero ajudar – disse eu.

— Você tem o respaldo da autoridade do Conselho de Anciãos – disse ele agora, com grande empatia, estendendo a mão para segurar a minha. – Essa é a origem de sua autoridade, e também as necessidades da corte como um todo.

Como eu gostava dele. Não via motivo algum para esconder isso. Sua expressão generosa, sua fala descontraída, tudo isso era agradável, da mesma forma que sua casa com os livros reluzentes nas estantes, com a iluminação suave.

— Tenho minhas dúvidas – disse eu. – Mas me comporto como se não tivesse nenhuma; e vou me comportar assim com Arjun, se você me expuser o caso.

— Certo. Garanto-lhe que sou inocente de qualquer má ação. Nunca fiz nada com a intenção de desagradar Arjun.

— Conte-me então o que houve.

— Eu morava em São Petersburgo no século XVIII. Catarina, a Grande, era fascinada pela sociedade europeia na época; e meu pai era parisiense, enquanto minha mãe era uma condessa russa. Mas os dois já tinham morrido quando procurei uma ocupação para servir à corte de Catarina. Naturalmente eu falava russo e francês, além de inglês tão bem quanto falo agora. Quase de imediato, obtive um cargo de tradutor e mais tarde trabalhei como preceptor de francês para uma família da nobreza. Foi de lá que respondi a um anúncio publicado pela condessa de Malvrier. A casa dela era uma das mais adoráveis de São Petersburgo na época, no Cais Inglês, totalmente nova e luxuosamente mobiliada, mas a condessa era reclusa, raramente frequentando a sociedade e jamais convidando alguém para visitá-la.

"A primeira vez que a vi foi um choque para mim. Ela me convocou a ir a seu quarto. Estava descalça, usando uma camisola simples de gaze branca, em pé diante da lareira, e me pediu que escovasse seu cabelo.

"Fiquei atordoado. Havia criadas pela casa inteira, bem como uma boa quantidade de criados. Mas não tive a menor intenção de me recusar. Peguei a escova e escovei seu cabelo."

Vi a cena enquanto ele falava. Vi o contorno de Pandora desenhado pela luz do fogo. Vi que ela tremia, que seu rosto estava contraído, os olhos, arregalados de fome e dor.

— Ela disse que queria que eu fosse seu bibliotecário e examinasse caixas e mais caixas de livros. Parece que tinha amealhado esses livros ao longo de muitos anos, provenientes de todos os cantos do mundo. Agora sei que ela os vinha colecionando havia séculos. Pediu que eu os organizasse, que enchesse com eles as estantes de suas salas de visitas. – Ele parou de falar e fez um gesto para sua própria biblioteca. – Isso aqui é tão pouco em comparação, mas a verdade é que aquelas casas russas eram tão imponentes. Havia uma riqueza inimaginável na Rússia naquela época e um desejo imenso pela arte europeia.

– Posso imaginar – disse eu. E mais uma vez vi Pandora olhando direto para mim como que através do olhar dele. Vi Mitka em pé atrás dela com a escova na mão. Seu cabelo era comprido, castanho, todo ondulado, caindo sobre seus ombros como se ela fosse uma ilustração num quadro pré-rafaelita. Eu sentia no ambiente o perfume estonteante de incenso, algo oriental, exótico e inebriante. A única iluminação vinha das chamas da lareira.

– É – prosseguiu ele – e finalmente ela disse que ainda mais importante era que eu lesse para ela em francês, que eu lesse as obras de Diderot e Rousseau. Também queria que lesse para ela obras científicas em inglês, e queria aprender sobre tudo o que se relacionasse com a Europa, mas principalmente com o Iluminismo, *le Siècle des Lumières*. De modo abrupto, ela parou de falar disso e me pediu que lhe explicasse John Locke. E o que era interessante em David Hume? Ela queria saber tudo acerca de Voltaire.

"É claro que, no fundo, nada disso em si era extraordinário já que a imperatriz Catarina estava apaixonada por todos esses mesmos escritores e pensadores europeus; e toda a corte cultivava um interesse para acompanhar a Imperatriz, quer seus membros se importassem com essas coisas quer não.

"Pareceu que passei meses a fio lendo para ela, em voz alta, todas as noites, do pôr do sol até as primeiras horas da manhã. É claro que nunca a vi durante o dia, e isso não me surpreendia. Geralmente eu trabalhava na organização da biblioteca até o meio-dia. Depois, ia dormir. E às vezes, principalmente no inverno, ela me acordava bem antes da hora à qual eu deveria ser chamado.

"Eu não me importava. Eu a adorava. E me apaixonei por ela. Ela disse que não queria que isso acontecesse, que seu amante era exigente e cruel, que ele poderia aparecer a qualquer momento. Não vou me deter nesse assunto, mas cheguei a ter fantasias de matá-lo. Mas eu lhe garanto que nunca tentei fazer-lhe mal. Tudo isso era... bem... poético."

Dei uma risada.

– Entendo – disse eu. Ele sorriu com gratidão e prosseguiu.

– Quando ele por fim apareceu, eu o detestei de pronto. Era Arjun. Naquela época, ele se trajava totalmente como um russo; e, quando o vi pela primeira vez, ele usava montes de peles, luvas de couro e tinha acabado de chegar de uma tempestade. Era quase meia-noite, e eu estava conversando baixinho com a condessa sobre uma possível viagem a Paris, garantindo-lhe que ela iria adorar; e ela não parava de dizer o que sempre dizia diante de qualquer sugestão minha, que aquilo era absolutamente impossível, que eu devia tornar Paris real para ela. Eu estava me esforçando ao máximo para descrever a cidade, quando Arjun entrou de repente.

"Ele me mandou sumir da sua frente; e dali em diante, ao longo do ano seguinte, eu via a condessa somente na biblioteca, quando ela estava adequadamente vestida e, mesmo assim, por apenas três horas a cada noite, antes que ela e Arjun saíssem.

"Eu sentia um ciúme feroz, mas o trancava dentro de mim. Afinal de contas, eu não possuía nenhum título, não era proveniente de uma família nobre e tinha apenas uma pequena renda que representava menos da metade do que recebia por meu trabalho.

"Eu fazia tudo o que podia para não aparecer diante do senhor quando ele estava em casa, para me mostrar ocupado não importava a que hora fosse e para me manter em meu aposento sempre que podia. Mas isso não bastava. Com frequência, quando ele surgia, eu recebia ordens de sair.

"Infelizmente, nós ainda nos deparávamos por aí, uma vez no balé, outra na ópera e ainda outra num baile. Tornou-se então claro até demais que eu toparia com Arjun aonde quer que eu fosse em São Petersburgo. Por fim, uma noite, quando cheguei em casa inesperadamente e flagrei o senhor e a senhora no meio de uma tremenda discussão, Arjun voltou-se para mim e, num acesso de cólera descontrolada, sacou o sabre e me trespassou com ele. Eu não conseguia me mexer nem falar. O sangue jorrava de mim. Ele ria. Forçou os criados a me trancar em meu quarto.

"Eu estava morrendo. Não havia muita dúvida quanto a isso. E fiquei furioso porque não tinham mandado chamar um médico, mas em alguns minutos eu estava fraco demais para me levantar da cama. Achei que era meu fim. E, como tinha trinta e quatro anos, fiquei amargurado, desconsolado e sentindo uma dor extrema.

"De repente, ouvi vozes altas no andar inferior, e então o barulho da grande porta da frente da casa sendo fechada com violência. E soube que o assassino tinha saído. Quem sabe agora, pensei, alguém se disponha a me ajudar.

"Em questão de segundos, a porta de meu quarto se abriu, e a condessa estava lá. Ela examinou o ferimento e então me disse com muita simplicidade que eu confiasse no que ela ia fazer em seguida, e eu teria o poder de viver até o final dos tempos.

"Quase ri. Lembro-me de ter dito, 'Condessa, já me contento se eu conseguir viver esta noite'.

"Não consegui nem mesmo formar uma pergunta razoável sobre tudo isso quando ela me levantou em seus braços e começou a sugar o sangue do ferimento para sua própria boca. Desmaiei ou tive uma síncope.

"Não me lembro de ver nada, de saber de nada, nem mesmo de ter sido afastado algum véu que encobria os mistérios da vida. Só de um tipo de êxtase agradável, e então uma sonolência em que minha morte parecia inevitável, um passo bastante simples. Tentei extrair algum sentido do que ela tinha feito comigo e concluí que estava tentando facilitar a morte para mim; e, sem dúvida, tinha conseguido. Eu já não me importava. Então ela me ergueu de novo e, dessa vez, rasgou seu pulso esquerdo com os dentes, forçando minha boca contra a ferida.

"Você sabe como foi, o gosto do sangue dela. E a súbita sede voraz que foi atiçada em mim. Bebi o sangue. Bebi como se fosse vinho descendo por minha garganta; e ouvi sua voz falando comigo, baixa e equilibrada, sem parar. Ela contou uma história simples de sua vida. Não me recordo de expressão na voz, nem mesmo de uma cadência. Era como uma fita dourada que se desenrolava, escutá-la e sentir esse sangue escorrendo para dentro de mim, enquanto ela falava sobre o grande bebedor de sangue que a tinha criado, Marius, como era profundo seu amor por ele, como os dois tinham se afastado e como ela viajara pelo mundo afora. Falou de bebedores de sangue poderosos como ela mesma. E alguns desses nomes eu depois encontrei em seus livros. Sevraine era o nome de que me lembro com maior clareza. Falou de procurar abrigo na corte da Grande Sevraine. A certa altura, falou da Índia, de templos e selvas na Índia, de ter conhecido o príncipe Arjun, de tê-lo trazido para o Sangue e de como ele se tornara o mais cruel dos amantes, submetendo-a aos piores tormentos que ela jamais tinha sofrido.

"Chegou uma hora em que eu já não estava bebendo sangue. Estava sentado na beira da cama enquanto ela, apressada, me vestia com um longo casaco forrado de peles para esconder meus trajes manchados de sangue, e então saímos pela noite adentro.

"Aconteceu o previsível. Peguei minha primeira vítima. Um pobre mendigo quase morto de frio. Passei pela morte, como ela disse, com os fluidos repugnantes jorrando de mim; e então voltamos correndo para casa, até meus aposentos, onde tomei um banho e vesti roupas limpas. Ela então me levou para a ala leste da casa, de acesso proibido, e me disse para só sair daquele lugar quando fosse seguro. Ela me avisara da paralisia que me dominaria quando a primeira claridade aparecesse no céu. E eu dormi aquele sonho estranho, sobrenatural, que conhecemos, em que sonhei com ela, com abraçá-la e com uma paixão que não tinha nenhum significado verdadeiro para ela, desejando-a desesperadamente e jurando roubá-la de Arjun.

"Arjun ficou uma fera quando soube o que ela tinha feito. Pude ouvi-lo sem esforço quando finalmente abri os olhos. Parecia que ele estava destruindo a casa inteira.

"Eu não podia ficar ouvindo aquilo sem fazer nada, apesar de ela ter me falado da enorme força de Arjun e dos poderes que ele possuía de destruir com a mente; apesar de ter me avisado que tanto ele quanto ela tinham o poder de incendiar objetos e pessoas quando quisessem.

"Saí do esconderijo e corri na direção do centro da casa, decidido a lutar com ele até a morte.

"Mas ele não estava lá. Ela veio ao meu encontro e me levou até seu quarto. Disse que não havia tempo para me preparar como tinha querido fazer. Mas eu deveria prestar atenção ao que ela dizia. Desatou as alças de suas fronhas e despejou nelas todas as joias que estavam em sua penteadeira, esmeraldas, pérolas, rubis e pulseiras de ouro. A isso ela acrescentou todas as moedas que guardava em seus aposentos. Deu-me então o nome do banco através do qual ela me forneceria uma renda; e me disse quais códigos usar para retirar os valores.

"Ela estava quase terminando essas instruções, e eu estava segurando o saco de fronha, quando Arjun entrou, calado e enorme como um tigre, eu imaginei, mas o fato é que nunca fui surpreendido por um tigre de verdade; e ali estava ele, chispando com ameaça. Fiquei petrificado."

Vi Arjun como Fontayne o tinha visto.

Arjun era um grandalhão, de pele morena, com extraordinários olhos negros que me faziam pensar em opalas. Seu cabelo era preto como nanquim e, hoje em dia, vivia desgrenhado e embaraçado; e ele perambulava descalço pelo château numa longa túnica ornamentada chamada *kurta*, com calças de seda por baixo.

No relato de Fontayne, Arjun estava em trajes esplêndidos como um cavalheiro do século XVIII, num cintilante brocado dourado com renda, calções, meias finas de cor branca e sapatos com fivelas adornadas com pedrarias. O cabelo, oculto por um turbante carmim. Seu rosto estava medonho, deformado pela cólera e pelo ódio.

"Vou deixá-lo viver", disse Arjun, "por um único e bom motivo. É que ela tornará minha existência um inferno se eu lhe fizer o que quero fazer. Mas, se um dia voltar a pôr os olhos em você, Mitka, eu o queimarei vivo."

"E, tendo dito tudo isso com sua voz baixa e sombria, ele dirigiu esse seu poder, esse poder maligno de imolar seres vivos com a mente, dirigiu esse poder para um quadro magnífico na parede. E eu vi o quadro ficar preto e murchar, para então irromper em chamas minúsculas enquanto caía no chão em fragmentos fumegantes. 'Você morrerá desse jeito', disse-me ele, 'e devagar. Você vai me implorar para acabar logo antes que eu o faça. Agora, vá! Fora daqui!'

"A condessa fez que sim e me disse com firmeza que nem mesmo olhasse para ela, mas fizesse o que Arjun mandara.

"E é por isso que não posso ir à corte, Lestat, porque, se ele estiver lá, vai cumprir a ameaça daquela noite."

Refleti sobre isso por um tempo e estava prestes a dar uma resposta quando ele voltou a falar.

– Juro que nunca fiz nada para ofendê-lo. Sim, eu a amava; e, sim, eu a cobiçava, mas juro que nunca fiz nada para despertar sua inimizade. Ele se sentia ofendido só pelo fato de eu existir; e simplesmente enlouqueceu ao saber que ela me dera o Sangue.

– Entendo – disse eu. Novamente fiquei pensando e então, passado um bom tempo, disse o seguinte: – Ele está na corte. É uma pessoa difícil e intratável. É uma pedra no sapato de Marius. Irei ao Conselho e lhes contarei essa história. Depois vou convidá-lo a vir nos dizer se ele faz alguma objeção a você vir à corte. Deixarei que ele escolha entre aceitar sua vinda e insistir em que você não venha. Caso ele insista em que você não venha, que o destruirá se o vir, bem, perguntarei por que motivo. Se você tiver me contado a verdade, ele não terá nenhum bom motivo. E foi para esse tipo de disputa que minha autoridade, não importa qual seja sua origem, foi criada. Farei o máximo por você. Insistirei com ele para que concorde em perdoar não importa o que seja que o atingiu no passado.

Pude ver que ele estava ansioso e cheio de apreensão. Em voz baixa, ele começou a dizer que talvez fosse demais pedir isso de mim.

– Não – disse eu. – É por isso que sou o Príncipe, para que todas as desavenças dessa natureza possam ser resolvidas e que todos possam vir à corte em paz. Deixe-me fazer o que devo. E tenho confiança de que, em breve, vou dizer para você vir.

Ele estremeceu de corpo inteiro, como se estivesse a ponto de chorar, e então se levantou, veio na minha direção, segurou minha mão direita e a beijou.

Eu também me levantei, e nós saímos juntos da sala de estar. Suponho que eu tinha uma vaga ideia de voltar naquele instante para Nova Orleans, mas no fundo não queria deixar Fontayne.

É claro que já era tarde demais para eu voltar na mesma noite para a França.
– Mas confie em mim – pedi-lhe.
– Tem mais uma coisa – disse ele, sussurrando.
– E o que é?
– Eu nunca... eu não sei... não sei fazer a travessia do oceano como você.
– Ah, sabe, sim – disse eu. – Não se preocupe com isso. Virei buscá-lo e lhe mostrarei como se faz. Você é mais antigo que eu. Aprenderá num instante.

Eu não queria ir. Ele se deu conta disso.

Ocorreu-me um pensamento absurdo, de que estar ali com ele, estar em sua casa, simplesmente sentar a uma mesa na sala e conversar com ele, tudo isso tinha parecido natural e bom, como se, apesar do assunto da conversa, nós fôssemos meros seres humanos e todo o mundo das trevas não existisse.

Senti vergonha. Por que tínhamos de ser "como seres humanos"?, perguntei a mim mesmo. Por que não podíamos simplesmente ser bebedores de sangue juntos? E abateu-se sobre mim a percepção de como era recente para mim esse amor por outros da tribo, essa aceitação deles como seres que tinham um direito de viver tanto quanto eu.

Olhei para ele, para seus olhos brilhantes, seu sorriso simpático. Ele pegou minha mão e disse que queria me mostrar a casa.

Ficamos juntos mais algumas horas, durante as quais percorremos muitos aposentos, e eu admirei não apenas o enorme acervo de livros que se estendia de sala em sala, mas também muitos de seus quadros, entre eles alguns pintores russos do século XIX de quem eu nunca tinha ouvido falar. Fontayne me disse que seus quadros mais valiosos não estavam ali nessa casa, que, depois do ataque dos rebeldes, ele os guardara no cofre-forte de um banco em Nova Orleans, mas poderia levá-los para a corte se eu os aceitasse. Fiquei encantado.

Para mim, essas horas foram deliciosas. Eu estava transbordando de afeto por ele, chamava-o de Mitka tranquilamente e, por fim, fiz as inevitáveis perguntas idiotas, "Você conheceu de verdade Catarina, a Grande?" e "Você chegou a falar com ela?".

"Sim" foi a resposta às duas, e essas perguntas deram início a um longo devaneio sobre como era a vida em São Petersburgo na época, como ele amava os bailes na corte e sobre a paixão dos russos por tudo o que fosse francês. É claro que a Revolução na França tinha tido um impacto poderoso. No entanto, a vida na Rússia tinha permanecido estável, e era inimaginável que uma revolução fosse ocorrer lá.

Poderíamos ter continuado essa conversa por um ano.

Caminhamos pelo entorno da casa, pelos jardins lotados de flores e trepadeiras que florescem à noite, e vi os estábulos de Fontayne, inclusive os escombros do que tinha sido incendiado. Foi só mais para o fim da noite que ele me confidenciou que os rebeldes tinham eliminado uma jovem que ele queria trazer para o Sangue.

Isso eu senti como uma espada no coração. Fiquei furioso.

– E por que fizeram isso, não faço a menor ideia – disse ele. – Por que vir atrás de mim? Por que me perturbar? Eu jamais caço em Nova Orleans. Por que destruir aqueles mortais vinculados a minha casa?

Minha vontade era poder trazer aqueles animais de volta à vida, para poder matá-los de novo. E disse isso a ele.

– E eu só estava esperando sua aprovação para trazê-la para o Sangue – ele acrescentou. – Sabe, eu queria conhecê-lo, obter sua permissão.

Isso fez com que me calasse, mas não era a primeira vez que um bebedor de sangue tinha tomado a iniciativa de declarar essa total aceitação da corte e de minha posição como soberano.

– Sem dúvida, vocês criarão normas a respeito de quem poderia ser trazido para o Sangue – disse ele, enquanto continuávamos a caminhar. – Sem dúvida, haverá alguns critérios.

Não respondi. Eu sabia que o conselho estava avaliando exatamente esse tópico. Contudo, havia um consenso entre nós de que o direito de criar outro bebedor de sangue, de transformar outro ser humano com nosso próprio sangue, era um ato tão emocional, íntimo e intensamente pessoal que não sabíamos como resolver impor uma lei a esse respeito. Tentei dizer alguma coisa nesse sentido.

– É bem parecido com dizer a seres humanos que não podem ter filhos.

Dava para eu ver que ele agora estava sentindo uma dor tão profunda que não conseguia falar. Continuamos andando por um longo caminho no jardim e demos a volta em um grande lago repleto de enormes peixes ornamentais, que coruscavam com a luz de inúmeras lanternas japonesas ao longo da margem. Por fim, ele falou.

– Bem, de que adianta tocar nesse assunto agora? Eles a destruíram. Não sobrou nada dela quando terminaram o trabalho. Não posso e não vou me prender a isso, me perguntando como foram seus últimos instantes de vida.

Quis perguntar se a jovem sabia do que ele estava planejando, mas por que causar-lhe mais aflição? Pensei em meu próprio arquiteto lá no lugarejo na montanha, abaixo do château, e em meu próprio plano de trazê-lo para o Sangue; e concluí que devia agir de imediato.

Desde tempos imemoriais, imortais tinham atormentado outros imortais com a destruição de seres humanos sob sua proteção.

Finalmente, perguntei-lhe acerca de Baudwin, que ele havia classificado como meu inimigo. Perguntei se havia alguma ligação entre Baudwin e os rebeldes que eu tinha acabado de exterminar.

– Não – disse ele. – Baudwin é antigo, e eu não o conheço. Ele me procurou com um único propósito. Tinha ouvido falar dos livros que você escreveu e da corte; e queria saber o que eu achava de tudo isso. Quando não correspondi a sua indignação diante da ideia de uma monarquia ou de uma corte, ele pareceu perder o interesse por mim. Não foi fácil o momento que passei na presença dele. Era velho demais, poderoso demais. – Fontayne fez uma pausa, olhando para mim, e então prosseguiu. – Para mim, é difícil acreditar que jovens e velhos consigam conviver na corte.

– Bem, eles conseguem – respondi. – O leão e o cordeiro descansam juntos por lá. – Dei de ombros. – Esse é o espírito da corte. Prevalece a antiga norma da hospitalidade: todos os bebedores de sangue são bem-vindos. Todos os imortais são bem-vindos.

Ele fez que sim.

– Alguém precisa violar essa paz para ser excluído. E, se Arjun não puder aceitar sua vinda, ele é que terá de partir.

– Deparei-me com tão poucos bebedores de sangue ao longo dos anos – disse Fontayne – e sempre foi com constrangimento e suspeita. Levei uma existência solitária, quase além dos limites do suportável. Mas esse Baudwin me perturbou. Havia alguma coisa de infantil e tolo nele. Alegava descender de um vampiro lendário. Talvez tenha ido embora porque eu mesmo não o considerei tão interessante assim, e ele se deu conta disso.

Descendente de um vampiro lendário?

Mas já estava na hora de voltar para Nova Orleans. Cyril e Thorne de repente apareceram a uma distância discreta, e é óbvio que eu soube disso pelo início da claridade no céu e pelo canto dos pássaros matutinos.

Beijei Fontayne nos dois lados do rosto e prometi que resolveria a questão com Arjun assim que possível.

Foi só quando eu estava sozinho com Cyril que ele me contou num sussurro que Arjun já não existia, e isso era tudo o que ele sabia.

Quando chegamos ao apartamento em Nova Orleans, havia uma mensagem de voz para mim em meu telefone fixo. Era de Eleni, de Nova York.

"Lestat, estão precisando de você agora na corte. Armand já partiu para lá. Parece que Arjun foi destruído por Marius."

Capítulo 4

Na noite seguinte, atravessei o Atlântico em tempo recorde, entrando no château por meio da torre velha – a única das quatro torres que ainda permanecia em pé no meu tempo, antes da restauração do castelo inteiro.

Tudo estava num silêncio sinistro – a orquestra não estava reunida, o salão de baile, vazio – e Louis me disse de pronto que Marius não tinha dito palavra alguma desde que a "catástrofe" acontecera; e que ele e todo o conselho estavam à minha espera.

Mas, antes de continuar com a história da morte de Arjun, ou com qualquer história, por sinal, quero atualizá-los quanto ao estado da corte e do lugarejo, bem como ao que vinha acontecendo por lá.

Como muitos de vocês sabem, comecei anos atrás a restaurar o château onde tinha nascido e o lugarejo deserto na encosta da montanha logo abaixo dele. Essas ruínas eram situadas numa região remota das montanhas da França, e eu tinha pago enormes quantias aos arquitetos e trabalhadores que atraí para esse local esquecido, desafiando-os a recriar o château, não como ele tinha sido em minha infância, com apenas uma das quatro torres ainda em pé e somente alguns aposentos habitáveis em sua parte central, mas reconstruí-lo como ele tinha sido originalmente, depois das Cruzadas, quando meus antepassados estavam no auge da fortuna e do poder. E, ainda por cima, eu queria uma modernização, com energia elétrica por toda parte, toda a estrutura com revestimento interno de gesso aplicado por mestres artífices e pisos do melhor parquê de madeira nobre, resultando no que poderia ter sido uma restauração realizada por um cavalheiro do século XVIII.

Por anos, eu mesmo não visitei a obra, mas tomei decisões com base em pilhas de fotografias que me eram enviadas aonde quer que eu estivesse no mundo. Não poupei gastos para mobiliar e decorar o castelo inteiro com as mais belas e caras reproduções de peças do século XVIII: cadeiras, mesas, camas e outras. A tudo isso, acrescentei uma imensa coleção de tapetes persas e tapeçarias de Aubusson. Foram instaladas janelas de guilhotina com vidro reforçado para isolamento térmico; e até mesmo as antigas criptas no subsolo foram reformadas e divididas em aposentos adequados com paredes revestidas de mármore.

Quando bati os olhos ali pela primeira vez depois de tantos anos, foi como se estivesse sonhando. As quatro torres tinham sido totalmente reconstruídas. O lugarejo em si era pouco mais que uma rua principal sinuosa e íngreme, ladeada por casas geminadas e lojas no estilo do século XVIII; e até mesmo alguns solares tinham sido reformados nos arredores.

Eu, sem dúvida, tinha dado permissão para aquilo tudo, mas tinha prestado pouca atenção ao plano geral ou aos pedidos ao longo dos anos. E me apaixonei pelo que vi diante de mim.

Uma pequena população de artífices e pintores residia no lugarejo e encarou minha chegada como um evento. E eu me esforcei para não decepcioná-los, trajando minha longa capa forrada de peles, com óculos de um lilás-claro cobrindo os olhos, e as mãos enluvadas.

Queixando-me da iluminação forte onde quer que eles fossem, logo os seduzi para a ideia de que o lugarejo seria mais bem entendido e apreciado à luz de velas, e que eles precisavam me perdoar por querer vê-lo desse modo.

Passamos por cerca de quinze construções – à luz de velas – enquanto eu admirava as meticulosas recriações das instalações da alfaiataria, do açougue, da padaria, da queijaria, da loja de tecidos e de todos os outros prédios que um dia tinham constituído a pequena comunidade, mas as notas máximas foram de fato a estalagem, que me evocava as recordações mais dolorosas e mais felizes, e a igreja, que tinha sido restaurada com tanta magnificência que uma missa poderia ser rezada no altar, sem que ninguém percebesse que o local não era consagrado.

Os artífices moravam confortavelmente nos apartamentos acima desses vários estabelecimentos semelhantes a museus e trabalhavam juntos em amplos estúdios no solar pouco além dos limites do povoado. Um mapa gigantesco me foi mostrado de toda a terra de minha propriedade, sendo mencionado quanto trabalho ainda seria necessário para criar o velho campo da feira, onde se realizavam as feiras anuais, e talvez a construção de mais uma estalagem, uma muito maior para o público inevitável que acorreria ao local para apreciar toda a recriação.

É claro que precisei desapontá-los. Precisei dizer que o château seria habitado por uma ordem secreta de homens e mulheres que se reuniam para discutir filosofia e música e para escapar do mundo moderno. E que nunca chegaria uma hora em que o público seria convidado a vir ali. Pude sentir a decepção deles quando expliquei tudo isso. Na verdade, era quase uma angústia. Alguns tinham dedicado toda a sua carreira a esse único projeto; e agora não havia o que fazer a não ser dar-lhes mais trabalho, deixar que o lugarejo se desenvolvesse para servir à comunidade deles, bem como à nossa, e remunerá-los regiamente por isso, para que continuassem a trabalhar na obscuridade, nesse estranho território para além do tempo e do mundo moderno.

O ouro foi a solução. Salários passaram a ser subornos. Um médico foi contratado e mantido para atender às necessidades locais. Alimentos e bebidas eram fornecidos sem custo. E a estalagem à noite era um lugar em que todos poderiam comer e beber, sem que ela recebesse com frequência um hóspede de verdade; mas é claro que alguns hóspedes, hóspedes muito fora do comum, os Filhos de Atlântida, mais tarde ficaram lá.

Ainda havia muito trabalho pela frente – estábulos a construir, cavalos a adquirir, uma enorme rede de estufas a erguer para o cultivo de flores para o château e o de frutas e legumes para o lugarejo.

E havia mentiras descaradas a serem contadas, mas sem o menor tom de exibicionismo – ou seja, contadas de um modo reticente – de que nós, enquanto ordem secreta, importávamos todos os nossos alimentos, e que os que vinham visitar o château traziam consigo seus próprios víveres.

Para minha surpresa, o arquiteto-chefe do grupo, Alain Abelard, por quem logo me apaixonei e por quem ainda estou apaixonado, conhecia meus livros, possuía uma coleção de meus velhos vídeos de rock, tinha um respeito total por minha persona como vampiro e considerava charmoso tudo aquilo, assombrando-se com a fortuna que os astros do rock americano e britânico ganham que poderia sustentar uma iniciativa tão estupenda.

Em sua alma tranquila e generosa, eu via que ele estava convicto de que um dia eu abriria tudo aquilo ao público. Já minha esperança era a de poder trazê-lo para o Sangue. Mas não de imediato. Havia ainda muito a fazer por ali.

Quando percorri pela primeira vez o château restaurado, vivenciei emoções que não pude conter. Dispensei os guias mortais e segui de aposento em aposento sozinho, com um excesso de recordações de como tudo aquilo tinha sido na época de minha vida mortal.

Salões deslumbrantes com paredes com lambris sedosos, arabescos de gesso e tapetes de Savonnerie sobre o piso estavam agora no lugar dos quartos miseráveis que ocupávamos naquele tempo.

Uma graciosa sala de banquetes prestou-se a ser a Câmara do Conselho da corte, e os arquitetos ainda estavam trabalhando nos numerosos apartamentos por todos os cantos da construção, com seus modernos banheiros de mármore, equipados com banheiras embutidas no piso e boxes espaçosos para chuveiros.

Os vampiros adoram os banheiros modernos. Amam ficar em pé debaixo de um jorro de água quente, que promove uma limpeza total da poeira grudada, para depois sacudir a água do cabelo e enxugar sua pele sobrenatural com toalhas macias diante de pequenas lareiras. Pois bem, o château tinha um banheiro desses para cada apartamento, suíte ou quarto de dormir. De nós não emana cheiro algum; nós não absorvemos óleos preciosos; e muitas vezes pegamos as roupas de nossas vítimas exatamente porque elas têm um cheiro humano, e isso nos serve de disfarce quando perambulamos pelos ambientes lotados de tabernas, bares e casas noturnas. Mas, seja como for, não há ninguém de prontidão por nossa causa.

O enorme salão, onde minha família e eu no passado jantávamos, brigávamos, escutávamos os pedidos dos moradores do lugarejo e dos lavradores, e pairávamos em torno da única lareira que tínhamos condição de acender, era agora um imponente salão de baile palaciano, com amplo espaço para uma orquestra de vampiros, que logo se formou, e cerca de cinco mil dançantes, ou mais.

Mais tarde, quando todos os moradores se reuniam nesse local, poderia haver dois mil presentes no salão de baile. Ninguém jamais contou, com exceção de nosso médico residente, Fareed, que, até este exato momento, ainda tenta em vão calcular o tamanho real da tribo dos bebedores de sangue. Seu palpite mais recente é de quatro mil.

Mas já aconteceu de três mil terem se reunido ocasionalmente no château. A verdade é que ninguém sabe que bebedores de sangue dormem debaixo da terra ou espreitam na periferia, como esse tal que me foi descrito recentemente por Fontayne – esse "inimigo" chamado Baudwin.

Deixem-me explicar, agora, como a corte em si se estabeleceu e se organizou. Descrevi parte disso nos outros dois livros recentes, publicados depois que me tornei Príncipe, mas quero que todos vocês se familiarizem com o modo como tudo funcionou.

E como tudo funcionou foi algo que evoluiu rapidamente uma vez que abri o château a todos, e a notícia passou de uma mente telepática para outra, sendo que a todos foi dada uma garantia de segurança, desde que viessem com boa vontade e respeito por nós.

Nisso, meus companheiros como anfitriões foram os anciãos que só recentemente cheguei a conhecer e amar – Gregory Duff Collingsworth, com sua família de Chrysanthe, Zenobia e Avicus; o dr. Fareed e seu criador, Seth, o filho de Akasha; a beleza estonteante conhecida como a Grande Sevraine, que por um tempo tinha sido amiga de minha querida mãe, Gabrielle e os Filhos dos Milênios amados por mim havia tanto tempo, Pandora e Marius. Jesse Reeves e meu querido David Talbot também vieram residir no château; e, com o tempo, também vieram as jovens crias de Marius, a pianista Sybelle e o criador do programa de rádio para vampiros que, mais do que qualquer outra coisa, fez com que despertássemos e nos uníssemos enquanto tribo, Benji Mahmoud.

Antoine, minha antiga cria de Nova Orleans, tinha vindo se juntar a nós e se tornou o maestro de nossa orquestra. E, de um refúgio alpino que havia sido um segredo muito bem guardado por mais de mil anos, chegaram muitos outros músicos trazidos para o Sangue por Notker, o Sábio, pois a música tinha tanta importância para ele que se tornara seu modo de se movimentar pela eternidade.

Entre muitos outros, Bianca, que tinha sido um amor de Marius, amor esse perdido havia muito tempo; Davis, da antiga Gangue das Garras; Everard de Landen, da Itália; Eleni, que muito tempo atrás tinha sido minha amiga no Théâtre des Vampires; e Allesandra, poderosa imortal sobrevivente dos incêndios que tinham acabado com tantos dos antigos Filhos de Satã, que moravam abaixo do enorme cemitério de Les Innocents.

Havia uma profusão de aposentos para todos eles; e eles iam e vinham quando queriam. E, com o tempo, começaram a ficar por períodos cada vez mais longos.

Contudo, por muito tempo, a cada noite, entravam pelas portas novos bebedores de sangue, muitos sem um centavo e vivendo de uma vítima para outra; e uma enorme quantidade de novatos, jovens demais para morar nas montanhas remotas onde o château estava situado.

Eu jamais permitiria que um bebedor de sangue atacasse os mortais dos lugarejos ou pequenas cidades das proximidades. E isso queria dizer que muitos dos novatos que não conseguiam se lançar pelo ar e viajar com confiança pouco abaixo das nuvens simplesmente não podiam permanecer conosco, a menos que ficassem sob a proteção de um vampiro mais velho que os pudesse conduzir com regularidade aos generosos territórios de caça de Marselha, Londres ou Paris.

Mas uma corte desse tipo acaba precisando de estrutura, de manutenção e até mesmo de seguranças que possam livrá-la rapidamente daqueles que chegarem sem absolutamente respeito algum pelo que estávamos procurando realizar.

Assim, sem que eu cuidasse muito disso, foi-se criando uma equipe graças a uma cria novata dos Estados Unidos, chamada Barbara.

Barbara, como qualquer bebedor de sangue que entrava ali, tinha uma história a contar que preencheria dois volumes, mas basta dizer que ela estava no Sangue havia cento e trinta anos, e tinha perdido, por violência, os dois vampiros mais velhos que a tinham criado, formando com ela um lar que se mantivera até este século. Não foram as Queimas, como as chamamos, que tinham destruído seus amados criadores, mas um violento ataque aleatório por parte de um desses bebedores de sangue saqueadores que abatem outros para ocupar seu território.

Barbara e seus criadores moravam numa antiga casa de madeira vitoriana numa pequena cidade universitária no Meio-Oeste, próxima o suficiente de algumas cidades de porte para facilitar a caça. Levavam uma vida tranquila, que se prolongou por décadas, debaixo do mesmo teto, com Barbara ou um dos outros dando aula na universidade de tempos em tempos; e de vez em quando viajando. Nesse pequeno grupo, nossos livros, as Crônicas Vampirescas, tinham sido estudados ao longo dos anos com ceticismo, mas com respeito. E foi a mim que Barbara procurou quando um desgarrado incendiou o velho lar de seus criadores, destruindo-os no processo.

Na ocasião, Barbara estava na cidade de Saint Louis, assistindo à apresentação de uma sinfonia, e voltou para casa antes do amanhecer, deparando-se com o incêndio.

Ela permaneceu junto dos escombros só o tempo suficiente para se certificar sem a menor dúvida de que seus criadores de fato estavam mortos, reduzidos a cinzas, em meio aos destroços, tendo deixado apenas seus trajes inconfundíveis.

E então Barbara aceitou o convite feito a todos, transmitido noite após noite por Benji Mahmoud, para que viessem à corte na França como convidados, ou em busca de justiça.

Barbara teve enorme dificuldade de atravessar o oceano. Viajou para o norte até onde conseguiu, pelo continente americano, e então pegou um avião para Londres. De lá, outro para Paris, de onde tinha vindo dirigindo pelas montanhas adentro, por algumas noites, até se deparar com o château restaurado, repleto de luzes acima de um lugarejo perfeito, adormecido como que por um encantamento.

Foi o toque de recolher, é claro, que provocou o que Barbara viu enquanto seguia pela rua principal. Naquele período, ninguém da colônia de mortais tinha permissão para sair depois de certa hora, a não ser que fosse para ir à taberna na estalagem e voltar de lá. Barbara passou por ela e seguiu direto para a larga ponte sobre o fosso que circundava o castelo.

Eu não estava lá quando ela chegou, e só fui conhecê-la uma semana depois. De imediato fui atraído por ela. Barbara estava com seus cinquenta anos quando o Sangue lhe conferiu uma aparência mais jovem, escurecendo de novo a maior parte de seu cabelo grisalho e expurgando para sempre uma doença incapacitante nas articulações que tornava os movimentos mais leves extremamente dolorosos. Ela costumava usar paletós simples de tweed pesado e saias longas com botas marrons até a bainha; e prendia o cabelo para trás com uma presilha de brilhantes, seu único adorno. Seu rosto era estreito e comprido, quase descarnado, com olhos imensos, sobrancelhas pretas, espessas, bem retas, e lábios cheios, corados. Sua pele era muito escura para um bebedor de sangue, e ela disse ser descendente de gregos e italianos, com uma infusão de sangue africano através de uma das avós.

Gostei dela de cara. Mais do que isso, fiquei impressionado com ela. Barbara achou a corte incrível e tinha começado a fazer todos os tipos de coisas que precisavam ser feitas: limpar espelhos, bater tapetes soltos, desembalar caixas com novas estatuetas de bronze (eu estava sempre encomendando esse tipo de coisa) e antigos vasos chineses, consertar torneiras quebradas, endireitar quadros tortos, limpar chaminés entupidas, apanhar peças de vestuário largadas e descobrir os apartamentos de seus donos.

E, embora a limpeza do château naquela época fosse tarefa de alguns mortais que residiam no lugarejo, Barbara me garantiu que não havia necessidade de tamanha exposição.

– Estou amando essa corte – disse ela – e posso providenciar o que for necessário para vocês todos, se você me permitir. – Barbara tinha percebido o que era óbvio, que certos vampiros, que tinham chegado ao acaso e que se mantinham inseguros nas sombras, fariam qualquer coisa para se tornar uma parte vital daquela casa. Muitos tinham habilidades de sua vida mortal tão remota que agora poderiam ser reativadas com bom proveito. Bastava uma palavra minha, e sua lealdade e submissão não teriam limites.

Em questão de meses, Barbara começou a organizar uma equipe de bebedores de sangue ágeis e animados que atendiam a qualquer necessidade concebível enquanto eram os olhos e os ouvidos do conselho por toda parte.

Barbara criou um registro de quais apartamentos pertenciam a quem, quais estavam vazios e quantos quartos havia para os solitários. Ela também se encarregava do interminável fornecimento de velas de cera de abelha, flores recém-colhidas e lenha para as lareiras.

Ela cuidava da manutenção do meu guarda-roupa apesar de eu jamais ter imaginado lhe pedir uma coisa dessas: pregava botões em meus casacos e até consertou uma grande capa de veludo da qual eu me recusava a me desfazer, muito embora estivesse precária demais para ser usada.

Fareed ficou particularmente encantado com as inovações de Barbara, já que ele queria conhecer a história de cada bebedor de sangue que chegasse à corte, insistia em colher uma amostra de sangue da criatura e em examiná-la para ver quais características distintas conseguiria encontrar nela.

Barbara levava os hóspedes a Fareed e lhes explicava o que se esperava deles. Falava com todos numa voz baixa, grave e irresistível, com uma cortesia uniforme. E sua fluência em francês e alemão era muito útil.

Fareed tinha elaborado muitas árvores genealógicas de vampiros em seus computadores, bem como outros gráficos complexos, criando da melhor forma possível um quadro dos pais em comum compartilhados pelos bebedores de sangue ao longo da história e pelos quatro cantos do mundo. Seu sonho consistia em acabar rastreando os antepassados de cada cria até chegar à fonte primeva, mas suas listas e planilhas estavam cheias de nomes desconhecidos e lacunas; e só ocasionalmente surgia algum nome comum a mais de dois viajantes não aparentados.

Todos nós concordávamos quanto a essa informação ser valiosa. Volumes eram compilados para cada nome isolado que chegasse a ser mencionado, mesmo que ele não passasse de um personagem nas histórias tresloucadas de um nômade andrajoso.

Fareed quis levar Barbara para seus laboratórios em Paris, mas eu não permiti. Barbara então conseguiu bebedores de sangue que seriam os assistentes perfeitos para Fareed e sua equipe de médicos bebedores de sangue.

Na corte, ela continuou a criar novas e refinadas funções de serviço, listas de tarefas; e se encarregou da questão da remuneração para todos esses numerosos trabalhadores, além de pôr os novatos sob a custódia de vampiros mais velhos que poderiam levá-los a Paris e a Marselha para caçar. Treinou criadas e criados pessoais; e preparou uma quantidade de motoristas para levar membros da corte por quilômetros para assistir a concertos, óperas ou filmes nas cidades próximas.

Na realidade, Barbara gerou uma rede de pessoal de apoio tal que comecei a me perguntar como tínhamos vivido sem eles.

E logo o château exibia uma limpeza imaculada desde os aposentos menores e mais altos, nas torres, até as espaçosas criptas abertas nos subterrâneos.

Foi Barbara quem descobriu masmorras que eu não sabia que existiam, por baixo dos alicerces da torre sudoeste.

Empolgada, ela me levou pela escada de pedra em caracol até essa camada estranha, debaixo da terra, onde a umidade brotava das paredes e verdadeiras celas de prisão ainda exibiam suas grades enferrujadas e pilhas de entulho que, ao que me fosse dado saber, poderiam ter sido um dia restos humanos.

Cortes longos e estreitos nas paredes de pedra para renovação do ar traziam a luz fraca da lua a alguns desses lugares.

– Tudo isso deveria ser limpo e restaurado, Príncipe – disse ela. – Nunca se sabe quando se vai precisar disso.

– De uma masmorra, Barbara? – perguntei. E lá estava Marius junto a meu ombro, me dizendo com firmeza que o que Barbara estava dizendo fazia sentido. Ele deu a ordem para a execução da obra. Novas grades, novas fechaduras.

– Você vê um futuro diferente do que eu vejo – disse eu a Marius.

– O problema é que você não vê o futuro de modo algum – disse ele. E fez outras observações muito semelhantes às que tinha feito recentemente acerca de "nossa natureza" e do que eu estava negando a respeito dela.

– Se chegou a pensar que eu vou manter um bando de infelizes vítimas mortais aqui embaixo, você realmente não me conhece – repliquei.

Uma expressão estranhíssima dominou seu rosto. E ele então se voltou para Barbara.

– Venha, querida – disse ele. – Vou lhe dar as especificações para o que vamos precisar aqui.

Logo nós nos acostumamos a bebedores de sangue que assumiam por vontade própria a posição de criados, demonstrando ter profundo respeito por todos nós com a mesma convicção que os velhos criados de meu pai demonstravam ter nos idos do século XVIII, e praticamente pelas mesmas razões.

Naquele tempo, nós éramos mendigos, uma das famílias mais pobres da aristocracia, mas aqueles velhos criados cujos antepassados nos tinham servido por gerações a fio se consideravam abençoados por morar debaixo do teto de um marquês, ter uma tigela de mingau para comer todos os dias, um lugar junto ao fogo da cozinha e carne nos dias de festa. Não consigo me lembrar de um único deles, jovem ou velho, que tivesse partido para fazer fortuna nas cidades da França, onde homens, mulheres e crianças morriam de inanição durante os invernos cruéis.

"Só nos deixem ficar aqui. Nos dispomos a fazer qualquer coisa." Barbara recontava esse apelo inúmeras vezes. Ela organizou as tarefas, a cadeia de comando, expulsou de uma vez do château os mortais curiosos, e se certificou de que todos conhecessem as normas da casa e se dedicassem a "servir".

A última inovação de Barbara tinha sido o uniforme. Imaginei que os anciãos e membros mais modernos da tribo ficassem indignados com a ideia, mas isso não ocorreu. E nós logo nos descobrimos acostumados a uma criadagem em impecáveis ternos e vestidos de veludo preto, que se dirigia aos demais como "senhor" ou "senhora", "monsieur" ou "madame".

É claro que eu sempre era "o Príncipe". E, de vez em quando, ouvia alguém se referir a mim como "o soberano".

O soberano.

Um pequeno grupo de funcionários de escritório foi instituído por Barbara. Eles mantinham os registros, pagavam os impostos, abriam a correspondência que chegasse, atendiam aos únicos telefones fixos do château, instalados em suas mesas no escritório no subsolo.

E Barbara, no comando de todos, usava um belo vestido preto com um colar de pérolas naturais, e aquela presilha de brilhantes segurando seu cabelo puxado para trás, sempre parecendo sair das sombras quando eu precisava dela.

Essa é, portanto, a corte para a qual voltei, onde cerca de seiscentos bebedores de sangue residiam, um lugar onde eu me sentia em casa como nunca tinha me sentido em toda a minha existência, com exceção, talvez, de meu velho apartamento na rue Royale, no século XIX, com Louis sentado numa poltrona junto à lareira, lendo os jornais franceses, e Claudia, com seu vestido de gaze branca, de mangas bufantes, tocando no piano a música alegre e saltitante de Mozart.

– *Apaga-te, apaga-te, chama fugaz.* – Assim uma lembrança agradável pode num instante se transformar em agonia.

Capítulo 5

— Quer dizer que Arjun morreu? – perguntei, enquanto descia a escada da torre. – E Barbara? Onde está?

Mas foi Louis quem veio ao meu encontro. Louis, em seu eu desleixado de costume, a gravata de seda meio torta, uma camada de poeira palpável nos ombros e nos sapatos que tinham sido lustrosos um dia. Começou a explicar a situação num sussurro, como se isso fizesse algum sentido numa casa repleta de criaturas com poderes telepáticos. Nem mesmo Barbara conseguia fazê-lo cuidar de sua aparência.

Passei um braço por suas costas e seguimos, através dos vários salões desertos, rumo à Câmara do Conselho.

— Marius não tem culpa pelo que aconteceu – disse Louis. Havia uma expressão dolorida em seu rosto geralmente sereno, bem como um leve tremor nos lábios. – Arjun atacou Marius – disse ele. Sua voz era quase um sussurro de novo, mas me dei conta de que Louis era assim: ele ia baixando a voz quanto maior a emoção que sentia. – Teve a ver com Pandora – prosseguiu. – Arjun queria levar Pandora daqui, e Pandora não queria ir. E Marius lhe avisou que a deixasse em paz ou "enfrentasse as consequências". Eles saíram para algum lugar perto do bosque para tirar as coisas a limpo. Mas todos podiam ouvir Arjun ameaçando Marius aos berros, descompondo-o por sua interferência e fazendo exaltadas declarações de amor por Pandora.

Eu podia sem esforço imaginar isso, muito embora de fato nunca tivesse ouvido Arjun levantar a voz, a não ser na história contada por Fontayne.

— E Pandora, o que estava fazendo? – perguntei.

— Chorando. Chorando nos braços de Bianca. – Ele deu um suspiro. – De um modo ou de outro, ela havia se tornado a personificação da mulher sofredora, passiva, em conflito, totalmente incapaz de se defender. Elas se tornaram como duas esposas de Marius, Bianca e Pandora. E Arjun estava irrequieto e queria ir embora. Alegava que tinha renascido, que estava pronto para enfrentar este novo mundo, e ordenou a Pandora que se preparasse para voltar para a Índia com ele.

– Ela não queria ir com Arjun.

– Não, é claro que não. Mas parecia que não conseguia dizer isso.

– Você viu o que acabou acontecendo? – perguntei. Estávamos nos aproximando da Câmara do Conselho, e avistei alguns vampiros por perto, em sua maioria sentados em pequenos grupos nas sombras, como se estivessem proibidos de se mexer, falar, dançar, cantar, ler ou fazer qualquer coisa. Barbara estava em pé do lado de fora da sala, com seu caderno com capa de couro preto nos braços, esperando por mim.

– Não – disse Louis. – Não vi, mas outros viram. Eu estava cobrindo as orelhas com as mãos, tentando ler. Mas todos dizem a mesma coisa. Arjun empurrou Marius, deu-lhe uma bofetada tremenda e lançou o fogo contra ele. Marius devolveu o fogo de imediato, destruindo Arjun por completo.

Uma infinidade de pensamentos veio atulhar minha cabeça. O que estava realmente acontecendo aqui? Por que a casa estava num silêncio tão ridículo? E o que estava passando pela cabeça de todos os vampiros sentados agora, mudos, em cantos sombreados? O que estava passando pela cabeça do conselho?

Voltei a pensar em Fontayne, que de fato esperara por algum tipo de permissão desta corte antes de trazer uma jovem mortal para o Sangue; e naquele desgarrado perguntando para mim, furioso, que autoridade eu tinha para fazer aquilo com ele. E concluí que não havia outra coisa a fazer a não ser entrar na Câmara do Conselho.

Entrei e assumi meu lugar de costume à cabeceira da mesa, mais próxima da porta. Barbara sentou-se à minha direita, afastada da mesa e encostada na parede. Abriu o caderno e preparou sua antiquada caneta-tinteiro para escrever. Louis ocupou seu lugar habitual à minha direita, à mesa.

Marius estava na cadeira à minha esquerda, mas a afastara da mesa, ficando de frente para o grupo, mas sem olhar para ele, de braços cruzados. Usava sua costumeira túnica longa de veludo vermelho. E não tinha se dado ao trabalho de cortar o cabelo, o que muitas vezes fazia ao acordar, de modo que agora ele formava uma enorme massa em torno de seu rosto, chegando até os ombros. Estava com ar carrancudo.

Não deu sinal de ter percebido minha presença.

O lustre de cristal lá no alto estava aceso com a intensidade máxima, inundando a sala com uma luz impiedosa; e luminárias ao longo das paredes também estavam acesas com suas minúsculas lâmpadas em forma de chama de vela. E, com toda aquela iluminação, ninguém parecia nem remotamente humano. Era uma assembleia de imortais, alguns dos quais poderiam facilmente ter inspirado o rótulo de monstro. Mas para mim todos eles pareciam perfeitos e belos porque sua pele sobrenatural e olhos cintilantes me eram totalmente familiares.

E havia ali duas criaturas que não eram bebedores de sangue. De modo algum.

Agora, para aqueles de vocês para quem essa narrativa é novidade, vou descrever em algum detalhe quem estava reunido na sala.

À extremidade oposta da mesa estava Gregory Duff Collingsworth, o mais antigo vampiro entre nós agora, com sua aparência de costume, muito semelhante à de um homem de negócios suíço ou alemão. Usava um terno simples cinza, com gravata vermelha, e estava de braços cruzados. Ele me cumprimentou com um gesto de cabeça e um sorriso rápido e simpático. Seu cabelo estava sempre aparado bem curto; e, ao que eu soubesse então, ele nunca poderia estar diferente já que nosso cabelo nunca mais cresce depois de sermos criados e, se for cortado, voltará ao comprimento original durante a noite. Ele parecia estar animado e feliz por me ver.

À sua direita estava Seth, muito provavelmente o segundo mais velho, tendo sido criado vampiro pela rainha Akasha, cerca de trinta anos depois de Gregory. Ele estava usando uma simples batina preta, como um padre católico, o cabelo preto aparado muito curto e os olhos pretos fixos em mim, como se de fato não estivesse me vendo. Ao lado, estava o dr. Fareed, nosso amado médico e cientista, um anglo-indiano com belos olhos verdes, em seu habitual jaleco branco. Rabiscava alguma coisa num bloco amarelo tamanho ofício com sua caneta-tinteiro preta. O chiado da caneta era o único som na sala. A seu lado estava Sevraine, nascida mil anos depois que o Sangue chegara à Akasha, tornando Akasha a primeira vampira. E Sevraine, conhecida por todos como a Grande Sevraine, estava à altura com seu cabelo magnífico num penteado rebuscado com pérolas e diamantes. Sua túnica de seda verde-escura adornada com pedras preciosas era muito parecida com o *kurta* ou o *sherwani* usado por homens indianos. E nela havia rubis e diamantes verdadeiros em quantidade suficiente para valer uma grande fortuna.

– Boa noite, Príncipe – disse ela, assim que me sentei. – Que bom vê-lo de volta.

– Obrigado, *chèrie* – disse eu, correndo o risco de ser condenado por tratar mulheres com a condescendência fácil de termos afetuosos. Mas não tive tempo para me refrear.

Do outro lado da mesa, logo depois de Louis, estava David Talbot, minha cria, em seu corpo anglo-indiano, com seus trajes habituais, um terno moderno de lã marrom com a camisa cor de caramelo e a gravata dourada. Seu cabelo preto e ondulado, curto e penteado. Também parecia estar fazendo anotações em algum tipo de papel, mas sua caneta não fazia ruído.

À sua direita, Jesse Reeves, criada pela grande Maharet, uma mulher semelhante a um passarinho, de uma magreza de dar dó, que em vida tinha sido clara com sardas e agora estava branca como alabastro, o cabelo cor de cobre cascateante, raiado de branco, uma mulher que parece mais espectral que humana em virtude de sua palidez natural acrescida do poderoso sangue das gêmeas, Maharet e Mekare, que eram tão antigas quanto Gregory. Em seguida, vinha Teskhamen, o Filho dos Milênios que tinha criado Marius dois mil anos antes numa floresta de druidas. Ele usava o mesmo tipo de túnica adornada com pedras preciosas que Sevraine, só que a dele era de veludo preto, toda juncada com contas de azeviche, em vez de pedras preciosas, o que lhe conferia uma cintilação extraordinária.

E ao lado dele estavam duas criaturas imortais, também de carne e osso, que não eram humanas, sendo a primeira Amel – Amel, o espírito que milhares de anos atrás tinha se fundido com Akasha para produzir o primeiro vampiro e havia conectado todos os vampiros da tribo àquele corpo hospedeiro –, Amel, agora no corpo de carne e osso, esbelto e bem-proporcionado, de um adulto jovem, com o cabelo ruivo denso e crespo; e os olhos verdes atentos, fixos em mim; o belo rosto abrindo-se num sorriso generoso quando olhei para ele.

E à sua direita, a replimoide, a Filha de Atlântida, a deslumbrante Kapetria, de pele morena, que tinha construído o corpo de Amel para ele, um ser criado em outro mundo e enviado à Terra eras atrás, equipada com enorme genialidade, inteligência e consciência, que no século XX tinha despertado de um túmulo no gelo para ir em busca de seus antigos irmãos. Os olhos escuros e penetrantes de Kapetria estavam fixos em mim, e também ela sorriu. Seu cabelo preto, denso e ondulado, estava comprido e solto para emoldurar o rosto. Ela usava, como de costume, um jaleco branco e engomado, como o de Fareed, e seu braço estava em torno da criatura ao lado.

Aqui estava Pandora – Pandora, que séculos atrás tinha criado o infeliz Arjun e se tornado sua escrava em vez de sua mentora; Pandora, que muitas vezes irradiava uma tristeza tão sombria e amarga que levava outros às lágrimas. Estava usando uma túnica preta com um véu também preto; seus olhos, fechados como se ela estivesse sonhando. Sua cabeça estava baixa, e as duas mãos estavam unidas sobre o mogno reluzente da mesa. Dava para ver muito pouco de seu cabelo castanho e crespo. E nenhum som emanava dela. Bianca, ao seu lado, também estava calada, com os olhos baixos.

E ali estava Armand, de braços cruzados, olhando atento para Marius, com o cabelo castanho-avermelhado formando uma cortina descuidada sobre o rosto, os olhos castanhos, contraídos e concentrados.

Mentes trancadas.

– Muito bem – falei. – É óbvio que vocês todos estavam me esperando. – Tive vontade de fazer todos os tipos de perguntas e, em primeiríssimo lugar, por que Amel e Kapetria estavam ali, mas, como fiquei feliz de vê-los e Marius começou a falar de imediato, escutei suas palavras.

– Bem, é claro – disse Marius num tom abrupto e agressivo. Ele se voltou para mim e trouxe a cadeira para junto da mesa. – Descumpri nossas leis – continuou ele. – Ataquei outro bebedor de sangue e o incinerei até não restar nada.

Silêncio. Mais ninguém se manifestou.

– Logo, naturalmente – prosseguiu – estou aguardando seu julgamento, e o julgamento de todos os que estão aqui reunidos. Admito que Kapetria é agora uma de nós e está aqui por conta dessa questão. Quanto a Amel, bem, sim, Amel, nosso amado Amel... – Ele parou de falar. Seus olhos se embaçaram, e ele engoliu em seco, como se sua voz tivesse se esgotado. E então, enfrentando essa emoção, disse – Nosso querido Amel tem o direito de estar aqui também agora.

– Pura bobagem – retrucou Gregory. – Não há a menor necessidade de fazermos essa reunião, nem de julgamento algum. – Sua voz parecia totalmente humana. Quem fosse se guiar pelos milênios no Sangue acharia que Gregory deveria ter a aparência mais espectral de todos nós. Mas o contrário era a verdade. Por causa de seus séculos de manobras no mundo mortal, com a construção de um vasto império farmacêutico, ele tinha adquirido um verniz humano que era mais espesso e lhe proporcionava melhor disfarce do que qualquer emoliente que um de nós usasse para se fazer passar por humano. E sua atitude e sua voz eram totalmente humanas. Sua pele estava bronzeada por sua exposição cuidadosamente planejada ao sol, enquanto dormia durante a paralisia da luz do dia; e ele tinha o comportamento refinado de um grande executivo acostumado a dar ordens a outros, sendo diplomático com todos. Ele continuou a falar.

– Todos aqui entendem perfeitamente o que aconteceu – disse Gregory. – Ninguém aqui questionou o que Marius fez. É Marius que está questionando Marius.

– Isso é um absurdo! – protestou Marius. – Assassinei outro bebedor de sangue. Descumpri as próprias regras que tinha escrito para serem aplicadas a todos nós. – Ele olhou de mim para Gregory. – Pelos céus – disse ele, com raiva –, será que vamos criar normas para jovens bebedores de sangue pelo mundo inteiro e vamos nós mesmos desrespeitá-las em momentos de descontrole?

– Qualquer um de nós teria agido da mesma forma nas mesmas circunstâncias – afirmou Seth em voz baixa. Ele olhou para mim e continuou num tom tranquilo e equilibrado. – Príncipe, houve testemunhas, embora todos eles fossem novatos. Mas concordaram quanto ao que viram. Arjun atacou Marius, provocou-o e o insultou, além de ameaçar sua vida. Lançou o fogo contra Marius com uma enxurrada de maldições, e Marius revidou. Exatamente como eu teria revidado.

Fez-se mais silêncio. Atrás de mim, as portas se abriram, e vi Cyril e Thorne entrarem na sala e ocuparem assentos ao longo da parede. Isso nunca era um bom sinal, mas eu queria me manter atento ao conselho.

Sevraine então se manifestou.

– Arjun estava aterrorizando Pandora – disse ela. – Para esse bebedor de sangue, as mulheres não são pessoas. Arjun pediu pelo que lhe aconteceu.

– Pandora, você tem alguma coisa a dizer? – perguntou Jesse. Ela procurou o apoio dos outros. E depois o meu. – Não devíamos ouvir o que Pandora tem a dizer?

Pandora não se mexeu. Ela não abriu os olhos. Poderia ter sido uma estátua.

Bianca, ao seu lado, bem junto dela, aparentemente em sintonia com a mescla de dor e confusão que devia estar tornando aquilo tudo uma agonia para Pandora, também ficou imóvel.

Armand permaneceu calado, mas agora eu podia ver que estava furioso.

– Marius – disse eu. – O que você gostaria que fizéssemos?

– Alguma coisa deveria ser feita – respondeu Marius, baixando a cabeça. – Alguma coisa deveria ser dita. Alguma coisa deveria resultar de eu ter desrespeitado as normas que pretendo obrigar outros a cumprir sob pena de consequências fatais. Eu infringi a lei.

— Ah, o romano, o velho romano de sempre — disse Pandora, baixinho. — Sempre o homem da razão. — Ela abriu os olhos, olhando direto para a frente. — Arjun me atormentou por séculos. Você me livrou dele e por isso sou grata. Não queria que ele morresse, não, não queria para ele nada que fosse ruim, mas ansiava do fundo da minha alma por viver livre dele.

— Mas você mesma não conseguiu fazer nada a respeito, certo? — retrucou Marius, inflamado. Eu nunca o tinha visto com tanta raiva. Ele olhava irado para ela, do outro lado da mesa. — Não conseguiu enfrentá-lo. Não, e assim fui forçado a isso. Precisei me opor a ele e a seus pressupostos brutais; e sujei minhas mãos com sangue, quando a sobrevivência de nossa tribo é agora a única coisa com que me importo debaixo do firmamento!

Ele baixou o punho direito com força sobre a mesa. Receei que a madeira se partisse, mas isso não aconteceu. Ele cerrou o punho, e eu captei o cheiro do sangue vindo da palma de sua mão.

— Ouçam o que digo — falou Seth. — Sem a menor dúvida, nenhuma lei que criarmos jamais há de privar um bebedor de sangue do direito de se defender de alguém que o ataque com o fogo.

— Eu poderia tê-lo contido sem esforço — disse Marius. Ele tremia de cólera. Estava com a cabeça baixa e agora esfregava as mãos uma na outra, como se não conseguisse controlar o gesto. — Eu poderia tê-lo contido e...

— E então o quê? Teríamos mais um Rhoshamandes em nossas mãos? — perguntou Gregory. — Ele poderia ter voltado a qualquer hora para se vingar de Pandora, de você ou de todos nós! Ele violou a paz, Marius. Você nos livrou de alguém que não era talhado para estes tempos e não era talhado para este empreendimento aqui que nos é tão amado.

— Concordo — disse eu, sem pensar. Percebi então que todos estavam olhando para mim. — Concordo, e este empreendimento, como você colocou, Gregory, é tudo. Queremos que esta corte perdure. Queremos que a tribo perdure, e Arjun não era um ser que se importasse com isso, não se procurou levar Pandora daqui à força.

— E isso ele fez — confirmou Pandora. Mais uma vez, sua voz estava baixa, como se ela estivesse em outra conversa. — E sou grata por estar livre. E Marius, peço seu perdão por não ter conseguido me livrar de Arjun. Peço seu perdão por eu não ter a força necessária, mas eu era a criadora dele, sua mãe bem como sua amante, e simplesmente não conseguia agir.

Eu sabia que essa era a verdade. Não tinha prestado muita atenção a Pandora ou Arjun no último ano ou mais, mas tinha visto e ouvido o suficiente para saber que Arjun fazia Pandora infeliz, que essa sua infelicidade estava aumentando e que ela se agarrava à corte havia alguns meses, preferindo não viajar mais com Arjun, nem mesmo só até Paris.

– Eu devia ter tido sua força – continuou Pandora, olhando para Marius. – Mas não tenho. E assim você se encarregou disso para mim, mais por repugnância...

– Ora, não se iluda – retrucou ele, agressivo.

Ela fez uma pausa e então prosseguiu.

– Talvez mais por repugnância por minha fraqueza do que por qualquer...

Marius estalou a língua ruidosamente, com escárnio, e desviou o olhar.

– Qualquer que tenha sido o motivo – disse eu –, está feito. E, com base em tudo o que vocês me contaram, minha decisão é a de que foi justificado e em legítima defesa; e que isso se encerre por aqui.

– Concordo plenamente – disse Gregory. Houve murmúrios de concordância em toda a volta, até mesmo de Amel.

– Alguém faz objeção a isso? – perguntei.

Marius levantou-se. Olhou para mim e então para os demais.

– Sinto muito pelo que fiz – disse ele. – Sinto muito por minha impaciência, minha ira e minha fraqueza. Lamento ter dado fim a Arjun. E quero que saibam, quero que todos saibam, que acredito que devemos respeitar as leis que criamos uns para os outros. Nós, do Conselho, nós, os anciãos, não gozamos de nenhuma isenção quanto a essas leis, nenhuma prerrogativa especial para descumpri-las. Sinto muito e dou minha palavra de que nunca mais, num ataque de cólera desenfreada, tirarei a vida de outro bebedor de sangue.

Mais uma vez, houve murmúrios de concordância por parte de todos.

Amel estava profundamente comovido com tudo isso e, por um instante pareceu estar prestes a chorar; mas a realidade era que esse era bem o estilo dele, ter as emoções à flor da pele como um jovem, apesar de ser muito mais velho do que qualquer um de nós. Ele olhou para Marius com um ar melancólico, como se desejasse, do fundo de seu coração estranho e artificial, poder fazer alguma coisa para extinguir o tormento que Marius não conseguia esconder.

– Então está resolvido – disse Pandora.

Ela também ela estava olhando para Marius com um ar de súplica, mas ele se recusava a retribuir o olhar.

– E agora – disse ela – você pode me desprezar por isso bem como por tantas outras coisas.

– Isso é por demais banal, bobo e comodista para merecer resposta – disse ele. – Agradeço a todos pelo seu perdão.

– Então podemos passar à questão mais premente – sugeriu Gregory.

– E qual é? – perguntei. Agora eu queria mais do que qualquer outra coisa neste mundo fazer um relato sobre Fontayne, falar a Pandora a respeito dele e obter dela a confirmação de que eu poderia trazê-lo à corte, mas pude ver que todos os olhos estavam voltados agora para mim, até mesmo os dela.

– Rhoshamandes – respondeu Gregory, olhando direto para mim. – Lestat, você precisa dar a ordem para a extinção de Rhoshamandes.

Capítulo 6

Fiquei enfurecido, em silêncio. Rhoshamandes. Cinco mil anos no Sangue. Morando em sua própria ilha particular de Saint Rayne. Recebendo visitas de tempos em tempos de suas crias, Eleni, Allesandra, e coabitando com seu amante, Benedict. Um bebedor de sangue que obviamente me desprezava pelo que eu tinha feito a ele no passado, depois do assassinato da grande Maharet, e enquanto ele mantinha cativo meu filho, Viktor. Um bebedor de sangue que tinha concordado em nos deixar em paz se nós o deixássemos em paz.

– Por que cargas-d'água estamos falando nisso de novo? – perguntei. – O que aconteceu?

Por um instante, nada se disse, e foi fácil eu entender por quê. Já tínhamos debatido isso inúmeras vezes. Eles todos eram favoráveis à destruição de Rhoshamandes, e só eu tinha me mantido contrário a ela, insistindo repetidamente que Rhoshamandes tinha recebido o perdão formal pelo que fizera a Maharet e que ele não tinha feito nada para violar a paz, nem cometido nenhum ato de agressão a nós.

Era de enlouquecer que eu não conseguisse fazer com que nenhum deles entendesse o que significava para mim a ideia de julgar um bebedor de sangue que andava pela terra havia milênios, que tinha visto a ascensão e a queda de impérios, além de mundos que eu só podia imaginar – eliminar uma criatura dessas por um erro cometido em decorrência de engodos da voz de um espírito que tinha mentido para ele, que o tinha manipulado e instigado a atacar Maharet e destruí-la.

Mas nunca houve o menor indício de entendimento. A maioria do conselho mantinha a posição inarredável de que Rhoshamandes deveria ser destruído, e aqueles que pareciam pouco se importar também não discordavam.

— Amel — disse eu. — Esta, ao que eu saiba, é a primeira vez que você se senta a esta mesa. Você não pode dizer nada em defesa de Rhoshamandes?

— Lestat, por que eu haveria de fazer isso? — perguntou ele, com sua voz de garoto, o rosto de repente ruborizado quando olhou para mim. Nós tínhamos nos visto muitas vezes no último ano, e eu já me acostumara a ele nesse novo corpo imortal. Às vezes, era como se Amel, o espírito, aquele ser fantástico e apavorante, nunca tivesse existido.

— Porque foi você, você ao recuperar a consciência, Amel, quem o instigou a matar Maharet. Já se esqueceu disso?

Esse foi um momento doloroso para os outros, e eu pude perceber. Eles estavam olhando para Amel com preocupação, como se não tivessem se esquecido, nem por um instante, do espírito antigo que ele tinha sido, e não conseguissem confiar no Amel ruivo e jovem, sentado diante deles. Não pareciam tranquilizados pelas emoções que ele demonstrava, mas desconfiavam delas. No entanto, desde o primeiríssimo instante em que pronunciou uma palavra coerente na forma de espírito, Amel sempre tinha sido vítima de suas emoções. E estava sendo agora também.

Descobri-me imerso em meus pensamentos, lembrando-me de que não fazia dois anos que, a uma mesa semelhante a essa no Portão da Trindade em Nova York, esses mesmos imortais tinham falado sobre aprisionar o espírito Amel em alguma câmara de fluidos, na qual, cego e surdo, e incapaz de falar, ele poderia ter resvalado de volta para uma existência de tormento, desprovida de consciência. Procurei expulsar esse pensamento de minha cabeça, porque essa não era uma hora para falar nisso, mas os replimoides, por imensos que fossem seus poderes, não conseguiam ler nosso pensamento; e Amel, que um dia tinha sido nossa mente central, por assim dizer, que podia passar de uma mente para outra entre nós, era agora, na prática, não mais que um replimoide.

Eu me perguntava como era para esse estranho ser encarnado, que estava num corpo físico havia meses — andando, conversando, lendo, talvez fazendo amor, vivendo novamente como um imortal provido de corpo — como era estar agora sentado entre nós, os bebedores de sangue da tribo que ele tinha criado, habitado e mantido por séculos? Pensamentos como esse não levam a conclusões fáceis ou simples. Eles permanecem em mim porque sou propenso a ir à raiz das coisas. E eu queria entender tudo o que estava acontecendo agora; e as emoções que eu podia sentir ao redor eram infelizmente tão reais quanto palavras ou atos.

Não. Eu não ia me deter nisso, no relacionamento desconcertante entre esse ser que eu amava com devoção e os bebedores de sangue que não o amavam nem o compreendiam.

Se Amel se lembrava daquele conselho de frios imortais debatendo seu destino com indiferença – quando nenhum de nós sabia exatamente o que ele era, de onde tinha vindo, por que ou como tinha se fundido com um ser humano para criar o primeiro vampiro – ele não deixou transparecer.

Amel estivera lá, aquele espírito, dentro de nós, ligando-nos uns aos outros, ligando-nos a um hospedeiro, falando em nossa mente quando bem entendia, manipulando, enganando e pondo um bebedor de sangue contra o outro. Ele tinha procurado seduzir Rhoshamandes, para indispô-lo com Maharet, e tinha conseguido. E Rhoshamandes e seu amado Benedict tinham invadido a toca de Maharet para destruí-la com um golpe tão brutal que eu mal conseguia suportar imaginar.

Deixei meus olhos se fixarem em Jesse Reeves, a amada sobrinha e cria de Maharet. Lentamente, seus olhos se voltaram para mim, e eu captei a mensagem:

É preciso aniquilar Rhoshamandes. Não há alternativa. É você, Lestat, que não está entendendo.

– Destruam Rhoshamandes – disse Amel, de repente, impulsivo, com o rosto afogueado. – Acabem com ele antes que ele destrua a vocês ou a *nós*.

– É por isso que estamos aqui, Lestat – declarou Kapetria. Essa foi a primeira vez que ela falou nessa reunião. – Estamos aqui porque Rhoshamandes começou a lançar uma sombra sobre nossa vida; e não conseguimos respirar tranquilos nessa sombra. Rhoshamandes não pretende nos deixar em paz.

– Vamos explicar o que aconteceu – disse Amel. Ele se voltou, olhou para ela, pegou sua mão direita e a beijou. Olhou de volta para mim quando falou. – Nós deixamos nossa colônia na Inglaterra e nos retiramos para o interior dos laboratórios de Gregory, em Paris. Estamos morando agora num esconderijo, sob a proteção de Gregory, porque a cada instante, durante a última semana, Rhoshamandes nos espreitou, nos observou, encontrou algum motivo para conversar conosco, entrou em nossos aposentos particulares, surgindo aparentemente do nada como os antigos conseguem fazer, e não nos deu um instante de paz.

Fiquei arrasado. Eu tinha garantido a todos que isso jamais aconteceria. Rhoshamandes tinha me assegurado que deixaria em paz a colônia dos Filhos de Atlântida.

Eu falara com ele expressamente a esse respeito, e ele me dera sua palavra. Rhoshamandes dissera, "Não tenho nenhum interesse por essas criaturas. Aceito que você as deseje proteger. Não sou uma ameaça a elas. Não tenho nada contra elas. Desde que me deixem em paz, eu as deixarei em paz".

Agora isso.

Kapetria parecia mais perturbada do que eu jamais a tinha visto. Sempre a considerei de uma beleza poderosa, com sua impecável pele de bronze, suas feições primorosamente esculpidas e seu cabelo denso, ondulado, negro e lustroso. Seus olhos tinham uma vivacidade imediata que eu achava tranquilizadora, e sempre tinha achado. E ela havia provado sua lealdade a nós. Isso ela havia provado mais de uma vez, mas a ocasião mais espetacular foi quando removeu o espírito de Amel de meu corpo físico, deixando minha mente e meu corpo intactos.

Teria sido fácil ela ter me destruído no processo. Mas havia adiado o procedimento até ter certeza de que poderia realizá-lo poupando minha vida.

– Você sabe o quanto adoramos nossa colônia – disse Kapetria direto para mim. – Sabe como procuramos aprender com você e com Gremt para fundá-la.

É claro que eu sabia. E amei o que a colônia tinha se tornado.

Com a assessoria de Gregory e Gremt, Kapetria tinha adquirido um hospício abandonado numa zona rural da Inglaterra, junto com um solar imponente bem perto, e uma grande participação num lugarejo próximo, muito maior e mais cheio de vida do que meu pequeno povoado recriado aqui na França.

Os replimoides tinham aberto um "spa" de saúde, como um disfarce para suas atividades, reformando totalmente o hospício e instalando ali seus laboratórios. Renovaram imóveis no lugarejo, atraíram novos empreendimentos, restauraram a igreja em ruínas e estabeleceram uma doação para prover fundos para um vigário residente.

Esse era o jeito garantido, dissera Gremt, de prosperar entre mortais: demonstrar extrema generosidade para com os moradores da vizinhança, tornar-se uma força para o bem de todos, para que eles pudessem relevar com facilidade qualquer coisa que vissem que despertasse suspeitas de que uma espécie alienígena estava bem ali entre eles.

Isso era simples para os Filhos de Atlântida, que nutriam apenas bons sentimentos pelos seres humanos e eram de fato, em pensamento, o Povo do Propósito – sendo o propósito o de fazer o que fosse bom para os seres humanos.

Eu tinha visitado a comunidade na Grã-Bretanha algumas vezes nos últimos meses, abismado com o progresso da colônia, que agora somava sessenta e quatro replimoides, dos quais trinta clones de Kapetria e trinta clones de seus três irmãos, Garekyn, Welf e Derek.

Agora, se vocês tiverem lido as histórias mais recentes das Crônicas Vampirescas, sabem como essas criaturas se multiplicam. E como essa descoberta ocorreu por acidente, quando Rhoshamandes mantinha um deles prisioneiro – esse era Derek – e decepou o braço de Derek. Eles se multiplicam pelo processo que é chamado de regeneração, pelo qual, uma vez que uma parte seja decepada, ela desenvolve um indivíduo que é um clone do corpo genitor do qual a parte foi tirada, enquanto o corpo genitor se regenera substituindo aquela mesma parte. É claro que isso lhes dá uma extraordinária vantagem reprodutiva neste mundo; e, por essa razão, alguns de nossa tribo acreditavam que, para o bem do mundo, os replimoides deveriam ser destruídos.

Armand tinha sido quem apresentou essa ideia com maior vigor, bem na presença dos próprios replimoides, e insistia de modo contínuo quando eles não estavam presentes. Ao observar a colônia chegar a sessenta e quatro indivíduos, ele não parava de verbalizar essa advertência: "Destruam-nos agora, ou vocês se arrependerão mais tarde", dissera. "Nós éramos humanos antes de sermos bebedores de sangue. Como podemos permitir que essa espécie ameace a espécie humana?"

Agora, durante todo esse tempo Armand não dissera nada. Mas eu podia ver seus olhos frios e implacáveis, fixos em Kapetria, com sua característica inocência aparente, e imaginei uma corrente de malevolência fluindo a partir dele, mas ele não deixava que nada transparecesse de sua mente nem de seu coração.

Rhoshamandes nunca tinha manifestado essa opinião para mim – um horror inerente aos replimoides – mas, como Rhoshamandes estava no Sangue havia cinco mil anos, ele sem dúvida sabia como Armand se sentia a respeito da questão. Rhoshamandes podia nos espionar por meios telepáticos a distâncias enormes, e sem dúvida sabia que estávamos neste momento discutindo a possibilidade de acabar com ele.

É claro que talvez ele não estivesse prestando atenção a nossas conversas. Poderia estar pilotando uma de suas embarcações nos mares do norte, ou estar sentado num teatro de ópera em algum ponto da Europa, mergulhado na música. Ou, quem sabe, ele agora não estivesse simplesmente indiferente a nós e não se importasse com o que disséssemos.

Afinal de contas, eu havia garantido que nunca faríamos nada para destruí-lo se ele deixasse em paz a todos nós, e "todos" incluía os Filhos de Atlântida.

Estava imerso em meus pensamentos a respeito, como os estou relatando agora, quando Kapetria se manifestou. E, como eu não estava olhando para ela, mas sim para Armand, ouvi um tremor em sua voz pela primeira vez. Ouvi uma fraqueza nela, uma fragilidade que nunca tinha ouvido antes.

– Cinco noites atrás – disse ela –, como se ele soubesse que você atravessaria o Atlântico para ir a seu antigo lar em Nova Orleans, Rhoshamandes apareceu por horas a fio, caminhando no lugarejo, sentado na igreja ou mesmo passeando em nossa propriedade.

– Todas as noites – acrescentou Amel – temos um serviço de vésperas na capela, e é cada vez maior a quantidade de moradores do lugarejo que comparecem. E eu mesmo adoro estar lá. E de repente lá estava ele, esse vulto alto, totalmente envolto numa pesada capa com capuz, no banco dos fundos, durante o serviço inteiro. E depois saiu andando devagar pela rua principal do lugarejo e pelo bosque adentro.

– Essa atenção repentina foi pertubadora – disse Kapetria, pondo a mão no braço de Amel, talvez para que ele se calasse ou para acalmá-lo. – Mas falei com ele com cortesia, fiz questão disso. E ele foi artificial ao falar comigo, com um sorriso falso e dizendo como era bom... bom nos ver tão perto de sua casa. É claro que eu lhe disse que não considerava a região sul da Inglaterra assim tão próxima de Saint Rayne, mas ele disse que, para uma criatura como ele, era uma questão de segundos cobrir a distância. E então, com uma atitude bastante solene, me desejou boa sorte.

– Ele falou com outros – mencionou Amel. – Chegou a se dar ao trabalho de parar Derek no lugarejo, e vocês sabem que Derek tem pavor dele!

– Sim – disse Kapetria. – Derek está convencido de que Rhoshamandes o estava seguindo; e em uma dessas vezes, quando parou para falar com Derek, ele perguntou pelo braço regenerado. Fez algum comentário irônico sobre os dois compartilharem esse tipo de sofrimento, que você tinha "decepado" o braço dele, e ele tinha "separado" o braço de Derek do corpo. Mas é claro que esse tinha sido um acaso "feliz", não é mesmo? Porque... quanto tempo nós poderíamos ter levado para chegar a descobrir que podíamos nos multiplicar dessa forma simples? Fez também alguma observação insensível de que você tinha sido o autor da descoberta, já que foi você quem "decepou" o braço dele na presença de imortais que ele conhecia havia milhares de anos, quando o mundo que compartilhamos agora não poderia ser imaginado. E prosseguiu dizendo que infelizmente era esse o caso com seus atos desastrados... o que foi mesmo?...

– ... Que de algum modo – disse Amel – Lestat consegue tirar proveito de seus atos desastrados como nenhuma outra criatura que ele jamais conheceu; que não só você, Lestat, tinha se beneficiado, mas os Filhos de Atlântida também. Perguntou se você ainda levava o machado por dentro do paletó.

– Derek não soube responder à pergunta sobre o machado – disse Kapetria. – Rhoshamandes ficou rindo, baixinho, sem parar. Tudo isso deixou Derek abaladíssimo. Mas foi há duas noites que ele me amedrontou, e não sou de me amedrontar com facilidade. Eu diria que me falta um entendimento inteligente do medo. – Ela hesitou.

– O que ele fez? – perguntou Armand, de repente.

Kapetria olhou direto para Armand pela primeira vez.

– Eu estava em meu escritório em casa – respondeu ela. – Tinha trabalhado a noite toda no laboratório e afinal tinha algum tempo para descansar. Estava cansada. Entrei e me joguei numa poltrona junto à lareira. Sentia frio, tremia, esfregava os braços e estava prestes a desistir de ficar ali quando, de repente, as achas de carvalho na lareira irromperam em chamas. Houve um ronco forte quando isso aconteceu, uma crepitação e uns roncos, e então vi que *ele* estava sentado na poltrona diante de mim, como se tivesse estado ali o tempo todo. Era como se possuísse poderes mágicos, e eu fosse indefesa diante deles. Uma magia pela qual ele poderia invadir nossos aposentos particulares.

– Não foi magia – disse Gregory. – Foi uma simples velocidade que você não tem como imaginar, e, é claro, a surpresa.

– Bem, não importa o que tenha sido, fiquei amedrontada – assumiu Kapetria. – Consegui um insight sobre o que as pessoas querem dizer quando falam sobre estarem amedrontadas. Seria até possível dizer que foi positivo, porque com isso aprendi o que significa estar amedrontada...

– Bem, era exatamente assim que ele queria que você ficasse – disse Marius –, amedrontada. E foi por isso que ele entrou sem ser convidado em seu escritório e acendeu o fogo.

– O que ele disse? – perguntou Gregory.

– Bem, de início, nada. E eu não disse nada. Olhei para a porta que dá para o corredor e vi que estava aberta. Imaginei que ele tivesse passado pelo portal em silêncio e com tal velocidade que eu não tinha visto...

– Foi isso o que ele fez – disse Gregory. – Foi exatamente isso o que ele fez, Kapetria, e todos nós temos esse poder e essa habilidade.

– E então ele foi embora sem dizer nada? – insistiu Marius.

– Não – respondeu ela. – Ele, por fim, rompeu o silêncio. Perguntou se eu não ia lhe dar as boas-vindas à minha sala de visitas, como chamou o aposento; e eu disse, sem pensar, que parecia não ser necessário já que ele havia entrado em meu escritório particular por sua própria vontade. Então, pela primeira vez, pela primeira vez desde que suas visitas estranhas começaram, ele disse algo positivamente ameaçador. Ele me disse em voz baixa, uma voz fria e hostil, que considerava a todos nós irritantes e que não nos queria na Inglaterra.

"Perguntei-lhe se estava me dizendo que nós devíamos ir embora, e a isso ele respondeu que deixaria que eu mesma decidisse. 'Vocês são muito sedutores para os bebedores de sangue', ele disse, 'com esse seu sangue que sempre se regenera. E é de fato totalmente espantoso que Lestat tenha recebido a você e seu bando como iguais e lhes tenha oferecido uma proteção que ele não tem como garantir.'"

— Foi exatamente isso o que ele disse? — perguntei.

— Foi — ela respondeu. — E nós partimos imediatamente para a França, todos nós, naquela noite, de avião, pousando em Paris bem antes de amanhecer. E antes do pôr do sol estávamos todos reinstalados em segurança em nossos antigos alojamentos na Collingsworth Pharmaceuticals.

— Sim — disse Amel com um forte suspiro —, por trás de paredes de aço, totalmente no interior de uma torre, na qual não temos janelas, mas parece que estamos em perfeita segurança. — Amel olhou para Gregory. — E Gregory nos aceitou mais uma vez, com sua generosidade de sempre, até mesmo concordando em esperar que você voltasse para tomar conhecimento da história completa.

Recostei-me em minha cadeira. Não conseguia ocultar meu ar de repugnância.

Todos ficaram calados por um instante, e então David Talbot e Gregory começaram a falar juntos. Gregory cedeu a vez a David.

— Escute, meu amigo querido — disse-me David, debruçando-se sobre a mesa enquanto olhava para mim. — Você deve dar um fim a essa criatura! Agora espere antes de responder. Não faz cinquenta anos que eu era mortal, Lestat, um ser humano até data tão recente, e um ser humano que tinha vivido setenta e quatro anos antes de perder seu corpo original, assumir outro e ver esse corpo ser transformado pelo Sangue das Trevas. Eu bem me lembro de todas as lições morais de ser humano e lhe digo o seguinte: deve dar a ordem imediata para a destruição dessa criatura. Você está jogando com sua vida e a vida dos replimoides; e está jogando com a vida de todos os aqui presentes.

— E ele está em algum lugar escutando cada palavra nossa — deduzi.

— Mais uma razão — disse David.

— Dê a ordem — disse Gregory.

— Dê a ordem — repetiu Sevraine.

— Dê a ordem — disse Seth.

Sem um som, Jesse apenas levantou a mão direita e fez que sim.

Todos demonstraram estar de acordo por gesto ou por algumas palavras, menos Armand. Seus olhos estavam fixos em mim.

— Raios! Por que você está hesitando? — perguntou Armand. — Onde foi parar aquele vilão desprezível que destruiu a seita dos Filhos de Satã numa única noite?

— Ai, pelo amor de Deus, não fiz nada disso – retruquei. – Foi o fato de você me prender que me levou para o interior de seu bando, e eu não destruí ninguém. Não desenterre velhos rancores. Não ajuda em nada.

Ouvi então a voz de Cyril, do outro lado da sala.

— Livre-se dele, chefe. Livre-se dele. Ele é perigoso demais, tolo demais e por demais desprovido de alma.

Ninguém no conselho fez a menor objeção a meu guarda-costas grandalhão, desgrenhado, em trajes de couro, se manifestar. Na verdade, Marius de imediato exprimiu sua concordância à avaliação.

— É exatamente isso – disse Marius, dirigindo-se a mim. – Ele não tem dentro de si uma alma para controlar um corpo que desenvolveu um poder indescritível ao longo de milênios. Nada ameniza sua visão rasa e frágil do mundo.

— Tudo bem – concordei, levantando as duas mãos. – Deixe-me ver se entendi isso, Marius. Você, você, que está exigindo algum tipo de censura pública por ter destruído Arjun, você está dizendo que eu devo agora revogar minha decisão sobre Rhoshamandes porque ele atormentou os replimoides e violou a santidade do escritório particular de Kapetria para incomodá-la com uma série de palavras mal escolhidas?

— Você conhece todos os velhos argumentos – disse Marius.

— E você já ouviu minha resposta a eles – retruquei. – O que mudou não basta para justificar a revogação do perdão de um príncipe, não ao que eu consiga ver.

— Ele pretende nos destruir – disse Kapetria. – Ele brinca conosco como um gato indócil.

Fiz que não e tentei me recolher para o fundo da minha alma, por um instante de pura reflexão a respeito do assunto, mas me descobri fitando os olhos de Amel. Eu nunca tinha visto um semelhante ar de angústia associado a malevolência como via em seu rosto agora. Seu lábio inferior estava tremendo de um jeito infantil, e então ele falou:

— Você sabe o que significa levantar-se de um sono longo e maldito, do qual tentou acordar repetidamente, e depois vagar na escuridão, procurando uma luz em uma estação remota atrás da outra ao longo das enormes estradas de um país inconquistável sem nome? – Seu corpo inteiro tremia. Sua voz tremia.

— Imagine – disse Amel. – Imagine uma mente aos poucos despertando para seus próprios limites, se esforçando para compreender que um dia foi uma pessoa, uma criatura, um ser... e lutando para fazer sentido do que conseguia ouvir, mas não ver; e então ver, mas não enxergar perfeitamente... em meio a uma cacofonia de vozes que nunca paravam de falar. – Ele se interrompeu. Levou a mão à testa e baixou os olhos por um instante como se estivesse numa luta violenta consigo mesmo.

– Amel, estou ouvindo o que você diz – repliquei. – Eu entendo.

– O que ele quer lhe dizer – disse Kapetria – é que, naquelas viagens intermináveis para cima e para baixo pelos fios da teia de sangue vampiresco que tinha criado, ele conheceu o que lhe pareceram ser inúmeras mentes; e entre essas mentes, conheceu a de Rhoshamandes, e soube que ela era egoísta, mesquinha, frágil e fácil de seduzir.

Concordei com um gesto de cabeça. Amel tinha se recuperado e olhou de novo para mim.

– Eu o conheço – disse ele, com a voz embargada. – Ele é um monstro. Mate-o antes que ele o mate. Se você morrer, Lestat, se você perecer, se você deixar que aquele execrável...

Kapetria abraçou-o, abraçou esse corpo que ela havia criado para ele, e lhe deu um beijo, afagando seu cabelo.

– Ele entende – disse ela. E repetiu. – Ele entende.

Fez-se um silêncio. Eu sentia a mesma relutância que sempre tinha sentido em condenar Rhoshamandes. Mas me esforçava para encontrar uma forma mais convincente de exprimir meu sentimento profundo: de que, apesar de seu comportamento ter sido agressivo e detestável ao extremo, ele não tinha feito nada que justificasse a pena de morte.

Foi Sevraine quem rompeu o silêncio. Sevraine era uma bebedora de sangue deslumbrante; seu rosto tinha a perfeição de uma estátua e seu cabelo, como o de Pandora, muitas vezes lembrava um véu. Agora, ao falar, ela mantinha o olhar fixo à frente, com a voz baixa e firme.

– Conheço Rhoshamandes – disse ela. – Sempre o conheci. Eu o conheci quando ele era um mortal. E o conheço agora. Se ele fosse um bebedor de sangue mais jovem, digamos, com apenas quinhentos anos no Sangue, ou mesmo um milênio, a questão seria diferente. Ele tem horror a conflitos e é, num sentido muito verdadeiro, um covarde.

"Mas você o provocou, Príncipe, e o que o deixa ainda mais furioso é que Benedict, seu amado, sente-se atraído por você." Ela olhou para mim. "Benedict está agora no salão de baile, esperando que a música comece. Benedict esteve aqui ontem à noite também. E, à medida que perde seu poder sobre Benedict, Rhoshamandes vai ficando cada vez mais irritado, inquieto e possesso. E seus poderes são vastos demais para sua mente, ainda mais agora que ele os testou e sabe exatamente que forças destrutivas tem a seu dispor."

Concordei em silêncio.

– É um ser raso, inconsequente – acrescentou Sevraine. – Se ele se retirasse, se fosse procurar algum lugar no mundo onde pudesse viver em paz e nunca mais ouvir falar de você ou da corte, seria diferente. Mas ele fica pairando por aqui, reabrindo suas próprias feridas.

– Tudo bem – disse eu. – Entendo o que vocês estão dizendo, todos vocês. Mas não posso simplesmente revogar minha decisão. Vou agora à Louisiana para trazer à corte uma antiga cria de Pandora. Quando voltar, garanto que tomarei a decisão.

Calei-me. Tinha a dolorosa consciência de que Benedict, sem dúvida, podia ouvir cada palavra pronunciada nessa sala, de que Rhoshamandes podia ouvir se estivesse decidido a ouvir.

– Por ora – continuei, como se estivesse me dirigindo ao próprio Rhoshamandes – esse ser está a salvo. Ele não violou a paz. E ainda está sob nossa proteção.

Levantei-me e acenei para que Thorne e Cyril me acompanhassem.

Quando estendi a mão para a maçaneta da porta, pensei em como seria simples para eles fazer o que queriam sem meu consentimento, e em por que eles insistiam para que eu desse a ordem. Mas era assim que as coisas eram, e eles não iam tirar de mim o peso de tomar essa decisão.

A caminho da torre norte, passei pelo salão de baile. Vi Benedict e o abracei. Ele estava abalado, obviamente infeliz, mas retribuiu meu abraço.

– Como vão as coisas com Rhoshamandes? – perguntei.

– Ele está se acostumando, Lestat. Está mesmo – disse Benedict, com súplica na voz. – Já sugeri que ele viesse à corte, que visse tudo isso por si mesmo. Com o tempo, ele virá. Sei que virá.

Ele me deu um beijo. Foi de repente, um beijo direto em minha boca. Vi medo em seus olhos. Vi dor. Seu rosto era de garoto, como o de Amel. Ele tinha o mesmo cabelo desarrumado, só que de uma cor diferente; e sua voz era jovem.

– Quero o melhor para todos nós – disse eu.

Eu já tinha chegado às ameias quando pensei em Pandora. Nem mesmo tinha lhe perguntado se ela queria que Fontayne viesse para a corte. Mas tinha visto seu rosto em meus últimos minutos à mesa do conselho, e me pareceu que nele havia um sorriso agradável. Decerto ela sabia onde eu tinha estado e aonde estava indo agora.

De repente, quando saí para o vento gelado, ouvi sua voz ali atrás de mim.

– Sim, Lestat, traga-o para mim – disse ela.

O vento estava carregado com o perfume do verdor da floresta. A neve estava chegando, e eu acolhi sua beleza. As vestes de Pandora eram puxadas e açoitadas pelo vento.

– Gostei dele de cara, Pandora – falei.

– Esse é seu dom – disse ela. – Você ama a todos.

– Amor – a palavra excessivamente desgastada pelo uso – amor – a palavra mais popular do século XXI.

Eu queria falar mais, compartilhar com ela minhas reflexões recentes, que tínhamos de amar uns aos outros, respeitar uns aos outros, parar de usar nossa própria natureza odiosa de bebedores de sangue para justificar o tratamento cruel uns dos outros, que neste momento eu estava apaixonado pelo mundo e, sim, como Marius me dissera, talvez não estivesse admitindo nossa verdadeira natureza, tendo de ignorá-la. E me perguntei o que Cyril e Thorne achavam de tudo isso, viajando comigo todas as noites, mantendo-se a meu lado, falando raramente a não ser pelos motivos mais práticos.

Mas eu apenas a beijei, profundamente grato por ela não estar sofrendo com a perda de Arjun.

E lá fomos nós, Thorne, Cyril e eu – viajando para o oeste, noite adentro, enquanto o sol se punha no litoral distante da América do Norte.

Capítulo 7

Era o início da noite quando nos aproximamos da magnífica residência de Fontayne, na região dos alagados. Eu quis entrar na propriedade da maneira correta e parei do lado de fora dos portões para tocar a campainha, que ouvi ecoando no interior da casa. Mais uma vez, admirei a alta cerca de ferro. E todo o visual da casa majestosa em estilo neoclássico, com suas altas colunas e suas trepadeiras floridas, me encantava. Ao mesmo tempo, eu pressentia alguma coisa. Eu ouvia alguma coisa.

– Tem alguém com ele – sussurrou Thorne. – Vamos entrar na frente.

– Não, não vamos deixá-lo sozinho – disse Cyril.

Senti que ele passou seu braço poderoso por minhas costas e deixou sua mão direita cair sobre meu ombro. Ninguém sabia qual era a idade de Cyril, nem mesmo Cyril; e, às perguntas mais simples a esse respeito, ele dava respostas absurdas ou bobas. Analfabeto, e cínico por natureza, ele não guardava nenhuma história pessoal no coração e não tinha nenhuma a compartilhar com qualquer outro de nós. Mas eu não tinha a menor dúvida quanto a seu poder.

Enviei a Fontayne um aviso de nossa chegada e de que estávamos nos aproximando da porta. Mas não houve retorno algum.

Mesmo assim, segui pelo largo caminho de entrada entre as fileiras de carvalhos, subi a escada de mármore, cruzei o pórtico e ergui a aldrava de latão. Bati três vezes, e Fontayne abriu a porta.

Ele deu um passo atrás para eu entrar, mas sua expressão estava rígida e fria; e, com os olhos, tentou me dar um sinal. Olhou de relance para a direita, uma vez e mais outra. Havia alguém ali. Alguém, atrás dele.

Quando entrei na sala, não vi ninguém.

– Que bom você ter vindo conforme prometeu – disse Fontayne, e aqueles olhos dele me deram o sinal de novo, embora fosse óbvio que sua mente estava trancada em desespero. – Recebi uma visita.

– Rhoshamandes? – perguntei.

Um rugido tremendo encheu o ambiente, como o rugido de uma fera, e Fontayne de repente foi atirado direto em cima de mim. Senti um calor estarrecedor me empurrar contra a porta fechada e o cheiro das labaredas antes que elas me envolvessem. O fogo me cegou, e então senti que eu subia pelo ar.

– Vá, vá para salvar sua vida – gritou Fontayne. O fogo ardia por toda parte. As paredes se abriam como que arrancadas por um furacão.

Thorne carregava a nós dois nos braços quando atravessamos o teto e então a parede exterior, destroçando e estilhaçando a madeira em chamas. E de repente estávamos muito acima da casa incendiada. Foi então que a casa sumiu e as nuvens nos tragaram enquanto seguíamos para o leste a uma velocidade que eu jamais tinha ousado viajar.

Mantive Fontayne agarrado a mim, e Thorne me carregava. Grudei o rosto de Fontayne em meu peito e cobri sua mão direita com a minha. O vento era tão forte que parecia estar arrancando meu cabelo.

Agora era impossível pensar, falar ou mesmo enviar a mensagem telepática mais concisa. Mas eu sabia que estávamos atravessando o Atlântico de volta e rezava para que Cyril estivesse a salvo ao nosso lado.

Perdi a consciência antes de chegarmos ao château. Foi a velocidade, o frio, a violência daquilo tudo e a exaustão por ter acabado de fazer a viagem no sentido oposto.

Acordei, entorpecido e desorientado, num aposento espaçoso no alto da torre nordeste.

Era um desses aposentos raramente procurados ou usados por qualquer um de nós. Descobri que estava sentado no chão, num espesso tapete persa, e vi a lareira acesa, as velas dos candelabros de parede acesas, como que por feitiço, e as janelas fechadas para proteção contra a noite.

Fontayne jazia de costas, aparentemente sem vida. Suas roupas estavam queimadas como carvão, e eu pude ver uma terrível queimadura num lado de seu rosto.

Quanto a mim, eu também tinha sido queimado, e os fragmentos pesados de meu casaco danificado caíram de mim para o tapete. Passei os dedos pelo cabelo. Não sentia nenhuma queimadura na pele.

Thorne estava ali, em pé, imponente.

– E Cyril? Onde está? – perguntei.

– Não se preocupe – disse Thorne. – Cyril pode cuidar de si mesmo, e ele vai pegar aquele filho da mãe. – Devo dar sangue a esse aqui?

Fiz que sim. Ele se sentou e aninhou Fontayne nos braços, parecendo uma Pietà esdrúxula ao morder o pulso e pressionar a ferida aberta contra os lábios de Fontayne. Fontayne parecia tão frágil.

Pandora estava na sala e, com ela, Marius, Bianca e Gregory.

Gregory me deu a mão para eu me levantar. Minha assistente Barbara estava ali e trazia um casaco limpo para mim, ajudando-me a vesti-lo.

Pandora se ajoelhou no chão e fez um gesto para Thorne passar Fontayne para ela. Ela se pôs de pé, carregando-o nos braços. Abriu um ferimento em seu próprio pescoço e grudou nele a boca de Fontayne. Deu-nos as costas, afastou-se para as sombras carregando seu homem-filho e se recolheu a um canto na penumbra.

Barbara escovava meu cabelo, e Gregory me examinava em busca de queimaduras.

– Quem foi? – perguntou Gregory.

– Não foi Rhoshamandes – disse Thorne. – Foi outro. Alguém chamado Baudwin.

– Baudwin! – repetiu Gregory num sussurro de espanto. Estava usando seu habitual traje de homem de negócios, e dele emanava a fragrância de uma caríssima colônia masculina. De imediato, seu rosto ficou perturbado com essa notícia. – Eu achava que Baudwin tivesse morrido muito tempo atrás.

– Era o que eu pensava também – disse Thorne. – Mas não, e Fontayne nos avisou sobre ele na primeira vez em que fomos lá.

Eu já me sentia bastante recuperado e fui me sentar junto à lareira numa poltrona moderna que, felizmente, era confortável e feita de um couro macio. Ainda meio congelado pela viagem, estendi as mãos para o fogo.

– Baudwin – disse eu – e ele tentou destruir a nós dois, a mim e a Fontayne.

– Cyril lançou o fogo de volta direto sobre ele – disse Thorne. Outros entraram na sala: Marius e Seth.

– Agora já terminou – repliquei, olhando para o alto. – Ninguém precisa se preocupar, mas perdemos uma casa magnífica por essa agressão totalmente despropositada. – Ocorreu-me a ironia de nenhum de nós possuir o poder telepático para fazer cessar um incêndio ateado por nós mesmos ou por outros. Tampouco tínhamos o dom telepático necessário para curar nossos próprios ferimentos, certo?

Pandora trouxe Fontayne para perto da lareira e o sentou diante de mim. O cabelo dele estava solto e despenteado; e, com sua leve camisa branca e jeans, ele tremia de frio. Pandora se ajoelhou ao lado dele, tirou-lhe as botas pretas e as jogou para um lado. Esfregou os pés calçados com meias, usando as duas mãos, delicadamente.

Eu era favorável a deixá-lo em paz, deixá-lo se aquecer, deixar Pandora fazer sua parte, mas as perguntas começaram de pronto. Gregory, com o braço no encosto da poltrona, queria saber o que tinha acontecido.

Seth queria que Thorne o levasse até o lugar onde a agressão tinha ocorrido.

– Deem tempo a Cyril – disse Thorne. – Cyril tem como lidar com aquele demônio. Cyril estará aqui logo, logo.

Todos começaram a falar ao mesmo tempo, Fontayne inclusive, e então todos se calaram para escutar Fontayne. E ele contou a história.

– Ele chegou ontem à noite. Disse que me destruiria se eu não cooperasse com ele. Meus poderes não tinham como se comparar aos dele. Não havia nada que eu pudesse fazer para expulsá-lo de minha casa. Eu estava indefeso debaixo de meu próprio teto. Ele sabia que você viria na noite seguinte.

– Qual é a aparência dele? – perguntou Gregory. – Qual é sua idade?

– Ele provém das ilhas Britânicas – disse Thorne – criado antes de mim; e sempre alegou descender de um bebedor de sangue lendário; mas ninguém acreditava nele. – A barba e o cabelo ruivos de Thorne ainda estavam cobertos de gelo, mas ele parecia totalmente imune ao frio, apenas em pé ali com sua pesada jaqueta preta de couro.

– E quem era esse vampiro lendário? – perguntei.

– Gundesanth – disse Fontayne. – Seu criador foi Gundesanth.

Gregory e Seth riram alto. Ouvi a risada de Sevraine. Ela veio para a claridade da lareira e, ajoelhada ao lado da poltrona de Fontayne, começou a massagear suas mãos enquanto Pandora continuava com seus pés. Tanto Pandora quanto Sevraine usavam vestidos longos, escuros e tremeluzentes, com escarpins sem salto; e tinham uma aparência bastante angelical. Somente bebedoras de sangue de tanta beleza revelavam o colo, os ombros e os braços nus, como essas duas faziam agora, com essas roupas justas e decotadas; e eu achava isso perturbador.

Duzentos e cinquenta anos no Sangue, e eu ainda tenho uma reação elétrica diante dos encantos eróticos de vampiros masculinos e femininos.

Barbara, em pé atrás da poltrona, escovava o cabelo de Fontayne, e eu podia ver que todo esse carinho e cuidado de fato o surpreendiam. Sem nada entender, ele olhava de uma para outra dessas criaturas aparentemente delicadas. Barbara mostrava uma espécie de mansidão e uma simplicidade em seu suéter de gola alta e longa saia de lã, mas parecia perfeitamente indiferente a qualquer coisa que não fosse restaurar o bem-estar de Fontayne.

– Muito bem, quem é Gundesanth? – perguntei, olhando para Seth. – Vocês, os grandes, vão explicar ou vão continuar rindo e abafando risinhos uns com os outros?

– Ele era um monstro, pelo que ouvi dizer – respondeu Seth. – Nunca pus os olhos nele. Mas, mesmo nos primeiros anos depois que fui criado, eu sabia que todos os desgarrados que tinham escapado da seita do Sangue de minha mãe alegavam terem sido criados por Gundesanth.

– Eu o conheci bem – disse Gregory. – Eu o conheci antes que desertasse do Sangue da Rainha... antes que você fosse criado – disse ele a Seth. – Mas nunca ouvi falar dele nos dois últimos milênios neste mundo, nunca sequer uma menção.

Eu não sabia ao certo o que queria ouvir primeiro – mais a respeito de Baudwin ou mais a respeito de Gundesanth.

– Bem, foi o que ele alegou, esse Baudwin – disse Fontayne, aparentando estar bastante recuperado. As bochechas estavam coradas, e ele tinha parado de tremer. – Ele insinuou que seu criador em pessoa logo iria despertar de seu sono para destruir a corte. Afirmou que isso era inevitável.

– E se fosse esse o caso – disse Thorne, numa voz grave e áspera – por que esse Baudwin não esperou por seu criador?

Risos de todos os lados. Menos de Fontayne.

Seu cabelo agora estava penteado, e ele se recostou na poltrona e olhou direto para mim.

– Esse Baudwin é uma criatura grande, ossuda, de olhos claros. Não usa barba, e o cabelo louro estava aparado bem curto quando ele veio me procurar. Na segunda noite, pude ver que ele corta o cabelo ao acordar, com pouca atenção para com a aparência. Ele estava quase maltrapilho, o que as pessoas de hoje chamam de maltrapilho, roupas sujas, todas descombinadas, um fraque surrado e rasgado, uma camisa de operário de brim azul e um cachecol de tricô. Parecia totalmente deslocado numa sala mobiliada. Andava de um lado para o outro me perguntando repetidas vezes como esse "novato desse Lestat" tivera a audácia de estabelecer uma monarquia entre os mortos-vivos e por que não foi destruído por essa desfaçatez. Disse que pouquíssimas coisas no universo dos mortos-vivos poderiam despertar seu amado criador, Gundesanth, mas que essa corte, sem dúvida, o faria. Exigiu de mim um compromisso de fidelidade, mas me recusei. Imaginei que fosse morrer nas mãos dele, mas não pude ceder. Eu não queria morrer, entendam, mas não tinha o poder de enganá-lo a esse respeito. Eu estava tentando reunir minhas forças, seguir as descrições em seus livros, procurando recorrer a dons dos quais nunca tinha tomado conhecimento antes de lê-los, e então ele anunciou que você estava vindo.

"'Você precisa conhecer Lestat e conversar com ele', disse eu. 'Vai ficar encantado com ele. Lestat não tem a intenção de ofender ninguém.' Ele riu de mim. E então ouvi você chegando."

Fiz que sim e agradeci com um sussurro.

– Quer dizer que nada, absolutamente nada, foi dito a respeito de Rhoshamandes? – perguntou Gregory. – Tem total certeza disso?

– Tenho – disse Fontayne. – Nada, absolutamente nada. Mas a verdade é que esse ser protegia seus pensamentos de mim, apesar de eu não conseguir esconder os meus dele. Senti ódio dele. E sinto ódio dele agora por tentar te destruir. – Ele olhou para mim.

Assenti em silêncio e fiz um gesto para ele permanecer calmo.

– Tudo foi como eu mais temia: – disse Fontayne – os motivos pelos quais levei minha vida isolado de outros bebedores de sangue, procurando afeto em mortais, o que devo admitir que pode devastar nossa alma com o tempo.

Ele levantou os olhos até Pandora, que estava em pé ali ao lado. Ele a contemplou como se ela fosse uma deusa, e era isso o que ela parecia ser.

– E Arjun, senhora? – perguntou ele, com a voz baixa e educada. – Ele aceitou que eu viesse aqui?

– Arjun se foi – disse Pandora. – Você nunca mais vai precisar se preocupar com ele, Mitka. Agora vou cuidar de você. – Ela olhou para mim com os meigos olhos castanhos e um leve sorriso na boca rosada. – Vou me encarregar de tudo.

– Se ao menos Cyril já estivesse de volta aqui! – disse eu. Vi a expressão perturbada no rosto dos outros. E só então percebi Louis e minha mãe no portal distante.

Quanto tempo eles tinham ficado ali, eu não fazia ideia. Minha mãe olhou para mim, e sua mera expressão disse o que tantas vezes dizia: *Quer dizer que você está vivo, ileso*. E então ela desapareceu. Acenei para Louis entrar, para conhecer Fontayne.

Thorne estava dizendo que eu não precisava me preocupar com Cyril.

Eu ainda tinha em mim força suficiente para apresentar meus dois amigos, Louis e Mitka, e depois precisava ficar sozinho. Precisava dormir. A viagem de ida e volta tinha sido vigorosa demais, extenuante demais.

Pedi licença e disse que ia para meu apartamento particular. E foi o que fiz. Deixei-me cair na cama, exatamente como um mortal exausto, e dormi, acordando mais de uma vez com a súbita apreensão de que estava pegando fogo, sendo consumido por um calor fatal, só para me dar conta de que aquilo não estava acontecendo, e cair de novo no sono.

Lá fora tinha começado uma neve fraca, e sonhei com noites de calor em Louisiana e as bananeiras altas, com folhas como facas, dançando ao vento no pátio de minha antiga casa; sonhei com os carvalhos ao longo do caminho de entrada da casa de Fontayne; vi a casa como uma ruína medonha em meus sonhos e senti ódio por esse tal de Baudwin, quem quer que ele fosse, e quis destruí-lo. Num único instante, ele tinha feito o que Rhoshamandes jamais fizera a nenhum de nós.

Mesmo dormindo, ouvi Barbara entrar no quarto. Vi que ela se curvou para levar uma longa vela de cera às achas na lareira. Ouvi-a fechar as folhas de aço das janelas contra a neve soprada pelo vento. Quis me levantar e dizer, Não, por favor deixe que a neve macia entre no quarto com seus flocos minúsculos, seus flocos brancos que se derretiam assim que tocavam no carpete, no adamascado da poltrona ou no veludo da colcha por baixo de mim. Se Cyril pereceu pelas mãos desse monstro, Baudwin... Eu me descobri sonhando, sonhando com Louis e Fontayne conversando. E então no sonho eu soube que eles estavam conversando mesmo, que estavam na biblioteca adjacente a esse mesmo quarto, que já estavam adorando um ao outro, que Mitka falava uma língua que Louis entendia; e então deixei-me levar cada vez mais fundo. *Estou em casa. Estou na casa de meu pai, que foi erguida das ruínas. A neve está caindo, e meus parentes e amigos estão à minha volta. E nós resistiremos, todos nós. Não vamos deixar ninguém nos destruir.*

De muito longe vinha uma valsa de Strauss, o zum-zum grave de vozes vampíricas e o violino de Antoine. E uma lembrança aos poucos veio me buscar – de meu velho amigo, o amigo de meus tempos de mortal, Nicolas, tocando seu violino no pequeno teatro de Renaud; e a plateia, a plateia pequena e apinhada, batendo palmas estrondosas para ele. Vi seus olhos castanhos, olhos meio parecidos com os de Pandora, e vi seu sorriso matreiro para mim quando ele se voltou de novo para o palco. Senti o cheiro do óleo das luzes do palco, da poeira e dos humanos; e de lá da escuridão enfumaçada veio o nome fatal, *Matador de lobos*.

E agora onde está aquele bebedor de sangue, que selou meu destino antes de ele mesmo se imolar? Ele é um fantasma e se abriga com os Filhos de Atlântida. Pode ser que estejam criando para ele um novo corpo. Ou talvez esteja neste quarto ou neste sonho, invisível e tomado de angústia. ... Dorme, dorme um sono tão profundo que os sonhos não consigam te encontrar, os sonhos que não te darão sossego. Dorme.

Capítulo 8

Eles me acordaram duas horas antes de o sol nascer, para me dizer que Cyril tinha voltado, trazendo Baudwin, e que eu devia me apressar.

O prisioneiro tinha sido levado para a masmorra recém-descoberta debaixo da torre sudeste restaurada.

Encontrei todos os costumeiros membros residentes na grande sala acima das celas gradeadas. Os anciãos importantes, Seth, Gregory e Marius, estavam lá, assim como o dr. Fareed, Sevraine e Armand.

Cyril estava ileso, embora eu pudesse ver que seu casaco preto de couro havia sido chamuscado. Mas seu rosto tinha uma expressão travessa; e seu cabelo, despenteado pelo vento, caía nos olhos escuros e brilhantes.

– Aí está, chefe – disse ele –, o demônio que tentou queimar você. É todo seu.

No centro do piso de pedra, estava uma das imagens mais sinistras que já vi: um ser quase totalmente embrulhado no que pareciam ser tiras de metal preto.

Essa criatura estava deitada de lado. Tinha livres somente as pernas abaixo dos joelhos, calçadas com botas marrons imundas; e elas se mexiam sem parar, enquanto todo o resto dele estava preso naquelas espirais pretas até o topo da cabeça.

– Ah, sim! – disse eu. – As estacas da cerca de ferro! – Cyril as tinha arrancado do lugar e as usado para amarrar bem apertado a cabeça, os ombros e os braços da criatura, para trás, grudados nas costas, e as pernas presas até os joelhos. Ele tinha transformado a criatura numa múmia de tiras de ferro, entre as quais não havia a menor fresta.

Cyril, em pé acima da criatura, deu uma risada vitoriosa.

— Baudwin, à sua disposição, meu senhor – disse ele. – Me deu um trabalho danado, mas consegui. E, embrulhado desse jeito, não tem como lançar o fogo contra ninguém, a menos que queira torrar a própria cabeça.

— Mas como é possível? – perguntou Seth. – Nunca ouvi falar de uma coisa dessas.

— Nem eu – disse Marius.

— Tem muita coisa que vocês não sabem – disse Cyril. – Mas antigamente a gente sabia. Prenda um bebedor de sangue dentro de ferro, e ele não conseguirá lançar nem fogo nem força contra você. Nem mesmo poderá chamar outros.

Ninguém parecia mais perplexo do que o dr. Fareed. Sevraine também ria junto com Cyril.

— Recurso muito inteligente, é claro. A energia fica presa.

— Isso mesmo – disse Cyril.

— Meu Deus – disse Fareed. – Eu me dedico totalmente a estudar nossa anatomia, nossa psicologia e todos os nossos dons, de um ponto de vista exclusivamente científico. E nunca cheguei a imaginar...

— E vou lhes dizer mais uma coisa – continuou Cyril –, e tratem de não esquecer. Se ele não conseguir ver você, também não vai conseguir lançar nenhuma força contra você. Mas não lhe arranquei os olhos. Me senti tentado, mas isso aqui era mais simples. E a cerca de ferro estava ali. Eu tinha pressa para trazê-lo para cá e descobrir o que ele sabe.

— Mas decerto ele ainda pode enviar uma mensagem telepática, e a mensagem poderia chegar a seu criador, se seu criador ainda existir – disse Gregory. – Devo admitir que ouvi falar nisso, sim, mais tarde, depois que a Mãe e o Pai emudeceram. Parece que me lembro de prisioneiros com a cabeça envolta em ferro. Como a armadura medieval que veio depois. Mas eu achava que era uma forma de tortura. Nunca pensei que aquilo pudesse reter seus poderes.

— Vocês estão ouvindo algum pensamento vindo dele? – perguntou Cyril.

— Eu não estou.

Fareed pegou seu iPhone e começou a digitar alguma mensagem para si mesmo ou para outra pessoa.

— Máscaras de ferro – disse ele – do armeiro em Paris. Máscaras de ferro.

Eu quase ri. Aqui estávamos nós no primeiro andar de uma enorme masmorra restaurada, e Fareed mandava uma mensagem de texto para o armador de Paris que tinha feito o machado que eu ainda carregava debaixo do braço esquerdo, por dentro do casaco. Nos dois últimos anos, o armador tinha restaurado de modo meticuloso e assombroso todas as velhas armaduras que eu tinha recolhido das ruínas da casa de meu pai.

Agora, pelo château inteiro, armaduras completas montavam guarda junto a portais ou adornavam cantos sombreados, com seus elmos fechados e mãos protegidas por malha metálica. Quantas vezes na infância eu tinha ouvido falar desse ou daquele antepassado que tinha usado tal armadura nas batalhas pela Terra Santa nas quais minha família ganhara renome?

E agora esse artífice de armaduras antigas faria máscaras de ferro para nós.

Muito de repente, o pequeno grupo informal ficou em total silêncio.

De lá de dentro das tiras de ferro, uma voz abafada estava lutando para se fazer ouvir.

– Vocês vão pagar por isso, vocês todos – disse a voz, entre dentes. – Meu criador vai reduzir vocês todos a cinzas, e eu vou ficar assistindo.

– Está quase amanhecendo – comentou Cyril. – E estou cansado. Em que cela vai querer que eu prenda esse aqui?

– *Mon Dieu* – sussurrei. – Quer dizer que agora sou responsável por uma masmorra na qual bebedores de sangue são jogados para definhar, sem julgamento?

– Chefe – disse Cyril, abrindo caminho até chegar bem diante de mim, olhando carrancudo de lá do alto para mim, o que eu naturalmente detestei. – O monstro tentou queimar você vivo, você e seu amiguinho elegante, Fontayne. Ele incendiou aquela casa linda que você adorava. Veio gente da cidadezinha próxima para apagar o incêndio, mas eles não tiveram a menor condição de salvar a casa. Isso não basta para você? O que te faz ser tão... droga, se eu ao menos soubesse as palavras! O que te faz tão maluco? Amo você... só você, mais ninguém, nunca... só você, e sempre vou fazer tudo o que puder para te proteger, mas você é... você...

– Esgota a paciência – disse Marius, com a voz baixa, sarcástica.

– Isso, isso serve – replicou Cyril. – Você esgota a paciência, seja lá o que for que isso quer dizer. Parece certo.

– Qual é sua idade mesmo, Cyril? – perguntou Gregory.

Cyril fez pouco caso da pergunta. Era como sempre agia quando lhe perguntavam sobre seu passado.

Eu entendia muito bem por que Gregory queria saber. Como se poderia calcular a força necessária para transformar barras de ferro em espirais, espirais de formato uniforme, aparentemente, sem que uma réstia de luz as dividisse, encerrando uma criatura totalmente num casulo de ferro? Cada um de nós era um mistério quando se tratava de poder, e por alguma razão muitos bebedores de sangue jamais revelavam sua idade verdadeira.

Cyril era um desses, e nunca se dispunha a falar de suas lembranças. Quando Fareed procurou inserir a história pessoal de Cyril em seus registros, Cyril se recusou totalmente a cooperar. Sim, ele tinha criado Eudoxia, a vampira destruída séculos atrás como foi descrito por Marius; isso ele admitia porque estava nos livros. E eu tinha captado coisinhas dele aqui e ali, mas no todo ele era um mistério.

Agora estava olhando para mim, encolerizado, com os braços musculosos cruzados, as sobrancelhas escuras franzidas.

– Príncipe, tudo isso que você fez aqui é bom – disse ele. – Tudo isso é bom. Não quero voltar a morar em cavernas, a dormir na terra batida e a evitar outros bebedores de sangue como se fosse um tigre em busca de presas. Não. Mas você precisa entender que os que tentam lhe fazer mal têm que ser destruídos.

— Eu sei, Cyril – disse eu. – Entendo.

Abaixei-me apoiado num joelho ao lado do prisioneiro. Examinei as faixas de ferro que o amarravam.

— Aqui – falei. – Solte apenas esta para eu ter acesso ao pescoço dele.

De dentro do ferro, veio uma voz abafada.

— Eu te odeio e desprezo. Você vai pagar pelo que fez a mim.

Cyril curvou-se, apanhou o prisioneiro com o braço esquerdo, como se não pesasse nada, e então desenrolou a tira de ferro que estava lhe cingindo o queixo e o pescoço. Daria para pensar que era um confeito de alcaçuz pela facilidade com que a soltou, até ela cair ruidosamente no piso de pedra.

Fiquei olhando para a carne trêmula e a pulsação do pomo de adão.

— Por que você tentou me destruir? – perguntei.

— Você não tem autoridade – disse ele, num murmúrio abafado – para governar os bebedores de sangue deste mundo, seres que já prosperavam séculos antes que você nascesse. Sua corte será destruída.

— E qual é o motivo para tanto? – perguntei. – Por que ela deveria ser destruída?

— Isso aqui é uma tortura – disse o prisioneiro. – Pelo menos, retirem as faixas em torno de minhas pernas. Deixem que eu mexa minhas pernas.

Cyril fez que não.

— Que fique como está. Ele é fortíssimo. Não lhe deem espaço para flexionar os músculos e romper as faixas. Ele agora consegue virar a cabeça, e isso não é bom. Vou devolver o ferro para o lugar quando você tiver terminado.

— Você bebeu do sangue dele? – perguntei a Cyril. Ele deu de ombros.

— Vi o que ele queria que eu visse, grandes imagens chamativas do maravilhoso Gundesanth. Ele está mentindo. Não foi Gundesanth que o criou.

— É você o mentiroso – bradou o prisioneiro. – Eu me chamo Baudwin, Senhor do Lago Secreto. E Gundesanth me criou antes que você sequer tivesse aberto os olhos neste mundo.

Gregory aproximou-se do prisioneiro.

— Baudwin, foi Rhoshamandes quem te instigou a tudo isso?

— Não conheço Rhoshamandes – disse o prisioneiro. – Ah, sim, já ouvi falar dele. Já o vi. Eu mantenho minha distância. Ele mantém a dele.

— Pois bem, então quem foi que o instigou a fazer o que você fez? – perguntou Marius, que vinha assistindo a tudo em silêncio. Ele agora dava um passo à frente, enquanto falava.

— Ninguém me instigou a nada – afirmou o prisioneiro. – Vocês me ofendem, vocês todos. Surgiu uma oportunidade de destruir o Príncipe, e eu a aproveitei. Ainda vou ter outra oportunidade.

— E por que nós lhe daríamos essa chance? – perguntei. – Não fizemos nada contra você.

— Vocês fizeram essa corte e criam regras aqui. Vocês me causam tanta repugnância quanto os antigos Filhos de Satã, e ainda mais. Enquanto eles eram broncos e cheios de culpa, vocês são inteligentes e ricos. Vocês são por demais visíveis para o mundo; e não enxergam sua própria loucura. Vocês e todos os que têm intenções semelhantes estão implorando para serem destruídos. Aqueles seus aliados, aquelas criaturas morenas do mundo antigo, aquelas criaturas deveriam ser destruídas também.

— Por que não acabamos com isso agora mesmo? – perguntou Cyril.

— Mas nós não fizemos nada contra você – disse Marius, sem dar atenção a Cyril. – Nós não impomos nossas regras àqueles que não querem se unir a nós. Somente resolvemos disputas quando solicitam nossa mediação. E procuramos fazer o que é justo.

— Meu criador virá me buscar – disse o prisioneiro. – Meu criador ouvirá meus gritos.

— Não, não ouvirá – retrucou Cyril. – E, se ele estivesse vivo e quisesse vir, já teria vindo.

— E quem é seu criador? – perguntou Gregory.

— Você sabe quem ele é. Gundesanth. Você o conheceu, Nebamun; e ele conheceu você. Foi o terceiro bebedor de sangue criado pela Mãe, do sangue original. Foi criado antes de você. Percorreu a Estrada do Diabo por todos os cantos do mundo, incinerando os desgarrados.

— E com que autoridade ele fez isso? – perguntei.

— A autoridade da Rainha, já que eles eram renegados de sua seita – disse o prisioneiro.

— Ah, mas você está mentindo – disse Seth. Sua voz estava baixa, mas o tom era duro e hostil. – Sabe quem eu sou, Baudwin? Sou Seth, o filho biológico da Mãe. E você sabe tão bem quanto eu que Gundesanth se tornou um renegado, que ele caçava e incinerava os rebeldes por seu próprio prazer.

— O que estou dizendo é que Gundesanth me criou; e, quando descobrir que vocês estão me mantendo prisioneiro, virá me buscar. Vocês acham que ele não está lendo seus pensamentos neste exato momento? Vocês me envolveram com ferro para eu não poder chamá-lo. Vocês são muito espertos, todos vocês são espertos, mas não têm como impedir que a corte e as notícias da corte cheguem a qualquer pessoa, menos ainda a Gundesanth.

– Onde ele está? – perguntou Marius. – Eu gostaria muito de me encontrar com ele. Nós todos gostaríamos.

– Quando nos despedimos, não éramos inimigos – respondeu Gregory. – Santh foi meu amigo até ele abandonar a Mãe. Eu sabia que ele estava indo embora. Não o traí. Santh jamais ergueu a mão ou as armas contra mim.

– Ele te odeia, Nebamun. Ele mesmo me contou.

Gregory olhou para mim, fazendo que não.

– Nada disso faz sentido. É verdade que não posso sondar seus pensamentos com ele todo envolto em ferro, mas ele está mentindo. Sei que está. Dá para ver por sua voz.

– Me soltem – disse o prisioneiro.

– E por que você chega a achar que nós o soltaríamos? – perguntei. – Para de novo tentar me matar?

– É o que vou fazer, pode ter certeza.

Sentei-me ali mesmo e puxei seu corpo indefeso para perto de mim. Ele gemia e esperneava, batendo com o salto das botas no piso de pedra.

Toquei em seu pescoço, o que me encheu de nojo; então me curvei e finquei as presas nele, resistindo a um acesso de náusea, e o sangue escorreu rápido para minha boca.

Era quente e espesso, muito semelhante ao sangue de Marius, mas não ao néctar que era o de Seth. De imediato ouvi suas maldições, seus insultos, suas previsões maléficas se abatendo sobre mim, mas o que vi foi um formidável bebedor de sangue louro, de olhos verdes, montado num magnífico corcel ajaezado de ouro. Seu cabelo era cheio, comprido e dançava ao vento, e um ar de maldade exultante iluminava seu rosto enquanto ele me contemplava através do sangue. Vi e ouvi fogo em toda a volta dele. O céu estava medonho com o fogo. Um terror tomou conta de mim. Eu me senti correndo a pé. Vi um mangual dirigido contra mim, uma bola de ferro numa corrente, exatamente a arma que eu tinha usado mais de duzentos anos antes, para matar os lobos que me cercaram na montanha de meu pai. Abaixei-me e caí de cara na terra. Havia cavalos ao redor de mim. Senti alguém me erguer; com os dois punhos, soquei o rosto bonito e malévolo, e tentei puxar seu cabelo. Uma risada grave, prolongada me ensurdeceu. Passei mal, mal, como se fosse morrer. Caí para trás e, virando a cabeça, vomitei o sangue no chão.

Com um empurrão, afastei-o de mim para o piso de pedra. Tentei me erguer, mas a náusea voltou a me dominar. Fui até o canto, apoiei a mão na parede, e mais sangue jorrou de minha boca. Alguém não me soltava, tentando me firmar, e eu percebi que era Cyril. Mas Marius chegou a meu lado, e as mãos longas e elegantes de Sevraine faiscavam diante de meu rosto. Ela levou um lenço branco a meus lábios. O enjoo não passava.

Será que alguma vez isso tinha me acontecido antes, o sangue de um bebedor de sangue me fazer mal como se estivesse envenenado? Eu não conseguia me lembrar.

– Gundesanth vai destruir vocês – disse Baudwin.

– Fique quieto, seu demônio – ordenou Cyril, dando um chute tremendo no corpo aprisionado no ferro, fazendo com que rolasse e parasse de bruços.

– Prendam-no nas celas – disse Marius.

– Por que não acabar simplesmente com isso tudo aqui e agora? – perguntou Seth. Sua voz estava baixa como antes, mas ele parecia estar sentindo tanta repugnância quanto eu.

– Não. Tenho uma ideia a respeito disso – disse Marius. – Não faz sentido desperdiçar a morte dele.

– Desperdiçar a morte dele? – perguntei. – O que você está querendo dizer?

– Exatamente o que eu disse. O sol está nascendo. Vamos prendê-lo na masmorra por ora.

Cyril apanhou do chão a tira de ferro, colocou-a de volta em torno do pescoço do prisioneiro e a apertou até ele começar a engasgar. Depois carregou-o, passando pela porta que se abria para a escadaria de pedra em caracol que levava às celas gradeadas lá embaixo.

Eu estava com os olhos fixos em Marius, procurando recuperar meu equilíbrio, tentando fazer o enjoo sumir. Ouvi o estrondo de uma porta ou portão se abrindo e depois se fechando com violência, assim como o rangido da chave na fechadura.

Cyril trouxe o velho chaveiro para mim. Por um instante olhei para ele com repulsa, e então o peguei.

– Vou ser o guardião dessas chaves – disse Gregory –, a menos que você prefira ficar com elas.

– Não, fique você com elas – retruquei.

– Você está satisfeito, Lestat, com o julgamento que concedemos a ele? – perguntou Gregory.

– Estou. Além do mais, ele não chegou a pedir julgamento, algum, certo? O mal-estar não estava passando. Estendi a mão em busca de Cyril.

– Tem alguma coisa errada comigo... – Havia muito mais que eu queria dizer acerca dessa questão de um julgamento. O rebelde não reconhecia nossa autoridade para submetê-lo a julgamento. Mas, com o enjoo, eu não conseguia raciocinar. O que Marius tinha querido dizer com aquelas palavras estranhas: "não faz sentido desperdiçar a morte dele"?

– É só que ele lhe rogou uma praga quando você bebeu do sangue dele – disse Cyril. – Venha, vamos logo.

E todos saímos da masmorra. Eu estava começando a sentir frio. O enjoo estava passando para me deixar entregue ao entorpecimento do amanhecer. Cyril praticamente me carregou para minha cela particular e me depôs na bancada de mármore em que eu costumava dormir ao lado do caixão.

Deitei-me porque era só isso que eu podia fazer, e Cyril arrumou meus pés juntos sobre o leito de mármore.

– Trata de dormir, chefe – disse ele. – Ninguém vai te matar. Se Gundesanth estivesse vivo, ele ia te ver como uma alma gêmea.

– Por que você está dizendo isso? – perguntei.

Ele se calou. Depois, respondeu:

– Gundesanth era bom de conversa.

Capítulo 9

Abri os olhos. O dia tinha terminado. Com a chegada da noite, eu despertara de um sono sem sonhos, o travo da náusea ainda na boca. Levei a mão aos lábios e senti o sangue grudento ali. Virei-me de lado e vomitei sangue no piso de minha cela.

– Quando isso vai passar?! – exclamei, em voz alta.

Ouvi alguém em minha cela na escuridão. Alguém que eu não estava vendo. Mas uma vela na prateleira se acendeu de imediato; e, à medida que sua luz fraca e uniforme se espalhava como um vapor até atingir todos os cantos, vi o ser, sentado na bancada de mármore a meus pés.

Joguei minhas pernas para baixo e me sentei, recuando instintivamente para me afastar da criatura e ver melhor quem era. Abafei um grito de surpresa.

Raramente, se é que alguma vez em minha vida, eu tinha visto uma figura como aquela. Era um ser masculino, com o cabelo escuro e cascateante comprido até os ombros, e olhos grandes e faiscantes. Acima da boca cor-de-rosa, de formato belíssimo, havia um bigode cheio e escuro meticulosamente aparado. E, logo abaixo do lábio inferior viçoso, descia uma barba generosa, aparada na forma de um espesso retângulo. Ele usava uma túnica de veludo azul-escuro, adornada com bordados dourados, feitos com fio de ouro verdadeiro, e salpicada com pedras preciosas cintilantes.

– Quanta beleza – sussurrei e, por puro prazer com esse incrível banquete para meus olhos, dei uma risada discreta, cheia de reverência. – Quanta beleza – repeti. – Quem é você? O que é você? Como conseguiu chegar aqui?

De repente me dei conta do tipo de pessoa que ele parecia ser ou que simplesmente talvez fosse: um ser majestoso de algum antigo muro da Assíria, um senhor das velhas terras dos dois rios, um senhor que poderia ter governado em Nínive, na Babilônia ou em alguma cidade esquecida muito anterior a essas, agora encoberta pelas areias do deserto.

Ele sorriu. E ouvi uma voz conhecida quando ele se aproximou para me abraçar.

– É o Gregory, meu amado – disse ele. – É o Gregory com a aparência que tem ao acordar, antes de raspar toda a barba e o bigode e cortar o cabelo. É o Gregory, com a aparência que eu tinha na noite em que a Mãe me criou.

Fui tomado de felicidade. Não conseguia de fato entender que a explicação para esse esplendor fulgurante fosse assim tão simples. Mas era Gregory, sem a menor dúvida, e agora eu via a boa índole em seus olhos. E, quando sorriu de novo, vi suas pequenas presas brancas e aguçadas.

– Chegue-se a mim, Príncipe. Deixe-me lhe dar meu sangue. Deixe-me lhe dar o sangue do quarto bebedor de sangue um dia criado.

Não pude resistir. Isso nem me ocorreu. Vi que ele se postou diante de mim, voltei a me deitar no leito de mármore, e ele se estendeu por cima de mim, um peso delicado com um calor agradável, e grudei minhas presas a seu pescoço. Bebi.

A cela desapareceu. Eu desapareci.

Só havia a noite e a floresta fechada de cada lado da tira de estrada que seguia sinuosa seu caminho entre essas árvores monstruosas. Como era extrema a escuridão dessa floresta que não permitia que uma ínfima réstia de luar penetrasse seu dossel! E era nessa escuridão, a poucos passos da estrada e acompanhando seu trajeto, que Gregory caminhava. Ele era o vampiro Nebamun e usava a armadura de couro de um guerreiro egípcio, mas suas pernas estavam envoltas e atadas com linho para protegê-lo do frio do norte; e, cobrindo-lhe os ombros, uma volumosa capa de peles, que ele segurava junto do corpo com a mão esquerda. Seu cabelo estava comprido, cheio e denso até os ombros, e a barba, tosca e descuidada.

Ele avistou um tremeluzir muito ao longe, à direita, bem dentro da floresta. Não parecia mais do que uma centelha distante, mas rumou naquela direção, esmagando debaixo de suas botas de couro o mato baixo, cheio de espinhos, e os pequenos ramos quebrados.

Foi se embrenhando mais e mais na floresta, empurrando os arbustos para abrir caminho, mergulhando cada vez mais nas fragrâncias e sons da mata, quando do meio do negrume total veio um rugido feroz que me abalou até os ossos.

Um monstruoso par de garras tentou arranhar Nebamun, e uma bocarra escancarada, cheia de dentes afiados, se fechou acima de sua cabeça.

Enfurecido, ele lutou com a fera, empurrando-a para longe de si, caída de costas, com os olhos cruéis injetados e reluzentes, e o rugido cheio de raiva. E Nebamun ouviu o barulho das correntes que mantinham o animal preso. Ergueu a lança para matá-lo, mas esperou, esperou até sentir uma mão se fechar sobre a sua.

– Nebamun – veio o sussurro.

– Te encontrei! – disse Nebamun. E os dois bebedores de sangue se abraçaram, as bocas grudadas num longo beijo. Por um tempo enorme, eles ficaram abraçados ali na escuridão, com os lábios de Nebamun passeando pelo rosto do outro e de novo voltando à sua boca.

– Santh, meu Santh, meu amado Santh.

– Vem comigo – disse o outro. – Eu não te esperava tão cedo. – Ele seguiu na frente, na direção de uma luz fraca e pouco firme, afastando do caminho o mato alto.

A fera rugia e forçava as correntes que a prendiam. E a cada vez o rugido causava um calafrio em Nebamun. Era tão assustador quanto o rugido do leão na selva africana.

– Soube que você deixou a paliçada do deus assim que anoiteceu – disse Santh. – Não sabia que chegaria tão rápido.

– Mas como você soube? – perguntou Nebamun.

– Tenho meus seguidores por todos esses bosques – disse o outro.

Chegaram à entrada de uma gruta de teto baixo. Parecia impossível que qualquer criatura fosse querer morar num lugar daqueles, mas bastou que entrassem alguns passos para o teto baixo se abrir numa enorme caverna; e do outro lado da caverna eles encontraram outro corredor pelo qual avançaram na direção de uma claridade distante.

Por fim, depois de uma curva, eles se descobriram diante de uma fogueira ruidosa, acesa com folhas mortas e lenha da floresta. Acima deles, o teto da caverna era coberto com desenhos estranhos – homenzinhos feitos de palitos, exatamente como as crianças desenham, enormes búfalos com corcova e a inconfundível imagem de um urso.

– O que isso significa? – perguntou Nebamun.

– Ninguém sabe – disse Santh. – Sempre esteve aqui. Nos escondemos nesses lugares porque os humanos das redondezas têm pavor deles e não chegam sequer perto.

Nebamun ficou feliz com o calor e se aproximou do fogo até onde pôde.

— O mundo inteiro é frio, menos o Egito? – perguntou, olhando para o amigo, com sua barba e cabelos louros, densos e embaraçados.

— O mundo inteiro onde eu nasci – disse o louro. – Venha se sentar. Deixe-me olhar para você. Ah, seus ferimentos já se curaram? Nós, deuses, somos criaturas espantosas!

Isso fez com que ambos caíssem num acesso de riso infantil, dando tapas nas coxas enquanto riam.

— Nós, deuses! – zombou Nebamun. Eles se dobravam ao meio de tanto rir.

Caíram rindo na terra macia, dando tapas nas coxas enquanto riam.

A pele morena de Nebamun era como o mogno, mas a de Santh era de um branco luminoso. Ele usava somente peles, uma túnica de pele envolta por um cinturão de couro, ao qual estava presa uma espada numa brilhante bainha dourada; além de uma adaga em seu estojo.

Mais uma vez, eles se abraçaram e passaram para um lugar onde pudessem se recostar na parede da caverna e ainda manter os pés bem perto do fogo.

— Bem, se você sabia que eu vinha – disse Nebamun –, sabe por que motivo.

— Sim, mas não sei o motivo do motivo – foi a resposta. – Eles querem que eu volte. Divulgam pelo mundo inteiro que estou perdoado, se ao menos retornar. Não me acusarão de nada se eu for ao templo em Sacará, mas por que eles querem me perdoar? Por que agora?

— O Rei e a Rainha já não falam nem se movimentam – relatou Nebamun. – Dizem que com o tempo isso acontecerá a todos nós. Nós nos tornaremos estátuas, nós, os deuses do sangue. Mas o que eles sabem? Não estavam lá no começo de tudo. Eles não sabem. Tanta coisa que eles não sabem.

— Explique isso melhor – disse Santh.

— Eles estão lá sentados, mudos, isso já há anos – disse Nebamun. – Não aceitam sangue quando lhes é oferecido. Já não há razão para mantê-los presos em pedra.

Os dois ficaram olhando para o fogo por um bom tempo.

— Então, quem é que manda me buscar? – perguntou Santh.

— O Ancião. O Ancião gostaria que você fosse o líder agora, se quiser. E que percorra o mundo visitando os deuses do sangue em seus santuários, registrando aqueles que enlouqueceram e se livrando deles, além de trazer novos deuses ao Sangue para servir.

— Por que não te ofereceram isso?

— Não aceitei – disse Nebamun. – Digo que a velha religião morreu. Digo que ela não faz sentido. Digo que não somos deuses, nem nunca fomos. Que não nos cabe julgar e condenar humanos. Digo que nada disso importa agora, e que não me disponho a criar novos deuses para velhos santuários.

– Então, por que veio me trazer a mensagem? – perguntou Santh.

– Porque eu queria que você soubesse que agora não há ninguém para ir no seu encalço. Só uns sacerdotes tolos no templo em Sacará, e nem mesmo eles acreditam em mais nada. E eu queria que você soubesse que, se quiser ir ao Egito, pode ir. Se quiser ver Nínive, pode ver.

– E você? Vai fazer o quê?

Nebamun não respondeu. Olhou para o amigo.

– Não sei, Santh. Não sei.

– Você não conseguiu encontrar Sevraine, conseguiu? – perguntou Santh.

– Não. – Nebamun fez que não. – Encontrei Rhoshamandes uma vez, mas ele não tinha nenhuma notícia dela até aquela ocasião.

Mais uma vez eles ficaram contemplando as chamas.

– O que você quer, Nebamun?

– Não sei, Santh. Não sei. – Ele pegou um graveto solto, por nenhum motivo, e começou a riscar a terra com ele. Fez uma linha comprida, sinuosa, cheia de voltas, que imaginou como uma estrada. Não uma estrada específica num lugar específico. Mas a estrada da sua vida. – Está tudo acabado, Santh. Estou cansado. Já não conheço o povo do Egito. Não os conheço há tanto tempo que nem me lembro mais de verdade, e os tempos de outrora são como um sonho, um pesadelo.

Pela expressão de Santh, Nebamun podia ver que ele não estava entendendo. Seus olhos verdes estavam animados e quase felizes, salvo pela tristeza que sentia pelo amigo.

– Fique comigo, então – disse Santh. – Não volte desta vez. Fique aqui!

Fez-se um longo silêncio entre os dois. Nebamun percebeu que estava chorando e se envergonhou. Sentiu o braço de Santh em torno de seu ombro e falou com a voz mansa.

– Este é seu mundo, meu amigo. Agora, eu já não tenho um mundo.

Uma tristeza terrível enrugou o rosto de Santh. Ele não se envergonhava de chorar. Só detestava o sangue saindo de seus olhos e o enxugou raivoso com a pele da manga, mas não sentiu vergonha

– Você não pode se entregar! – disse ele. – Isso é como uma doença, essa sensação. Você precisa encontrar um lugar, em algum lugar. Precisa encontrar alguma coisa. Você e eu estávamos lá no início! Quem resta de quem estava lá no início? Precisamos continuar...

Com a voz muito baixa, em meio às lágrimas, Nebamun perguntou:
– Por quê?
Acordei.
Agora estava sentado na bancada. Não aguentava beber mais sangue; e, quando fixei o olhar na vela, senti que seu sangue e o poder de seu sangue eram indescritíveis. Eu podia ouvir a cera derretendo devagarinho em torno do pavio; e parecia que minha inspiração para encher os pulmões de ar era como o último momento antes da morte da vítima; e meu corpo inteiro não era nada além de minha boca, o sangue e o êxtase. Fiquei olhando para o halo de luz e cor em torno da pequena chama. Nunca tinha me dado conta de tantas cores naquele halo, de que aquele halo era tão grande.

Virei-me e encostei minha testa no ombro de Gregory. Senti sua mão vir pegar a minha. Apertei sua mão e depois estendi meu braço mais adiante para lhe dar um abraço apertado.

– Agora o mal-estar passou? – ele perguntou.
– Passou, sim – respondi e fechei os olhos.
– Essa foi a última vez que o vi – disse ele, a voz baixa de uma confidência. – Ele me implorou que ficasse, mas voltei para casa no Egito. Fiz a longa viagem de volta para o sul, atravessando o norte da Europa e descendo até o grande mar. Dei a volta ao mar até chegar ao Egito, meu Egito, e me enterrei nas areias para dormir.

"Uma vez, muito tempo depois de eu ter acordado e me apaixonado por todas as maravilhas do mundo grego e do romano, conheci um bebedor de sangue que me disse que Santh já não existia. Será que eu acredito que ele criou aquele canalha na masmorra? Não acredito. Já ouvi tantos alegarem terem sido feitos por Santh ou por alguém que foi feito por ele, mas Santh era tão sovina com seu sangue quanto eu sou com o meu. Nós não criamos bebedores de sangue como nós. Procuramos nossos parceiros e nossos companheiros entre os que já estão no Sangue, quer dizer, às vezes. Eu tenho minha Chrysanthe. E, diferentemente de Sevraine, ela nunca me abandonou. Mas Santh se foi, e faz mil anos desde a última vez que cheguei a ouvir alguém mencionar seu nome."

– Por que você me procurou dessa forma? – perguntei. Eu ainda o abraçava. Seu sangue era realmente um fogo em meus membros. Estava queimando meu coração. Todos os segredos do mundo pareciam estar gravados no desenho da parede de mármore tão perto de meus olhos.

– Porque eu sabia que você estava exausto e confuso; que odiava a ideia de qualquer um ser condenado à masmorra. E sei que Marius te espantou quando disse que tinha um projeto para o que poderia ser feito com o condenado.

Não pude negar.

– E eu quero que você se fortaleça. Nós precisamos que você seja forte. Quando se conscientizar do quanto precisamos de você e do quanto precisa ser forte por nós, tudo ficará mais fácil para você.

– Pode ser que você esteja certo. Mas neste momento não consigo imaginar – disse eu. – Nunca pensei em masmorras, prisioneiros condenados, nem em julgar um antigo como Rhoshamandes... Ai, de que adianta continuar falando?

– Você vai acabar entendendo – disse ele. – Você vai acabar vendo que tudo o que estamos fazendo cairá por terra se não agirmos com determinação em nossa própria defesa.

Palavras, eu quis dizer, palavras e palavras. Mas não queria ofender Gregory, por nada neste mundo. Pela primeira vez, eu sentia que o conhecia no íntimo, como um dia tinha conhecido Armand, mais de dois séculos atrás, quando ele encantou a mim e à Gabrielle e nos mostrou naquele encantamento suas lembranças de Marius, que o tinha criado, e de como tudo o que ele um dia amou tinha se perdido.

– Venha – disse ele. – Vamos. Benedict está aqui. Ele sabe que estamos prestes a concluir o julgamento. Ele sabe. E não está pedindo clemência por seu mestre. E não sei por quê.

Capítulo 10

Precisei me lavar meticulosamente e trocar de roupa antes de encarar a multidão no salão de baile. E parece que Gregory também, porque ele se apresentou ao mesmo tempo que eu, com o rosto escanhoado, o cabelo curto, em seu costumeiro traje caríssimo de executivo, dando uma piscada de olho secreta para mim enquanto nós dois nos aproximávamos de um presente que Benedict me trouxera.

Para esse presente, um grande estrado retangular tinha sido instalado diante do lado direito da orquestra – um estrado que era menos alto do que o usado pelo maestro. E nessa plataforma vi uma imponente poltrona medieval, feita de carvalho e toda ornamentada com entalhes. O encosto e o assento eram acolchoados com veludo vermelho.

Poderia ter vindo de uma catedral. Na realidade, já vi fotografias de papas nesse tipo de poltrona. Leões alados estavam agachados sob os dois braços estofados; e, acima da almofada do encosto, havia uma pirâmide de folhas e flores entalhadas. As pernas tinham um belo torneado. E por toda a madeira havia os resquícios de uma douração espessa – com ouro apenas o suficiente para realçar cada forma da madeira de um modo que fosse elegante.

Benedict ficou ali postado me observando enquanto eu examinava a poltrona. Ele usava um hábito de monge, de lã marrom-escura, com uma corda simples em torno da cintura e mangas enormes nas quais suas mãos entrelaçadas desapareciam.

Estendi os braços para ele, que se aproximou, e nos abraçamos. Ele estava com o calor da caça, como dizemos, repleto de sangue, com seu rosto de garoto tão corado que quase parecia humano. E suas mãos tinham um calor agradável.

Nenhum calor desse tipo emanava de mim. O sangue de Gregory era tão frio quanto poderoso. Só o sangue humano gera esse tipo de calor.

– Um monarca deveria ter um trono – disse Benedict. Sua voz estava tensa, hesitante. Ele deu um passo atrás, mas continuou segurando meus ombros como se eu fosse um escolar; e me deu um beijo em cada bochecha. – Príncipe – disse ele, com a boca trêmula.

– Obrigado, meu amigo – disse eu. – Rhoshamandes está com você?

– Não. – Ele deu um risinho zombeteiro, enquanto fazia que não. – Quero apresentar minha despedida na Câmara do Conselho.

– Que despedida? – perguntei. Mas ele já estava atravessando o salão de baile. Os músicos afinavam os instrumentos. Gestos de cabeça e acenos me distraíram. E vi que alguns dos anciãos estavam, como eu, acompanhando Benedict.

Quando chegamos à Câmara do Conselho, abri a porta para Benedict e entrei atrás dele.

Não éramos um grupo numeroso – somente Gregory, Sevraine, Seth e Fareed, e Allesandra. Mas, em questão de instantes, outros se juntaram a nós. Louis, David e Jesse; e depois chegou Armand acompanhado de Marius e Pandora.

Percebi que estávamos esperando a chegada de outros, mas só vieram mais dois, Bianca e Louis.

Louis continuava a se sentir deslocado nessas reuniões, mas eu não queria saber de nada disso. Ele ocupou a cadeira à minha direita, como sempre. Benedict ficou à sua direita.

Marius sentou-se à extremidade oposta da mesa, como costumava fazer, e os demais escolheram assentos a esmo.

– Obrigado por terem vindo – disse Benedict. – Chego ao final de minha vida e gostaria de me despedir antes de tratar de minha morte. Não quero deixar o mundo sem um adeus àqueles presentes que me demonstraram amizade.

Houve de imediato um coro de protestos, os mais altos vindos de Allesandra e Sevraine, mas Benedict de pronto fez um gesto pedindo silêncio. Crispou os lábios, o que pareceu ligeiramente absurdo num rosto tão juvenil e sensível. E, por um momento, achei que ele fosse começar a chorar, mas apenas permaneceu calado até todos os outros também se calarem.

– Tenho algumas coisas que quero dizer – continuou ele. – Coisas que aprendi. Para alguns de vocês, elas parecerão óbvias, talvez ridículas, mas quero dizê-las porque delas tenho certeza, certeza absoluta, e quem sabe quando um de vocês ou alguns de vocês talvez façam uso de minhas palavras?

"Bem, para começar, devo dizer que dois não bastam. Não. Dois não são o suficiente nesta vida. É preciso que haja outros. Nós nos enganamos quando achamos que dois podem constituir uma parceria segura contra os horrores do tempo. Não é verdade. E o que vocês criaram nesta corte é um refúgio, um abrigo e um lugar sagrado onde qualquer um pode encontrar outros com quem criará aqueles laços que são tão importantes."

Pude ver que Marius concordava em silêncio com essas palavras. Gregory de repente pareceu triste, horrivelmente triste. E, por um átimo, num lampejo, eu o vi como ele tinha me aparecido apenas uma hora antes, como aquele imponente rei ou anjo sumeriano. Talvez, agora quando olhasse para ele, eu sempre visse algo daquele cabelo e barba reluzentes.

– Nunca acreditem que dois bastam – disse Benedict. – Nunca imaginem isso. E não se deixem mutilar pela crença de que não poderão viver sem uma única outra criatura, e só aquela criatura. É necessário mais do que isso para amar, porque o amor, o amor nos mantém vivos, o amor é nossa melhor defesa contra o tempo, e o tempo é implacável. O tempo é um monstro. O tempo devora tudo. – Ele estremeceu. Tive a esperança desesperada de que ele não fosse começar a chorar porque ele não queria chorar mesmo.

– Não pretendo me estender muito – prosseguiu ele. Uniu as mãos, entrelaçando os dedos, e as prendeu juntas, ansioso. De repente, seu rosto enrubesceu.

– E a outra coisa que devo dizer, que me é doloroso dizer, é a recomendação de cuidado ao desferir um golpe. Cuidado com o tipo de golpe, cuidado para nunca, a menos que sejam forçados a isso, para nunca desferir um golpe que o outro não possa perdoar... como o de decepar a mão de um braço, ou decepar o braço de um ombro... porque esse é um ato brutal que produz na alma da vítima um ódio primitivo e catastrófico.

– Ora, vamos, Benedict – disse Gregory. – Você está querendo dizer que o Príncipe não deveria ter decepado a mão e o braço de Rhoshamandes quando Rhoshamandes mantinha Mekare cativa, e tinha assassinado Maharet debaixo de seu próprio teto? Faça-me o favor...

– Não estou falando de justiça, Gregory – disse Benedict.

Armand interveio antes que Benedict pudesse continuar.

– Você assassinou Maharet, seu covarde desgraçado! – exclamou ele, nitidamente espumando de raiva. – Você a golpeou até a morte com um machado, na inviolabilidade de sua própria casa, e vem aqui esperando compaixão por seu criador. Não me importa o que o espírito fez com que qualquer um de vocês dois acreditasse. Vocês são os assassinos das duas mais antigas criaturas de nossa espécie.

Benedict fechou os olhos e cobriu o rosto com as mãos. Ele começou a tremer dos pés à cabeça.

– Tanto você quanto seu criador deveriam ser destruídos! – continuou Armand, com o rosto afogueado.

Marius levantou-se, contornou a mesa até onde Armand estava e pôs as mãos nos seus ombros. Mas Armand pôs-se de pé, sem fazer caso de Marius, como se ele não estivesse ali.

Eu podia sentir a hostilidade irradiando de Armand.

– Eu sonhava com uma noite em que eu iria até ela – disse Armand. – Sonhava com horas, noites, semanas, meses em sua companhia divina – acrescentou ele, a voz se tornando muito grave com a veemência, os olhos fixos em Benedict. – Eu sonhava em lhe fazer perguntas sem fim e perambular por seus antigos arquivos e bibliotecas. Sonhava em lhe pedir sua sabedoria mais sublime, e isso você destruiu, você e o tolo egoísta de seu criador, vocês destruíram tudo isso, invadindo o complexo dela como bárbaros com suas armas...

Benedict estava encurvado, chorando, engasgado com soluços. Mas de repente ele também se levantou, com o sangue escorrendo pelo rosto.

– E você, seu patife desprezível – retrucou ele para Armand –, o que você fez com seus poderes? Escravizou os Filhos de Satã com farrapos, imundície e teologias podres por baixo do cemitério de Les Innocents quando poderia tê-los libertado para verem as maravilhas que Marius lhe revelara, toda a beleza do mundo e de sua arte majestosa? Quem é você para me amaldiçoar? Antes de morrer, vou lhe dizer o que mais eu aprendi.

– Ora, morra logo de uma vez – disse Armand. – Precisa de minha ajuda?

– Preciso, sim – respondeu Benedict. – Mas não do jeito que você está pensando.

Allesandra tinha se levantado e, depois de hesitar por um instante, se postou atrás de Benedict com as mãos nos ombros dele, exatamente como Marius estava por trás de Armand.

– Caí na conversa da Voz, e isso você sabe – disse Benedict –, e eu estava fazendo o que meu criador mandava, admito. Mas ela, Maharet, queria destruir a todos nós. Sonhava com isso: levar sua irmã junto para se lançarem num vulcão, o que teria destruído a todos nós.

– Não mesmo – retrucou Armand, em tom cáustico. – Ela tinha lá seus momentos de desespero suicida, como todos nós, só isso. Teria se deixado convencer. Por que você e seu criador não conversaram com ela, não procuraram consolá-la, não tentaram afastá-la daquelas trevas?

– Ela não teria nos deixado matá-la se de fato tivesse vontade de viver.

A voz de Jesse Reeves fez um aparte repentino. Ela se virou na cadeira para olhar direto para Benedict.

– Isso não é verdade, e você sabe – disse ela. – Pare de procurar desculpas para o que fez. Você atacou minha querida Maharet de surpresa. Nós todos somos vulneráveis à surpresa. Velocidade e surpresa! E seus golpes atingiram o corpo e a alma dela.

– Muito bem, eu admito. Sim, é verdade, tudo isso é verdadeiro – exclamou Benedict. Mas não olhou para Jesse. Continuava olhando para Armand.

E que belo espetáculo eles apresentavam, esses dois, cada um Nascido para as Trevas a uma idade tão jovem, dois "garotos" enfrentando-se, com bochechas e lábios de garotos, até mesmo cabelo de garoto, dois anjos se enfrentando com olhares hostis. E, assim que o pensamento me ocorreu, me dei conta de que Benedict estava tendo exatamente o mesmo pensamento.

— E agora vou lhes dizer o que mais aprendi e quero compartilhar antes de deixar este mundo – disse ele. Olhou para mim e depois de novo para Armand.

— Aqueles de nós criados quando jovens nunca crescem. Podemos ter quinhentos anos ou mil anos. Não faz diferença. O tempo permite que sejamos para sempre bobos e cegos, com a confusão e as paixões dos jovens, vulneráveis àqueles que nos atraíram para a armadilha e nos criaram.

— Ora, não me venha com essa – disse Armand. – Eu nunca fui criança. Eu já era homem antes de Nascer para as Trevas, criatura imbecil! Pode ser que você fosse uma criança, com suas vestes monacais, com seus sombrios anseios cristãos, e pode ser que ainda seja. Mas eu nunca fui jovem. E aprendi pelo sofrimento, pela angústia e solidão, o que você, escondido atrás da sombra de seu criador, jamais conheceu.

Benedict piscava como se Armand fosse uma luz ofuscante.

— Quero morrer agora – disse Benedict. – Quero morrer aqui entre os novatos... – Ele apontou na direção do salão de baile. – Eu os convidei a se reunirem. Quero lhes dar meu sangue. Quero assumir a responsabilidade pelos pecados de meu criador...

— Você não é nenhum Cristo para poder assumir os pecados alheios – rebateu Armand. – Nem mesmo sabe o que está fazendo ao dramatizar a própria morte. Você traz um trono para o salão de baile para que o Príncipe assista de uma posição de autoridade a seu pequeno espetáculo, mas você não faz a menor ideia do que realmente pretende fazer.

— Ele está dizendo a verdade, Benedict – disse Allesandra. – Por favor, adie esse passo medonho.

Parecia que Allesandra vinha se tornando mais bela a cada noite que passava desde que a Voz a convocara a sair das catacumbas de Paris; e ela puxou Benedict para junto de si como um anjo redentor, com sua linda cabeleira caindo em torno de seus ombros e dos ombros de Benedict enquanto ela procurava abraçá-lo.

— Por favor, ouça o que lhe digo, Benedict. Não faça isso!

— Já não há tempo a perder – disse ele.

Enfiou a mão no hábito e sacou uma caixinha de prata. Abriu-a e eu pude ver o sangue vampírico nela. A caixa estava preenchida até a metade; e o sangue tinha um brilho que o sangue de mortais nunca tem. Fechado num recipiente, como estava, o sangue vampírico permanece líquido. Ele agora o tocava com a ponta de um dedo.

— Dr. Fareed, venha comigo por favor. Tenho algo que preciso lhe dar.

Ele voltou a guardar a caixa num bolso.

– E, Príncipe, peço que presida a reunião, se quiser, e cuide para meu sangue não ser desperdiçado. Eu lhe imploro que não deixe que as chamas me consumam. Tenho pavor de chamas. Só lancem meus restos ao fogo quando todo o meu sangue estiver esgotado.

Sem mais cerimônias, ele saiu rapidamente da Câmara do Conselho, com Fareed o acompanhando com Allesandra, enquanto os demais seguiam devagar à medida que nos aproximávamos do salão de baile, de onde não se ouvia o menor som.

Capítulo 11

Durante toda a conversa na Câmara do Conselho, eu ouvia atividade no salão de baile, vampiros se reunindo, automóveis entrando nos estacionamentos, passos subindo escadas e outros chegando com o vento e entrando pelo terraço.

Mesmo assim, porém, o volume da multidão me espantou. Creio que havia uns mil reunidos ali, e a orquestra esperava sentada, com Antoine no pódio, de batuta na mão.

Todos os olhos se fixaram em nós à medida que fomos entrando. Fiz um gesto para que abrissem caminho para nós; e no meio desse caminho Benedict parou. Estava de frente para Antoine, no exato centro do salão. E eu agora via que nos dois lados desse caminho estavam novatos: Sybelle e Benji, Rose, Viktor e outras crias recentes que, decerto, tinham sido convocadas por Benedict, bem como muitos que eu não conhecia. Crias mais velhas também estavam reunidas ali – vampiros que talvez tivessem quatrocentos ou quinhentos anos no Sangue. E suponho que, por esse cálculo, eu mesmo pudesse ser considerado um novato, e Armand também. Mas muitos deles nunca tinham recebido o sangue dos antigos. Criados por vampiros desaparecidos da terra havia muito tempo, eles olhavam para Benedict com uma atenção enlevada; e de repente o espetáculo me estarreceu até a alma.

Senti um impulso absurdo de dar um basta naquilo tudo. Era medonho o que estava acontecendo, o que eu via nos rostos que nos ladeavam. Mas Marius pegou agora minha mão e me conduziu até a poltrona dourada.

– Não faça nada para impedir. Assista e aprenda – disse ele.

– Mas é errado – falei a ele, num sussurro baixíssimo.

– Não, não é errado, mas é o que nós somos – retrucou ele.

Fez um gesto para que eu subisse no tablado e me sentasse no trono medieval.

Descobri que lhe obedecia; e agora ele estava postado à minha esquerda com a mão direita no meu ombro, meu Primeiro-Ministro.

Benedict levantou a voz para se dirigir à multidão.

– Nos tempos antigos – disse ele – quando eu não passava de um novato no vale do Loire deste país, naquilo que hoje chamamos de Jardim da França, fui acolhido na confraria da noite por Rhoshamandes, e nós morávamos numa enorme construção de pedra que ruiu já há muito.

"Naquela época, quando os velhos queriam encerrar a viagem pela Estrada do Diabo, eles davam seu sangue para os demais. É o que acontece comigo agora, e é o que pretendo fazer. Antes de mais nada, dou meus olhos a Fareed para que ele os use com algum bom propósito; mas meu corpo e meu sangue dou a vocês."

Dos presentes subiu um enorme "ah" de surpresa quando ele arrancou o olho esquerdo e depois o direito, colocando-os naquela caixinha de prata antes de fechá-la, entregando-a a Fareed.

O silêncio parecia que ficava mais profundo a cada instante.

Benedict continuou, com o sangue lhe escorrendo pelo rosto, as pálpebras se agitando horrendas enquanto ele falava.

– Peço que só entreguem meus restos às chamas dessas lareiras quando todo o sangue tiver sido esgotado de mim, eu tiver sido decapitado e meu coração, silenciado. E, Antoine, peço-lhe que me dê música como nos velhos tempos... Dê-me o *Dies irae, dies illa*... com os tímpanos, por favor, Antoine, e acompanhe meu fim com uma serenata.

Antoine estava com o rosto dominado pela angústia. Olhou para mim, e eu ouvi Marius lhe dizer para fazer o que Benedict havia pedido.

E Antoine se voltou, ergueu a batuta e, de imediato, os meninos sopranos de Notker ergueram a voz num canto gregoriano, reproduzindo o hino como eu o conhecia, mas com a batida selvagem dos tímpanos.

A letra veio em latim, mas eu conhecia o significado.

Aquele dia da ira, aquele dia terrível, céus e terra reduzidos a cinzas, como dizem David e a sibila.

Benedict, em pé, com a cabeça baixa, tirou uma faca de suas longas vestes monásticas.

– Venha, Sybelle; venha, Benji – gritou ele. Então rasgou o hábito e o deixou cair ao chão, revelando seu corpo nu por inteiro... uma imagem de cera de um rapaz prestes a entrar na idade adulta, os pelos dourados em torno do pênis, belos e luminosos como o delicado cabelo cacheado da cabeça.

– Venha, Rose; venha, Viktor – gritou ele. – Venham todos vocês, jovens. Bebam o sangue de mil anos.

O hino prosseguia.

Quanto horror deve invadir a mente, quando o Juiz chegar para encontrar e separar os atos de todos os homens.

Com um movimento tão ágil que eu não vi, Benedict cortou o pulso esquerdo, o direito e depois o pescoço. Cravou a faca no coração, retirou-a e ela caiu ruidosa no piso a seus pés.

Ele sumiu à medida que os novatos fechavam o cerco em volta dele.

O som assombroso da poderosa trombeta rachará a laje de cada sepultura e convocará todos ao Trono.

Fiquei ali sentado assistindo, com a mesma sensação de horror, de alguma coisa perversa, medonha e, no entanto, bela, com o compasso da música marcado pelo coração dos tímpanos, enquanto Allesandra, Eleni e Everard de Landen se aproximavam de mim, reunindo-se à esquerda do trono. Eles viraram as costas ao que estava acontecendo, Allesandra desmaiando nos braços de Everard.

– É o que ele quer – sussurrou Everard. – Era aquele monstro que deveria estar morrendo, não ele.

As vozes ficaram mais insistentes, a percussão marcando uma cadência mais rápida.

Ó Rei de tremenda majestade! Salvação e misericórdia dás de graça; como Fonte de Bondade, salva-me!

Ouvi o ruído inconfundível de carne sobrenatural se rasgando, de ossos se quebrando. Veio da multidão um rugido macabro, e eu vi a cabeça de Benedict exibida no alto, como a de um prisioneiro executado pela guilhotina, as pálpebras vazias ainda trêmulas. E a música ficou mais alta, com os metais se juntando às vozes dos cantores, e por fim as cordas assumiram a melodia sinistra.

Da massa de bebedores de sangue, saiu uma novata que eu não conhecia, uma mulher num vestido de veludo, segurando uma mão decepada, sorvendo a última gota do sangue daquela carne branca, e então lambendo os beiços. Vi seus olhos se arregalarem à medida que o sangue poderoso inundava seus sentidos, com seu olhar cego passeando por tudo o que estava diante dela, até que um forte arrepio percorreu seu corpo, e ela, como que num transe, se encaminhou para o outro lado do salão.

Outros também estavam se afastando agora. Mas havia aqueles que se apressavam a recolher os fragmentos do corpo que tinham sido descartados. E agora, quando um número cada vez maior abandonava o ritual, vi que os membros estavam jogados por toda parte.

– Venha comigo, Príncipe, por favor – soluçou Allesandra. – Ajude-me a recolher e levar tudo para o fogo.

Fiz o que ela pediu. E Marius veio conosco.

Estava acabado.

Pegamos os pedaços do que um dia tinha sido Benedict e os lançamos entre as chamas. Marius segurou a cabeça com as duas mãos e a passou para Allesandra, que a segurou junto ao peito, apertando os dedos nos cabelos dourados.

– Vamos! Tudo está acabado – sussurrou Marius para ela.

Peguei a cabeça de suas mãos, olhei para o rosto branco, murcho. Nem uma gota de sangue restava nas órbitas vazias. A cabeça parecia contraída e antiquíssima.

Com a máxima reverência possível, eu a depositei entre as chamas dançantes.

Nada restava agora. Everard e Eleni tinham recolhido os menores vestígios de carne que trouxeram para nós, e esse foi o fim.

Fiquei ali em pé, atordoado. Muito embora eu tivesse presenciado tudo, não conseguia captar o que tinha acontecido, que esse Benedict, esse filho amado de Rhoshamandes que tinha vivido com ele por mais de mil anos, tivesse morrido, simplesmente desaparecido.

A música foi ficando mais lenta. O hino tinha terminado.

Voltei para minha nova poltrona porque não sabia o que mais fazer ou aonde ir.

O que viria agora? A música delicada e triste de Albinoni no Adágio em sol menor? Era isso o que eu queria do fundo de minha alma.

Mas veio algo diferente.

A orquestra irrompeu numa explosão de som fulgurante. Era a batida marcante de "O Fortuna" de *Carmina Burana*, com vozes se elevando ainda mais alto do que as cordas ensurdecedoras e a percussão frenética.

Das sombras, de todos os lados, chegaram bebedores de sangue para dançar, saias rodopiantes, braços abertos; e a música se afastou de seu primeiro tema para entrar numa valsa sombria e bombástica – uma valsa estrondosa e arrebatada, digna dos habitantes do inferno.

O salão trepidava. Gritinhos e exclamações de êxtase vinham de todos os cantos.

Cobri minhas orelhas e abaixei a cabeça. Mas não conseguia tirar os olhos da grande massa dançante e seus movimentos impetuosos, suas vozes que se elevavam para se unir às do coro.

Deixei-me recostar na poltrona. Senti a mão de Marius apertar meu ombro direito e sua boca tocar no lado esquerdo de meu rosto.

– É isso. Essa é nossa parte sombria – disse ele, mas não com desprezo. Sua voz tranquilizadora, como se só pretendesse me consolar. – Somos assassinos e vicejamos com a morte. Essa é a parte de nós que não se pode eliminar, nem com todo o amor da cristandade arruinada!

Não pude responder.

Allesandra deixou-se cair a meus pés no tablado de madeira e descansou as costas em meus joelhos, chorando. Olhei ali para baixo e vi que estava com o hábito marrom de Benedict nas mãos. Segurava-o junto ao peito. Eu tinha me esquecido daquele hábito. E alguma coisa em seu jeito de segurá--lo me deu um calafrio, trouxe de volta a lembrança fragmentada e pesarosa de um instante tão doloroso que eu quis dar as costas a ele: de mim mesmo mais de cem anos atrás, segurando o vestido ensanguentado de Claudia, após sua morte no porão por baixo do Théâtre des Vampires. Estendi a mão para tocar no cabelo de Allesandra. A música engolia meus pensamentos, minhas recordações, toda e qualquer mínima tentativa de alcançar mais do que aqueles momentos.

Lá adiante, encosta abaixo, ela devia ter acordado os mortais em seus leitos, essa dança sinistra e selvagem. Deve ter sido ouvida por todos os vales das montanhas cobertas de neve, essa estupenda valsa sinistra, com todas aquelas causticantes vozes sobrenaturais se entremeando nela.

Através dos dedos da mão direita, vi Louis entre os que dançavam, com a cabeça jogada para trás, os olhos fechados, oscilando sem sair do lugar, como que atingido pelos sons ao redor; e Armand dançando com Sybelle nos braços, suas saias de seda esvoaçando. E Rose e Viktor dançando também, e outros girando como dervixes em sua loucura.

A Grande Sevraine dançava sozinha, figura cintilante em seu vestido branco tremeluzente, levantando os braços com a graça de uma bailarina; e ao lado, bem no meio de tudo aquilo, minha mãe, minha Gabrielle, como se estivesse flutuando na música. Usava seu traje habitual de jeans e casaco cáqui, mas o cabelo estava solto; e ela apenas sorria quando mãos tentavam tocar nele, puxá-lo, levantá-lo e deixá-lo cair em mechas douradas à luz dos candelabros. Seus olhos pareciam vidrados e distantes, como se a música a estivesse fazendo sonhar.

E onde estava Benedict? Onde estava sua alma? Teria sua alma alçado voo para a luz, a criança eterna, acolhida por algum enorme poder de perdão? Ou teria Memnoch, aquele espírito tenaz e cruel, vindo deslumbrá-lo com pesadelos de purgatórios astrais?

Um estrondo ensurdecedor interrompeu a dança.

A orquestra parou. As vozes se calaram.

Um vento poderoso varreu o salão de baile, balançando os lustres nas correntes, e a neve caiu numa delicada e silenciosa avalanche de flocos.

Pus-me de pé.

A multidão recuava afastando-se da lareira na parede mais à esquerda. Na realidade, os bebedores de sangue foram se encolhendo pelos cantos.

Vi a Grande Sevraine vir em minha direção como um cometa branco. De repente, Gregory já estava postado ao meu lado, da mesma forma que Cyril e Seth.

Lá, junto à enorme lareira do lado esquerdo do salão de baile, estava Rhoshamandes.

Capítulo 12

Allesandra levantou-se. Pareceu que mais ninguém se mexeu além dela. Sozinha, estendeu as mãos com o hábito marrom manchado de sangue.

E o fogo também se mexia. As chamas iam lambendo e devorando os ossos brancos de Benedict.

Rhoshamandes estava ali, imóvel, em sua longa túnica de veludo, apenas a ponta das botas pretas aparecendo abaixo da bainha. O cabelo louro despenteado pelo vento, o gelo grudado aos ombros e braços. Ele parecia sujo de gelo.

Seus olhos estavam fixos no hábito que Allesandra trazia nas mãos.

Ela atravessou o enorme espaço vazio da pista de dança, sem fazer o menor ruído, e estendeu a peça para ele.

Rhoshamandes ficou olhando como se não conseguisse adivinhar seu significado. E então seus olhos se voltaram para o fogo, e ele viu o crânio que ia se desfazendo, agora limpo de toda a carne, as chamas saindo pelas órbitas vazias.

– Dê a ordem – sussurrou Gregory em meu ouvido.

– Não – sussurrei em resposta. – Não. Nada de mau pode lhe acontecer. Ele não fez nada.

Se Rhoshamandes podia nos ouvir, ele não deu sinal disso.

Allesandra chorava com soluços baixos, abafados. Ela passou para o outro lado da enorme lareira de mármore e olhou para os ossos ali embaixo.

– Foi o que ele quis, meu senhor – disse ela. – Ele deu o sangue aos novatos, como os velhos faziam em nossos primeiros tempos juntos. Foi por escolha dele. Ninguém lhe fez mal.

Rhoshamandes afastou o olhar do fogo, e então o fixou em mim.

Por um instante, seu rosto pareceu calmo e tranquilo, totalmente desprovido de qualquer emoção visível; e, ao que me fosse dado saber, ele não estava olhando para nada. Sem dúvida, não para o Príncipe louro diante do trono de espaldar alto que Benedict lhe dera.

E então seu rosto desmoronou, desmoronou como o de uma criança. Seus olhos estremeceram, e um gemido baixo e hesitante escapou de sua boca. Irrompeu dele um rugido mais forte do que a música de antes. Um rugido escancarado e descomunal de dor, como nenhuma fera na Terra jamais poderia emitir, mas somente um ser senciente, sensível, em sofrimento.

Ele tentava se agarrar com as próprias mãos, abraçando-se com os próprios braços, e a expressão de dor em seu rosto era insuportável.

Era totalmente insuportável.

Se eu fosse pintor, nunca, jamais, em toda a minha vida eu pintaria a imagem daquela dor. Nunca, nunca em toda a minha vida eu ia querer captar aquela imagem. Que as palavras tentem, fracassem e poupem a todos nós da expressão daquela agonia.

– Agora, dê a ordem – sussurrou Marius.

– Não, pelo amor de Deus, não. Que foi que ele fez? – respondi também sussurrando.

Rhoshamandes olhava fixo para mim. Agora não havia dúvida de que ele me via. Não estava olhando para além de mim, mas para mim. Sevraine se posicionou diante de mim, e Gregory se grudou ao meu lado direito. Eu sabia que Seth estava cobrindo meu ombro esquerdo.

Os lábios de Rhosh se contorciam em sua luta com a dor; e seus olhos estavam bem fechados com lágrimas de sangue. Então eles se abriram de novo. A emoção tinha se exaurido de seu rosto; e seus olhos, que não tinham se desviado de mim um instante, agora estavam tomados de ódio.

Ódio que eu podia sentir aqui do outro lado do salão de baile.

– Foi você quem me fez isso – murmurou ele, numa voz seca, dolorida. – Foi você quem me fez isso! – gritou. E então as palavras vieram em rugidos. – Você, com sua corte e seus comparsas. Vocês fizeram isso!

Por todos os cantos, bebedores de sangue cobriam as orelhas.

Mais uma vez, seu rosto desmoronou. Ele se voltou, enfiou a mão no fogo, pegou o crânio e o apertou entre as mãos até ele se reduzir a pó. Então esfregou o pó em todo o rosto e no cabelo, enquanto gemia sem parar.

Senti o ronco de uma tremenda massa de ar lançada contra mim, uma rajada de um vento gelado e cortante. Ouvi um barulho tão feroz quanto a rajada e vi um enorme turbilhão de cor e movimento. O lado distante do salão, o lado que se abria para as montanhas e as janelas, de repente estava destruído. Os lustres caíram com estrondo no piso do salão de baile, e gritos explodiram em toda a minha volta.

Rhosh tinha ido embora.

Dei um suspiro e levei as mãos aos olhos. Não sentia nada a não ser pena, nada a não ser tristeza por ele.

Até cinco minutos depois, quando me disseram que ele tinha levado minha mãe.

Capítulo 13

Foi assim que aconteceu.
    Gabrielle estava encostada na parede do outro lado do salão, diante de mim e da orquestra. Tinha se retirado para lá com Louis, Bianca e Armand. Armand estava bem ao lado dela. E eles ficaram ali juntos observando Rhoshamandes. Disseram que sabiam que eu estava em segurança. Era só nisso que estavam pensando, e Armand entendia que eu não queria que Rhoshamandes fosse atacado.
    Então, eles também sentiram o vento, o barulho dos lustres se espatifando no chão, e se juntaram mais.
    Foi só então que Armand, olhando em volta para se certificar da segurança de todos os que via, percebeu que não via Gabrielle em parte alguma.
    A notícia se espalhou num sussurro.
    – Onde está Gabrielle?
    E então a voz de Gabrielle tinha chegado com o vento a Sevraine, Armand, Marius e a uma quantidade daqueles que conseguiam, diferentemente de mim, ouvi-la.
    Ele me pegou. Não consigo me soltar dele.
    Se depois disso ela pôde ouvir qualquer um de nós, não foi capaz de responder.
    Velocidade e surpresa. As palavras que Jesse tinha usado. *Velocidade e surpresa.* Rhoshamandes tinha feito uso das duas.
    E, com desalento, permaneci sentado no belo trono dourado, consciente da probabilidade de minha mãe já ter sido destruída em retaliação pela morte de Benedict.

A Grande Sevraine tinha ido atrás dele, e Seth a acompanhara, deixando Gregory para garantir minha segurança com Thorne e Cyril.

Mas Sevraine e Seth voltaram em uma hora para relatar exatamente o que todos calculávamos. Não conseguiram encontrar sinal dele em lugar algum. Partiram novamente, determinados a vasculhar cada aposento de sua cidadela em Saint Rayne. Mas eu sabia que ele nunca seria tolo a ponto de ir para lá e esperar que os outros fossem atrás.

Isso eu sabia, mas não era um pensamento. Eu estava desprovido de pensamentos. Estava tão sem pensamentos quanto estava sem fôlego. Eu sabia coisas, mas não pensava nada.

Mantinha na mente a imagem do rosto abalado de Rhosh e ouvia seu rugido de dor, mas não pensava em nada.

Felizmente ninguém veio me dizer palavras vazias, como "Não perca a esperança" ou "Com certeza ele não vai feri-la".

Em meio a todos os murmúrios e chiados no salão de baile, à medida que o pessoal de Barbara varria os cristais dos lustres e as correntes partidas de prata e de ouro, enquanto pedreiros já trabalhavam, unindo com massa as pedras da parede recuperadas da neve mais abaixo, ninguém disse nada tosco.

E ainda bem que ninguém perguntou "Por que cargas-d'água você não deu a ordem para matá-lo? Por quê? Por quê? Por quê?".

Armand estava arrasado de dor por não ter impedido o que aconteceu. Ficou sentado no tablado, chorando com Allesandra ao lado.

E eu continuava no trono medieval, de braços cruzados, com a vida de minha mãe passando em lampejos diante de mim, uma torrente muda de imagens, palavras; e mais uma vez eu não pensava nada, nada, nada. Mas sabia que não poderia suportar a dor disso tudo. Não poderia continuar a viver se ela estivesse morta, ela, minha primeira cria, primeira filha de meu sangue e mãe de meu corpo. Minha vida tinha acabado.

Capítulo 14

Faltavam três horas para o amanhecer quando Rhoshamandes levou minha mãe.

Duas horas depois, Sevraine e Seth voltaram, dizendo que não o tinham encontrado no castelo em Saint Rayne e que seus criados mortais, velhos simpáticos e ingênuos, tinham explicado com perfeita franqueza que o patrão já não residia ali havia algum tempo. O palpite deles era que ele talvez estivesse na França, mas realmente não sabiam.

Sevraine tinha trazido os computadores que encontrou na casa, bem como documentos retirados dos quartos de dormir. Os queridos Filhos de Atlântida foram avisados de imediato sobre tudo o que tinha acontecido; e Fareed levou os computadores para eles em seus aposentos escondidos nas profundezas da Collingsworth Pharmaceuticals, onde Kapetria e ele se comprometeram a pesquisar os discos rígidos à procura de qualquer pista de outros locais onde Rhoshamandes pudesse ter fixado residência.

Eu escutava. Entendia. Sabia. Não pensava.

Os que conseguiam raciocinar e falar tinham chegado à conclusão de que Rhoshamandes não iria se deter no ataque a minha mãe. E assim Rose, Viktor, Louis e Antoine, bem como Sybelle, Benji e Armand, estavam todos reunidos nas criptas próximas à minha para o descanso, e permaneceriam aqui também depois do pôr do sol, sendo protegidos como eu. Marius tinha assumido a supervisão do château, aconselhando todos debaixo de nosso teto a se recolherem às criptas também. Havia muito espaço para eles no enorme labirinto que tínhamos cavado na terra, logo no início de nossa residência aqui. A recomendação para quem não quisesse ficar confinado era que deixasse o château, para sua própria segurança. O consenso era que ninguém estava seguro.

Quando finalmente me conduziram, descendo pela escada, Louis veio comigo. No corredor escuro diante de meu local de repouso, ele me abraçou forte, com a boca junto de minha orelha. Dei-me conta de passar as mãos por seu cabelo, de envolver seu pescoço, puxando-o mais para perto, de um modo que nunca tinha feito em todos os nossos anos em Nova Orleans. Ficamos unidos na postura de amantes, irmãos, pais com filhos.

– Eu te amo com todo o meu ser e sempre vou te amar – disse ele, em confidência. – Você é minha vida. Já te odiei por isso e agora te amo tanto por ter sido meu mestre no amor. Acredite em mim quando digo que você sobreviverá a isso, e que precisa sobreviver por todos nós. Você há de sobreviver porque sempre foi assim e sempre será.

Não consegui falar. Eu sabia que o amava mais do que palavras poderiam expressar, mas não fui capaz de responder.

Quando me deitei, não em meu caixão, mas de novo na bancada de mármore onde preferia dormir ultimamente, Cyril se sentou encostado na parede e adormeceu como que por vontade. E eu, fechando os olhos, focalizei a atenção em Paris, onde Kapetria, nossa linda e leal Kapetria, já estava trabalhando com afinco, mergulhando nos dados do patrimônio e fortuna pessoal de Rhoshamandes.

Pouco antes de perder a consciência, lutando em desespero e em vão contra isso, percebi a entrada de Gregory, mais uma vez trajado numa longa túnica bordada com pedras preciosas em torno do pescoço e na extremidade das mangas. Vi as gemas de repente removidas para um céu escuro, onde cintilavam como estrelas. E pensei, ela morreu, ele a destruiu. E como eu sei? Porque é o que eu teria feito. Eu a teria destruído.

Quando acordei, Gregory estava sentado aos pés de meu leito de mármore, e toda a sua cascateante cabeleira negra tinha crescido de novo, junto com os densos bigode e barba. Olhava fixo para a frente. Cyril não estava conosco. Cyril sempre acordava antes de mim, o que eu tinha percebido havia algum tempo, e não fiquei surpreso por ele ter saído. Ele detestava ficar enfurnado em criptas, como costumava dizer, e dormia nas profundezas de cavernas sempre que tinha essa escolha.

Mais uma vez, eu estava entorpecido por alguma coisa tão pior que a dor que eu mal conseguia respirar. E não estava pensando. Só estava sabendo.

Sentia uma sede avassaladora. Mal eu tinha me dado conta dela, e Gregory se voltou para mim e me acolheu em seus braços.

Eu gostaria de poder expressar em palavras para vocês como o sangue vampírico é diferente do sangue humano. O sangue humano é quente e salgado, com uma enorme variedade de sabores sutis, muitas vezes acrescido de algum tempero e do sabor residual do alimento ingerido. Além disso, ele vem em jatos lançados pelo coração da vítima, a menos que seja sugado depressa, o que pode estourar o coração do ser.

O sangue de um vampiro é suave, uniforme em seu sabor delicioso, procurando as artérias e veias de quem o recebe como se tivesse vida própria, que suponho que tenha mesmo; e varia apenas em viscosidade – do vinho saboroso de um vampiro jovem como Louis ao xarope substancioso de Gregory – ou de Akasha. Eu disse uma vez que o sangue de vampiro era como a luz, e ele é.

Beber o sangue de vampiro é como se eu estivesse bebendo luz. Meus sentidos ficam totalmente confusos; e, em lampejos intermitentes, eu vejo a enorme teia de circuitos do corpo que está me dando o sangue ou de meu próprio sangue a recebê-lo. Ou talvez de ambos. Talvez os circuitos se tornem congruentes enquanto bebo o sangue de vampiro. Não sei.

Mas agora, enquanto bebia de Gregory, não vi imagens chamejantes, nenhum quadro, não captei nenhuma história, somente o derramar de total compaixão, ou o que o mundo moderno chama de empatia. Eu me senti amado e apoiado de modo tão completo que parecia que a máxima justiça estava sendo feita à minha angústia. Ele não só reconhecia a profundidade da tortura que eu estava vivenciando, mas a entendia e desejava absorvê-la totalmente.

Bebi até não poder mais. Mas não me dei conta de me afastar dele. Simplesmente despertei deitado de costas na pequena cela, com a porta entreaberta para o corredor iluminado, e o sangue me aquecendo o corpo inteiro de modo tão maravilhoso que eu teria feito qualquer coisa para me agarrar àquela sensação para sempre.

Gregory estava sentado sobre meu caixão, à minha direita. De braços cruzados, ele passeava o olhar por minha cela, movimentando os olhos lentamente, como se fosse um anjo de um antigo paraíso sumeriano depositado aqui para me vigiar e me proteger.

Ele começou a falar. Disse que Kapetria, Derek e seus clones prestativos tinham invadido todas as complexas redes financeiras de Rhoshamandes e não só tinham descoberto a origem de sua imensa fortuna, mas também conseguiram bloquear todo acesso a ela. Tinham penetrado em todos os sistemas de computadores dos advogados de Rhosh e destruído as informações essenciais não só para acessar e administrar a fortuna, mas também os dados necessários para a comunicação pessoal com seu poderoso cliente. Tinham esvaziado metade das contas bancárias de Rhosh já no final da tarde desse dia, e teriam tirado de suas mãos toda a sua fortuna antes da meia-noite.

Tinham também começado a mudar para contas fictícias os documentos de todos os seus bens, entre eles a ilha de Saint Rayne com seu enorme castelo; uma casa em Budapeste, que anteriormente pertencera ao bebedor de sangue Roland, pela qual Rhosh tinha liquidado uma hipoteca; vastos vinhedos na França e na Itália, dos quais provinha a maior parte da renda de Rhosh, bem como novos vinhedos na Califórnia, apenas recém-adquiridos; e pequenas casas em locais aleatórios, que incluíam a Alemanha, a Rússia e as ilhas do Pacífico Sul.

Eu queria dizer, "E se ela ainda estiver viva?". Mas não disse nada. Era o primeiro pensamento coerente e objetivo que me ocorria desde que havia sido levada.

— Nesse caso, ele virá negociar a paz — disse Gregory. Ele olhou para mim com seus olhos escuros, intensos, com o cabelo e a barba ondulantes dando-lhe uma autoridade espiritual que me consolava. — Esse é o plano — prosseguiu ele. — Há tantas formas de percorrer a Estrada do Diabo quantos são os imortais que a percorrem. Mas para Rhoshamandes, a estrada é pavimentada com ouro, e sempre foi. Seus cartões bancários já não servem; seu avião está retido no solo, na periferia de Londres; e tudo o que havia de valor em Saint Rayne foi recolhido.

Ele continuou, explicando que, desde pouco depois de Kapetria ter vindo a nós, o que agora completava um ano, os Filhos de Atlântida vinham investigando Rhosh, temerosos do dia em que ele pudesse tentar atacá-los. Mas hoje eles encontraram segredos dos quais ainda não tinham tomado conhecimento.

— Vinho — murmurei. — Quer dizer que é com o vinho que ele ganha dinheiro. — Minha voz estava baixa e fraca, uma voz bastante desprezível.

— É, séculos atrás ele plantou seus vinhedos no vale do Loire — replicou Gregory. — O ataque a seus recursos é total. Mas, a menos que eu o tenha subestimado, ele tem bens escondidos em algum lugar do qual ninguém tem conhecimento, nenhum procurador, nenhum advogado, nenhum corretor. Se não tiver, é um tolo, e ele sempre foi um pouco tolo mesmo.

— Onde você acha que ele está agora? — perguntei. Minha voz me parecia estranha, fraca e desanimada. Não era minha voz.

— Do outro lado do mundo, talvez — disse Gregory. — Estou procurando por ele desde que abri os olhos. Vasculhei as grandes cidades, as pequenas e os lugarejos das ilhas Britânicas, do continente europeu, do território da Rússia. E Seth fez o mesmo. E Sevraine também. Sevraine está enlouquecida de dor, enlouquecida. Anda para lá e para cá como uma pantera e, com o punho direito, soca a palma da mão esquerda, o lugar mais seguro para a força que tem. Avicus veio se reunir a nós. Avicus é dos antigos. E Flavius também chegou. São telepatas poderosos. São guardas poderosos.

Eu não disse mais nada.

Ouvi passos no corredor e uma batida discreta na porta. A mistura de soluços e maldições de bebedores de sangue, murmúrios raivosos.

Gregory abriu a porta e se postou de costas para mim, de modo que só pude ver as luzes fracas do teto do corredor.

E então Gregory fechou a porta e olhou para mim, o vigoroso anjo sumeriano em suas vestes cintilantes.

– Chegou um pequeno estojo, por meio de algum serviço comum no mundo mortal. Ele continha um pequeno frasco com cinzas. E um casaco de tecido cáqui e, embrulhada no tecido, uma longa madeixa amarrada com um cadarço de bota.

Fechei os olhos.

Imagens de minha mãe encheram minha cabeça. Eu a vi andando em seus longos trajes de inverno de séculos atrás pela rua do lugarejo; de joelhos na missa, com o terço nas mãos; dormindo encostada na coluna de pedra da igreja.

Não conseguia suportar isso. Não conseguia respirar. Virei o rosto para a parede. *Ela nunca lhe fez mal. Seu covarde. Você matou uma criatura que nunca fez nada contra você.*

Eu me senti só um pouco melhor ao falar assim. Pareceu que eu ia começar a chorar, e entrei em pânico.

As mãos de Gregory viraram meu rosto para cima, afastando-o da parede. Seus grandes olhos negros mostravam uma expressão suave, assombrada. Tive uma sensação de estar deslocado. Eu estava sendo levado. Estava adormecendo. Senti seus dedos fechando meus olhos.

– Durma – sussurrou ele, e eu deixei o encantamento me envolver.

– Sim – murmurei em francês. Eu sabia o que ele estava fazendo e fui me deixando cair cada vez mais no sono, o sono mais gostoso, aconchegado numa cama com cobertores quentinhos, recém-tirados da velha lareira de meu quarto de criança, e minha mãe estava estendendo os cobertores até meu queixo, com um sorriso radiante para mim, seu menininho, seu menininho inútil, indefeso. E abateu-se sobre mim uma sensação de felicidade que abafava tudo o que era eu, no qual nada importava, nada se sabia, nada se sentia.

Sonhei que subia alto no firmamento. E pareceu que uma grande quantidade de maravilhas ocorreu: que conheci seres esplêndidos e conversamos. E eles me explicaram o total significado da vida. Muito além dos limites de nosso sistema solar, eles me mostraram o universo inteiro. Explicaram como se viaja de um planeta a outro, pelo simples poder do pensamento. Ora, isso faz perfeito sentido, é claro, pensei. Uma forte sensação de entendimento das coisas mais maravilhosas me encantava e me amparava. É claro que não haveria a vastidão do universo, eu entendia, se não fosse para podermos percorrê-la com tanta facilidade; e, sim, cada detalhe isolado agora estava claro.

Horas se passaram. Tinha de ter sido. Porque somos seres do tempo, e o tempo não para nunca. Horas e mais horas se passaram enquanto eu passeava pelas estrelas.

Um barulho retumbante me despertou. As próprias paredes tremiam. Senti que o teto de pedra ia ruir.

A porta se soltou das dobradiças e bateu com violência em Gregory. Ele a jogou para um lado e desapareceu.

Ouvi gritos e berros. Senti o calor de uma explosão tremenda e vi chamas na escuridão, subindo ondulantes, uma parede de labaredas cor de laranja, mas de imediato elas se extinguiram em cinzas. Cyril estava deitado por cima de mim, mas eu lutava com ele enquanto a poeira caía do teto me engasgando e turvando minha visão.

Descobri-me em pé no corredor de pedra a metros de distância de minha cripta, com o braço de Armand apertado em torno de mim. Cyril segurava a nós dois.

Rose e Viktor também estavam ali, junto com a pálida Sybelle e Benji Mahmoud, que dessa vez não estava usando seu chapéu fedora. Fiquei olhando para eles, sem conseguir raciocinar. Sabia que estavam ali, mas não conseguia pensar. Sabia que ainda estavam usando seus belos trajes do último baile. E sabia que estavam apavorados, apesar de meu filho estar se esforçando ao máximo para ocultar isso. Quis lhes mostrar uma expressão tranquilizadora, reconfortante, mas não consegui me mexer nem falar.

As paredes e tetos estavam enegrecidos com fuligem, e o ambiente parecia cheio de um gás acre. Lá em cima, mais gritos, berros e comoção. Fechei os olhos e escutei. Pânico nos aposentos acima de nós entre os que conhecíamos e os que conhecíamos só um pouco; e pânico no lugarejo. O lugarejo. Incêndio no lugarejo.

Vi as chamas na mente dos bebedores de sangue que se apressavam por toda parte para salvá-lo. Vi os humanos saindo em enxurrada para a rua principal à medida que as casas geminadas iam pegando fogo. Ouvi os motores de automóveis e gritos de pavor.

E aqui estava quase amanhecendo; e eu, indefeso de novo, indefeso neste lugar lastimável na terra, atormentado por um inimigo que não podia ter esperança de destruir, apesar de cada célula em meu corpo arder de ódio contra ele. Lutei para me livrar. Aquela era minha gente. Eu precisava ir até elas. Precisava levar Alain Abelard, meu arquiteto, e os outros para algum lugar seguro.

Cyril me segurava. E Armand também.

– Calma, chefe – disse Cyril, soluçando. – Calma.

Marius estava atrás de Cyril. Cyril, furioso, abalado e coberto de fuligem preta. E o lado esquerdo de seu rosto tinha marcas fundas, como se tivesse sido arranhado pelas garras de uma fera. Seu cabelo fora muito chamuscado, e os olhos estavam injetados de sangue.

Marius nos deu as costas e ficou montando guarda, vigiando o corredor e a escada.

– O lugarejo está pegando fogo de uma ponta à outra – informou Cyril, mas sem olhar para mim. Ele não olhava para nenhum de nós. Seus olhos estavam voltados para o piso enegrecido, procurando de um lado para o outro, para lá e para cá, como se tivesse perdido alguma coisa na fuligem. – Gregory está tirando os humanos de lá e os despachando para Paris.

– Mas o sistema contra incêndios! – disse eu.

– Reservatórios estouraram, canos se derreteram – relatou ele, com os olhos fitando o chão. – Não se preocupe com aqueles mortais. Ninguém morreu por lá. Estão a caminho de Paris.

E então vi que ele, ainda com os olhos baixos, crispava muito a boca num sorriso amargo e que lágrimas de sangue surgiam em seus olhos. Ele começou a dar aqueles soluços roucos, medonhos, de um homem que nunca chora.

– Que foi? – quis saber Armand, olhando da direita para a esquerda e por trás de nós. – Marius, me diz!

Olhei para Armand. Do que ele estava falando? O que era que eles não estavam contando para nós dois?

– Cyril? – perguntei. Olhei para Rose e Viktor. Eles estavam lívidos de medo, mas Viktor mantinha Rose nos braços como se pudesse protegê-la de qualquer coisa. Benji tinha o braço em torno de Sybelle, e também eles apenas olhavam para Cyril.

– Ele levou Louis, não foi? – perguntou Armand.

Cyril cobriu os olhos com a mão enorme.

– Chefe, eu tentei impedir. Mas nem consegui ver nada – disse ele. – Chefe, eu tentei. – E lá vieram aqueles soluços profundos, estrangulados, de novo.

Eu não tinha como me forçar a me mexer, mas de algum modo consegui. Abracei Cyril, esse enorme brutamontes que abafava seus gritos, com a cabeça escondida nas duas mãos.

– Sei que você tentou – disse eu. – Eu sei.

– Era como se ele fosse feito do próprio vento e do fogo – disse Cyril. – E a cripta inteira tremia. A terra tremia. E todas as portas se abriram com a rajada e...

– Eu sei, eu sei – repeti.

Marius se voltou e olhou para nós. Dava para ver que ele estava lutando para se acalmar. Fazia duas noites que não trocava sua longa túnica de veludo; e seu rosto estava tenso, contraído e desprovido de expressão. Ele falou, mas sem emoção.

– Ele vai nos apanhar um a um, não importa onde nos escondamos. Precisamos encontrá-lo de algum modo. Precisamos encontrá-lo agora.

Armand enlouqueceu. Deu meia-volta e começou a socar a parede, enfurecido, rachando os ladrilhos de mármore, o sangue espirrando para todos os lados, até que Marius o agarrou e o afastou da parede, pegou as mãos de Armand e as segurou com força com suas próprias.

Veio de Armand um gemido longo e grave.

Cyril tinha se afastado de mim, como que envergonhado, e depois assumiu seu posto às minhas costas.

Com destreza, Marius fez Armand girar e encostou a cabeça de Armand no seu próprio ombro. Fez-me um relato bastante seco de que Kapetria não tinha conseguido localizar Rhoshamandes em parte alguma. Não tinha havido nenhuma tentativa de atividade em seus cartões de crédito de uso constante, nenhuma tentativa de saque em seus bancos.

Eu sabia que o monstro tinha outros recursos. Todos nós temos, nós, os inteligentes, que não queremos atravessar a eternidade como vagabundos. Ele tinha ouro e pedras preciosas em esconderijos. Possuía uma fortuna inimaginável e não registrada. Além de residências, talvez, das quais ninguém tinha conhecimento.

E agora ele tinha levado meu Louis, meu Louis indefeso. Tinha penetrado em nosso refúgio mais fortificado e levado Louis embora.

– Kapetria e Amel não vão desistir da busca – disse Marius. Acho que nunca o vi com a aparência que tinha agora. Segurava Armand nos braços, que estava imóvel, encostado nele, e parecia acabrunhado, em algum lugar atroz para além da cólera. – Eles vão continuar a pesquisar à procura de pistas de onde ele poderia estar dormindo.

– Procurando no mundo inteiro – disse Rose. O som de sua voz frágil, instável, cortou meu coração, mas não consegui falar.

Viktor tentou tranquilizá-la. Como aqueles dois pareciam perfeitamente humanos, tendo sido imortais por tão pouco tempo: esse rapaz esplêndido, dez centímetros mais alto que o pai, e essa garota delicada que tinha sido salva da morte tantas vezes. Seus cabelos negros estavam embaraçados e cheios de poeira e partículas de terra e pedra. E seu vestido de baile azul-escuro, rasgado.

Todos eles estavam empoeirados e descabelados por conta do ataque.

Benji, em pé ali em seu alinhado terno de lã com colete, olhava ao redor com olhos negros, febris, seu rosto pequeno contorcido de raiva. Sua mão direita pareceu se mexer como que por vontade própria, dando puxões na gravata, arrancando-a de seu pescoço e a enfiando no bolso do paletó.

Eu sabia que eles deviam ter estado aqui desde o pôr do sol – enquanto eu dormia, em sono profundo graças ao encantamento de Gregory, dormia quando eles precisavam de mim e eu não tinha nada, absolutamente nada, a lhes dar.

Meu filho olhava para mim. Mas meus olhos não podiam encontrar os dele porque eu não tinha condições de lhe dizer que o protegeria. Não podia dizer a Rose que a protegeria. O que eu poderia dizer a Sybelle ou a Benji?

Armand parecia algum tipo de destroço, ali encostado em Marius.

Mais uma vez, eu não estava pensando. Estava apenas sabendo – e sabendo que Louis, Louis, o mais vulnerável de todos nós, estava nas garras daquele monstro, ou já estava morto.

Pude sentir o amanhecer começando a me alcançar, fazendo com que eu sentisse frio. Viktor levou Rose com ele para uma cripta espaçosa que ficava à direita no corredor. Era onde costumavam dormir quando estavam aqui, não perambulando por todas as metrópoles do mundo, as cidades que os dois queriam tanto ver. Sybelle e Benji entraram também nessa cripta.

Gregory voltou. Avicus veio junto – Avicus, alto, de cabelos castanhos, cujos poderes talvez pudessem se equiparar aos de Rhoshamandes; e a seu lado, Flavius, o antigo ateniense que era tão velho quanto Marius, com a diferença de alguns anos a menos.

E Barbara veio por último. Fiquei envergonhado. Eu não tinha sequer percebido que ela não estivera presente.

Ela me informou que a casa estava intacta, e que todos os residentes estavam em segurança na outra masmorra. Ela mesma tinha se certificado disso.

– A outra masmorra? – Eu estava confuso. – Que outra masmorra? Mais uma vez, eu não conseguia pensar.

Pude ver que Avicus e Flavius mal tinham acabado de chegar. Os dois estavam usando simples ternos modernos de couro escuro, com suéteres de gola rulê por baixo e botas de cano alto. Tinham sido muito fustigados pelo vento, o cabelo emaranhado, o rosto exausto; e o amanhecer também começava a atingi-los. Isso tudo eu sabia. Não pensava, nem me perguntava por que percebia isso. Eu simplesmente sabia.

Thorne veio descendo a escada e disse que Baudwin na antiga masmorra não apresentava mudança alguma; e que talvez fosse lá que devêssemos nos esconder, porque o maligno Rhoshamandes não sabia da existência daquela masmorra.

– Ele sabe – disse Marius. – Está escutando tudo. Ele soube daquela masmorra quando nós a descobrimos. Soube quando pusemos Baudwin nela. Ele soube.

Avicus nos disse que dormiria com Thorne no corredor. Sua voz era agradável, com um leve sotaque ao falar inglês, e suas palavras não tinham nenhuma intenção de causar impacto. Flavius concordou em silêncio, e Marius lhes disse onde deveriam assumir seus postos.

– E Fontayne onde está? – ouvi minha voz perguntar.

Parece que Barbara me explicou que Fontayne estava na masmorra muito abaixo de Baudwin: duas longas escadarias em caracol abaixo – junto com Zenobia, Chrysanthe, Bianca e Pandora. Notker estava com eles. Jesse e David Talbot também estavam lá. Com eles havia espíritos, incluindo Gremt, Magnus, meu criador, e Hesketh. Mas o guardião mais forte por lá era Teskhamen, que remontava a eras sem conta, da mesma forma que Avicus e Cyril.

David. Em nome de Deus, como eu podia ter me esquecido de David! David era minha cria. Ele agora atacaria David!

– Ele está bem protegido – disse Marius. – Tudo isso foi decidido ontem à noite. Você não está se lembrando. Você não está pensando.

– É verdade – respondi.

Ele fez um gesto para que os restantes de nós entrássemos também na grande cripta. E nós obedecemos sem dizer palavra.

Marius entrou com Armand, o conduziu a uma das numerosas bancadas de mármore ao longo das paredes, e Armand se estendeu nela de costas, voltando o rosto para a parede.

Barbara encontrou um lugar também e pareceu perder a consciência quase de imediato.

Havia velas espalhadas em nichos altos, conferindo ao aposento de pé--direito baixo uma espécie de luz dourada. Fiquei olhando para essas velas, para as chamas, percebendo que algumas eram pequenas e algumas eram grandes, e todas se movimentavam com uma corrente de ar.

Eu sabia que a cela era revestida de granito e paramentada com mármore porque eu a havia projetado, assim como todas as outras criptas, como tinha projetado a minha própria. Será que o granito manteria Rhoshamandes fora dali?

Viktor e Rose estavam deitados juntos no piso abaixo de uma das bancadas. Viktor tinha dado as costas para a luz, e eu podia ouvir Rose chorando baixinho. Benji e Sybelle ocuparam juntos seu leito de mármore.

Refleti sobre muitas coisas, nessa estranha disposição mental em que nenhuma reflexão tinha objetivo, e me dei conta de que não estava fazendo nada.

Vi minha mãe e vi Louis, como se slides coloridos estivessem sendo embaralhados por minha mente, e expulsava essas imagens, esses momentos notáveis, assim que surgiam.

– Cyril e Gregory vão dormir encostados na porta – disse Marius. – Vou me deitar ali. Desejo-lhes boa noite. Só vou dormir daqui a uma hora, mas não tenho mais nada a dizer a ninguém.

Gregory tentava me conduzir a um dos locais de repouso, mas por algum motivo eu não conseguia me mexer.

– Por que ele não me levou? – perguntei, com aquela mesma voz insignificante, aquela voz patética.

Ninguém falou. Marius fechou a porta que dava para o corredor e passou os gigantescos ferrolhos por ela. De que aquilo adiantava?

– Se ele pôde descer até aqui e levar Louis, por que não me levou? – perguntei.

– Eu estava com você – respondeu Gregory. – Te protegendo. Louis estava no corredor quando Rhoshamandes o pegou.

– Ele andava para lá e para cá, lendo um livro – disse Marius. – Pelo menos, era isso o que estava fazendo na última vez em que o vi de relance.

Cyril tinha se deixado cair no chão, jogado contra a porta, com as mãos na cabeça.

– Velocidade e surpresa – disse eu.

– Isso – concordou Gregory. Ele me pegou no colo, e nós nos deitamos juntos numa bancada de mármore, de conchinha, meu rosto voltado para a parede. Fiquei feliz por ele permanecer comigo, apesar de saber que ele logo assumiria seu lugar junto da porta.

Escutei as velas. Sempre se pode ouvir o som das velas quando se escuta com cuidado. E aos poucos a paralisia veio, e a agonia simplesmente parou.

Capítulo 15

Quando o sol se pôs, tivemos uma conversa entre nós e concordamos que Rose e Viktor precisavam ficar nos subterrâneos, mas que talvez fosse seguro para Armand subir e se reunir com Eleni, Allesandra e Everard, com quem ele não falava havia duas noites. Eles tinham insistido muitas vezes que não corriam risco algum por parte de Rhosh, e Armand achava que estavam enganados. Agora, eles se encontravam na masmorra mais distante.

– Essa criatura enlouqueceu – disse Armand.

Foi nesse momento que o pacote seguinte chegou, dessa vez um pequeno estojo de ouro, que continha um frasco com cinzas e o anel de esmeralda predileto de Louis.

Uma novata o trouxera até nós ali embaixo, uma simples entrega do mesmo serviço de courier, nas mãos de uma coisinha pálida e frágil, de cabeleira ondulante e um vestido curto florido com mangas bufantes. Seus braços eram brancos.

Olhei para outro lado quando Marius rasgou a embalagem. Mas então olhei de volta e vi o anel de esmeralda.

Parecia totalmente impossível que essa dor parasse, e totalmente impossível que continuasse.

– Você nunca o amou – disse Armand, amargurado. Fechei os olhos. – Foi cruel com ele. Eu o protegi de você.

Ouvi Marius murmurar baixinho implorando a Armand que não dissesse esse tipo de coisa; e depois Sybelle sussurrando para Armand que nós todos nos amávamos. Esse era o caminho agora. E Rhoshamandes, sabendo disso, poderia pegar qualquer um de nós e provocar uma dor indescritível nos outros.

– Demônio maldito! – disse Benji. – Ora, Armand, não o torture. Tenha sabedoria. Fique calmo.

Falando. O nome da novata era Marie, simplesmente Marie, o nome mais antigo e mais popular na cristandade, e ela havia encontrado o "homem" e assinado o recibo da entrega quando se aproximava do château. Nunca tinha vindo aqui. Só nos encontrara depois de uma busca. Marius lhe disse que agora ela precisava ficar. Estava enormemente empolgada com todos os acontecimentos, mas teve o bom senso de se manter calada.

Deitei-me na bancada, escutando os outros.

Marius não queria que Armand fosse à outra masmorra. Sim, disse Marius, Eleni, Allesandra e Everard tinham contado absolutamente tudo o que sabiam de seu velho mestre, Rhoshamandes, a Seth, Kapetria e sua tribo. Mas Armand queria consultá-los. Quem sabe? Eles talvez soubessem alguma coisa sobre Rhoshamandes, alguma coisinha esquecida por outros.

A casa agora estava vazia, com exceção dos que se encontravam na masmorra distante. E Marius disse que Armand não podia ir à masmorra sozinho.

Por fim, Marius levantou a voz, exasperado, e disse para Armand permanecer aqui. Com isso, a questão foi resolvida. E se Armand ousasse tentar sair, ele, Marius, o atingiria com um golpe como Armand jamais tinha sentido.

Depois disso, silêncio.

Com todas as minhas forças, eu queria dormir, mas não me dispus a pedir a Gregory um encantamento agora. Não podia. Eu só podia ficar ali deitado na bancada, à luz bruxuleante das velas, e deixar que os pensamentos passassem por minha mente vazia. Meu peito doía. Meu coração doía. Minha cabeça doía.

Marius saiu para o corredor para montar guarda com Avicus e Flavius – e daí a uma hora Rhoshamandes veio pegá-lo.

Capítulo 16

Ouvimos a batalha, mas não pudemos vê-la, pela fumaça, pelas chamas e pelos pedaços de mármore que nos atingiam de todos os lados. A poderosa voz de Marius retumbava, amaldiçoando Rhoshamandes. Mais uma vez, portas foram arrancadas das dobradiças, lâmpadas explodiram e, na escuridão, nós fomos atirados contra as paredes ou os pisos. Senti um calor fortíssimo passar por mim, e lutei para ficar em pé em meio aos cacos e fragmentos de mármore que turbilhonavam no aposento.

Gritos medonhos vinham de Sybelle, e eu consegui chegar perto e me lançar sobre ela tentando apagar as chamas. Seu cabelo e sua roupa estavam pegando fogo, e os rugidos horríveis continuavam lá em cima. E, pelos olhos de Marius, vi o salão de baile consumido pelo fogo. Avicus e Flavius estavam no centro dele. E, mais uma vez, a parede de pedra foi derrubada, e o poderoso sistema contra incêndios fez cair um dilúvio.

Aninhei Sybelle nos braços, sem ousar tocar em seus braços e ombros queimados. Seu vestido tinha caído no chão. Benji chegou por trás para abrigá-la.

A forte voz telepática de Marius chegou de muito longe.

Indo para o oeste... direção noroeste a enorme velocidade.

E então o silêncio.

O que era necessário para silenciar uma criatura como Marius?

Naquele ar empoeirado e sufocante, eu ouvia ao longe os gritos telepáticos dos que estavam na masmorra distante. *Marius foi levado. Não Marius. Marius se foi.*

Olhei ao redor, em meio ao nevoeiro de poeira e partículas turbilhonantes, e vi que mais ninguém tinha sido queimado. Mas Armand estava enlouquecido de novo. Ele esmurrava as paredes e uivava. Ele me amaldiçoava e me chamava de todos os palavrões que conhecia em russo, em francês ou em inglês, dizendo que eu era o culpado de tudo aquilo, sempre, que durante toda a minha maldita existência eu não tinha feito nada a não ser destruir outros, que agora havia ainda mais mortes por culpa minha e que eu tinha causado o fim até mesmo de Marius.

Fiquei ali olhando para ele, vendo-o socar as paredes, enfiar os punhos na terra exposta. Assisti quando Gregory o apanhou, segurando-o firme, e lhe tampou a boca com a mão.

Cyril e Avicus se entreolhavam, e Flavius começou a repassar repetidamente, num sussurro acirrado, tudo o que tinha acontecido, os vislumbres, o fogo, a explosão que o tinha derrubado de costas no chão, Marius engalfinhando-se com Rhoshamandes, para depois sumir. Ele não parava de tentar captar tudo, pôr em ordem, o salão de baile incendiado, com as cortinas em chamas e os espelhos estilhaçados, bem como os berros da masmorra distante que transmitiam indignação e dor.

Onde estava Barbara? Barbara desceu a escada, informando que os reservatórios e a tubulação do sistema de combate a incêndios tinham funcionado. O fogo tinha sido apagado.

Ela parecia decididamente normal, com o cabelo ainda impecável, preso para trás por uma presilha de prata, e seu vestido azul-escuro, longo e simples, empoeirado, mas inteiro.

Ela entrou num closet onde eram guardadas as numerosas ferramentas manuais para quem trabalhava no château.

E de repente Cyril e Avicus estavam trabalhando, junto com Viktor, consertando dobradiças, pendurando portas no lugar de novo, usando pás para tirar do caminho todas aquelas pedras quebradas. Foi então que Cyril parou e começou a tremer dos pés à cabeça.

– Alguém vá agora àquela masmorra dizer para ficarem quietos! Não consigo suportar o choro e os gritos deles. Diga para calarem a boca. Thorne, vá você. Faça isso agora enquanto ele está indo embora com Marius. Vá de uma vez!

Thorne, que sempre cedia diante de Cyril, saiu para cumprir essa missão.

Depois, pareceu que todos na cripta estavam ocupados restaurando o lugar, menos eu, enquanto dava meu sangue a Sybelle ferida.

Era pouco mais de meia-noite quando Rhoshamandes levou Marius.

Horas depois, Sybelle já estava com outro vestido de lã preta e dormia deitada, com a pele corada de sangue. Barbara tinha ido ao apartamento de

Sybelle buscar a roupa. Também trouxera roupas limpas para todos. Barbara continuava a trabalhar, fazendo tudo o que podia.

Resolvi que queria subir. Vozes em coro me disseram que não.

– Ele não vai voltar esta noite – disse eu. Mas eles não cederam; e assim eu me sentei na bancada de mármore onde tinha dormido, meu novo lar agora, e lhes disse o que eu tinha de fazer.

Uma vez que eles se reuniram ao meu redor para ouvir, comecei a falar; e foi ao falar que pensei em tudo, extraí aquilo do choque mudo e entorpecido de saber e o transformei num projeto.

– Preciso conversar com o monstro – comecei a falar. Minha voz estava um pouco mais forte do que antes, mas ainda apática. – Preciso argumentar com ele. Preciso me entregar a ele em troca da paz. Preciso que me dê sua palavra de que isso bastará, ele me aceitar, e então irei com ele.

Percebi um silêncio na masmorra distante do outro lado do château, mas não poderia explicar como foi que percebi.

– É a mim que ele despreza e odeia. Foi a mim que ele culpou por tudo. Vou conversar e negociar com ele. Vou me entregar se ele se dispuser a cessar seus ataques contra nós e a deixar a corte em paz para sempre.

"Sei que ele é um homem de palavra", disse eu. "É ainda um homem, e um homem de palavra. Exatamente como eu sou. E quero quinze minutos com ele, depois que ele me levar, quinze minutos para eu poder explicar minhas reflexões sobre o que aconteceu, e ouvir as dele antes de morrer por suas mãos."

De imediato, um coro de objeções.

– Tenha paciência – disse Gregory. – Os Filhos de Atlântida estão fechando o cerco em torno dele. Logo terão sua localização.

– Como isso seria possível? – perguntei. – Ele está ouvindo o que você diz.

– Isso você não sabe – retrucou Benji.

– Onde ele está? – perguntei. – Do outro lado do mundo? E quanto tempo vai levar para encontrarem seu novo refúgio? Não, já me decidi. Só preciso da palavra dele. E eu me disponho a jurar por minha honra, e honra eu tenho, sim, que nenhum de vocês tentará lhe fazer mal quando ele vier me buscar.

"E Amel e Kapetria lhe restituirão seus bens, e haverá paz."

Mais uma vez, a confusão de objeções, e da masmorra distante os protestos de Allesandra de que Rhosh era de fato uma criatura de palavra.

– A qualquer hora em que ele aceite minha palavra – continuei –, a qualquer hora em que me comunique seu compromisso de que honrará este acordo, subirei às ameias da torre noroeste e esperarei por ele, sem guardas ao meu redor, para ir com ele, por minha vontade, quando ele vier.

Mais uma vez, as vozes se ergueram com suas objeções, mas Cyril levantou a mão, pedindo silêncio.

– Ele está falando – disse Cyril. – Estou ouvindo.

É óbvio que Gregory não o ouvia. Mas a verdade é que já se sabia havia muito que os primeiros integrantes do Sangue da Rainha e da Primeira Geração não conseguiam ouvir uns aos outros, da mesma forma que um criador não consegue ouvir suas crias.

Mas eu conseguia ouvi-lo agora – quase imperceptível, me chamando de muito longe, numa voz tão baixa quanto nítida. *Sou uma criatura de palavra.*

– Você aceita minhas condições? – perguntei em voz alta ao mesmo tempo em que enviava a mensagem para ele, visualizando sua imagem, fazendo o possível para alcançá-lo.

Aceito o trato. Mas os replimoides devem restituir meus bens, em sua totalidade. E seus lacaios não podem ousar tentar me atingir quando eu for buscá-lo, ou será a guerra de novo. E eu destruirei tudo o que puder.

De repente, Armand começou a chorar.

– Não faça isso, não confie nele – disse ele. – Lestat, ele vai simplesmente destruir você. E se você se for...

Ah, doces palavras de alguém que poucas horas atrás estava me amaldiçoando a cada instante.

– Vou me certificar de que os replimoides restituam seus bens – repliquei, dirigindo-me a Rhosh. Era como se eu pudesse ver minha voz se estendendo com os ventos e as nuvens. – Ainda sou o Príncipe aqui, nestas ruínas, e estou dizendo a Gregory agora que essa é minha vontade. Ele é o mais antigo aqui presente. E transmitirá a Seth o aviso desse meu compromisso.

– Sim – sussurrou Gregory, assentindo, com o rosto solene de anjo mesopotâmico.

– Mas quero quinze minutos com você, Rhoshamandes – disse eu – para falar com você antes de me deparar com seu julgamento final. Quero isso antes de me dar o mesmo destino de minha mãe, meu amante e meu mentor.

Ouvi um riso fraco, cavernoso.

Dou-lhe minha palavra. Vou lhe conceder os quinze minutos que você quer. E depois farei com você o que eu quiser. E se seus colegas não cumprirem seu compromisso, voltarei para pegá-los.

– E se eles de fato cumprirem meu compromisso à risca?

Deixarei a corte em paz e procurarei uma nova existência longe dela, em alguma outra parte do mundo.

– Então estamos de acordo quanto a tudo – disse eu.

Só mais um ponto. Não suba agora desse seu esconderijo de covarde. Suba uma hora antes do nascer do sol, enquanto ainda tiver força para tanto. Faça com que os replimoides cumpram seu compromisso e depois vá à torre noroeste logo antes do amanhecer. Se eu vir qualquer um de seus companheiros, se eu sentir suas armas invisíveis, vou incinerá-lo até as cinzas nas ameias da casa de seu pai e extinguir de suas fileiras, um a um, todos os que um dia o acompanharam nessa sua loucura. Este é nosso trato.

Silêncio.

– Passe-me o telefone – disse eu a Gregory – conectado à sede em Paris.

Ele fez o que eu disse. E eu fiz o que tinha dito que faria.

Kapetria resistiu, mas eu simplesmente repeti inúmeras vezes que tinha dado minha palavra.

– Comece agora a lhe restituir os bens e os recursos – disse eu. E entreguei a plaquinha de vidro, que era o telefone, de volta para Gregory, que o guardou em suas vestes antiquíssimas.

Eu poderia escrever mais um capítulo com todas as trocas de ideias depois disso.

Os que estavam reunidos nas masmorras deixaram o patético Baudwin em seu invólucro de ferro e vieram depressa ao nosso encontro nas criptas. Allesandra estava convencida de que eu conseguiria persuadir Rhosh a poupar minha vida e me disse que eu deveria lhe suplicar, que deveria fazê-lo entender que eu não tinha desejado que Benedict morresse.

Tantas discussões. Tantas vozes abafadas e insistentes se entremeando nos aposentos de mármore espatifado. E o cheiro de terra vindo dos corredores que eu nunca tinha revestido com granito como fizera com os aposentos. E Barbara e a novata Marie, ocupadas com suas pequenas tarefas. E Armand por fim se sentando a meu lado, com o rosto contraído e desalentado, como o de um menininho ali agarrado a mim. E Cyril, encostado na parede, com o olhar perdido, tentando escutar vozes imortais que não chegavam.

Tentaram repetidamente me convencer a não fazer o que estava planejando.

Somente Allesandra acreditava que eu poderia conquistar o coração de Rhoshamandes, que ela jurava ser infinitamente melhor no amor do que no ódio, e que no passado remoto tinha preferido abandonar seu belo mosteiro antigo no Loire a lutar contra os Filhos de Satã; Rhosh, que se derretia com os acordes de boa música; Rhosh, que antigamente costumava trazer músicos de Paris para tocar em seu claustro e em velhos aposentos repletos de livros; Rhosh, que tinha chorado quando os Filhos de Satã demoliram as velhas muralhas e aposentos até a floresta engolir o lugar onde Allesandra e Eleni, Everard, Benedict e Notker tinham nascido.

Houve momentos em que Eleni participou dessa súplica: "Diga isso a ele" ou "É, dê ênfase a isso aí".

O tempo todo Everard manteve uma atitude zombeteira para com elas duas. Dava para eu ver a malevolência em seus olhos. Ele nunca tinha perdoado a Rhoshamandes sua recusa em salvá-lo dos Filhos de Satã, de cujas garras desgraçadas ele tinha escapado assim que pôde. Agora, Everard as considerava "tolinhas" e disse o que pensava. E os relógios tiquetaqueavam nos corredores vazios lá em cima, e um céu pálido começava a aparecer através das paredes demolidas do salão de baile, enquanto Barbara e a novata Marie trabalhavam com suas vassouras por lá, confiantes em sua segurança, e os outros se grudavam a mim como se esse fosse meu velório.

E era meu velório.

Fiquei ali sentado, sabendo tudo o que me diziam, conhecendo quem Rhosh era a partir de todos esses ângulos diferentes. E soube que minha mãe um dia tinha corrido comigo em meio ao capim alto nesta mesma montanha, ao sol da primavera, nós dois rindo enquanto subíamos cada vez mais, para lá de cima contemplar o vale inteiro e a estrada sinuosa que levava ao lugarejo. Eu soube porque vi. E vi Louis com Claudia nos braços caminhando pela escuridão perfumada do Garden District de Nova Orleans, enquanto as cigarras cantavam ao final do crepúsculo, e Claudia, com os cachos descendo do toucado em cascata pelas costas, cantou baixinho para ele uma canção que fez Louis sorrir.

E soube que Marius uma vez tinha me desenterrado no Cairo e me apanhado nos braços porque vi a cena. Também o vi em seu imponente solar do Mediterrâneo, um cavalheiro do século XVIII na época, depois de dois milênios, me acolhendo, sorrindo para mim, pronto para compartilhar comigo o segredo de nossos pais misteriosos e majestosos, aquelas criaturas imóveis, semelhantes ao mármore, Akasha e Enkil, em seu santuário perfumado.

Incenso, flores. Claudia cantando. Agora eu aguardava escutar os pássaros da alvorada na floresta.

Eu sabia que Rhoshamandes bem poderia ter levado Marius para o outro lado do Atlântico e, ainda assim, ter voltado na mesma noite, porque ele tinha toda essa força. Mas era possível que talvez ele não tivesse ido muito longe. Que diferença fazia? Ele estava vindo agora. Os pássaros da floresta sabiam que estava na hora e tinham começado a cantar.

Hora de partir.

A campainha estridente de um telefone de vidro me surpreendeu. Era Kapetria ligando para garantir a Gregory que tinha devolvido a fortuna de Rhosh e recolhido todos os tentáculos secretos de seu acesso pela internet.

– Pela última vez – murmurou Armand – eu te imploro...

Beijei Armand e me levantei. Dei um abraço em Gregory.

– Você encontrará todos os meus documentos em meu gabinete lá em cima – disse eu. – Encontrará instruções e códigos para transferir tudo o que possuo para você. Só lhe peço que, se Magnus, meu criador, um dia conseguir voltar a esta vida, assumindo um corpo, que você lhe doe uma parte de minha fortuna, já que foi a partir dele que minha fortuna surgiu.

Ele fez que sim.

– Vou cuidar de tudo e de todos – disse ele, o anjo barbudo, com longos cabelos negros, falando e me beijando os lábios. – Lembre-se de que você agora tem meu sangue também! – sussurrou ele em meu ouvido.

– Desejo sucesso a quem quer que vocês escolham para ser seu príncipe – disse eu.

Fui andando na direção da escada. Olhei para trás e vi todos eles apinhados no corredor, com Benji mal conseguindo abrir caminho até a frente.

– Adeus, espírito admirável – disse ele.

Eu sorri.

– Fiquem aqui embaixo, todos vocês – pedi. Por um instante, alguma coisa imensa e muito semelhante ao pavor chegou bem perto de mim, mas eu a repeli. – Se vocês descumprirem a palavra dada, meus amigos, lembrem-se de que ele me destruirá e nunca os deixará em paz!

Capítulo 17

A neve caía leve e silenciosa quando saí pelo portal de ferro da torre noroeste e caminhei na direção das ameias. Podia sentir em mim o entorpecimento da manhã e me perguntei se aquilo não seria uma espécie de graça, mas sem dúvida ele me levaria para o oeste com a noite a uma velocidade tal que ninguém seria capaz de acompanhá-lo, e o que viria depois aconteceria enquanto todos os que eu amava dormissem.

Fiquei parado, imóvel, vendo a neve cair na palma das mãos. Tudo era sossego e silêncio no château inteiro e por todo o vale, o cheiro de lenha queimada vindo com o vento.

De repente, eu o vi direto acima de mim, os olhos enormes, as vestes escuras turbilhonando ao redor. E naquele instante os outros me traíram, lançando de inúmeros pontos seu fogo poderoso.

– Não – bradei. – Parem! Não! – Mas mal pude ouvir minha própria voz em meio ao turbilhão de força que me atirou para trás sobre o piso de pedra.

Uma enorme bola de fogo subiu rolando para o firmamento, e foi apagada como a chama de uma vela esmagada entre o polegar e o indicador. Um braço como que de ferro me enlaçou, e lá fomos nós para o alto, tão velozes que o vento parecia queimar meu rosto e minhas orelhas.

Vi lá embaixo chamas em todas as direções, como se uma saraivada de explosões silenciosas estivesse lançando para o alto espessos rolos de nuvens escuras, e então, por um instante, não restava nada a não ser as estrelas, as grandes estrelas espalhadas, numerosas demais para formarem desenhos; e percebi que estava me agarrando a Rhoshamandes, e que sua mão esquerda estava na minha nuca. Era assim, com essa mão de ferro, que ele me segurava.

– Eu não te traí. Eles não honraram a palavra dada – disse eu.

Riso. E a voz dele, íntima, em confidência.

– Era o que eu esperava, é claro.

A dor em meu rosto, em minhas orelhas e em minhas mãos era insuportável. Tentando respirar, eu me engasgava com o vento, e então o ouvi dizer a palavra exatamente como Gregory tinha dito: *Durma*. Não pude resistir. Senti que estávamos deixando a terra totalmente, e parecia impossível que a sonolência pudesse ser tão agradável, tão boa.

Quantas horas se passaram, eu não soube. Soube apenas que estávamos em algum ponto acima do Pacífico; e não tenho certeza de como soube isso. Talvez fosse o estranho matiz de verde do céu, as delicadas camadas verdes por cima das camadas rosadas, e o negrume no alto, do qual estávamos descendo devagar, até pousarmos num terraço de pedra branca pouco acima do mar brilhante, cristalino.

Caí de seus braços para o chão, atordoado. Meus membros, dormentes e inúteis. Mas ele me apanhou e me atirou de encontro à balaustrada de pedra, com a mão grudada à minha nuca.

Olhei para a espuma branca das ondas que arrebentavam nos rochedos lá embaixo e vi ao longe um cordão de luzes douradas que indicavam outra costa ou outra ilha, eu não sabia dizer.

Lindo, pensei. O sangue voltou a correr por minhas pernas, meus pés, meus braços e minhas mãos. Um acesso de náusea se abateu sobre mim. Mas, quando abri a boca para vomitar, não saiu nada.

Só o vislumbre de um pensamento me ocorreu e então se extinguiu no silêncio deliberado de minha mente trancada.

Não pense. Não imagine. Não maquine. Não planeje.

– É tão lindo – disse eu.

Senti alguma coisa roçar no meu lado esquerdo e fui atirado a uma pequena distância dali, e mais uma vez para baixo, para outro piso de pedra.

Ele tinha arrancado o machado de dentro de meu casaco.

Quando consegui me levantar de joelhos e me virei, vi que ele estava parado de costas para uma fileira de arcos abertos, para além dos quais as estrelas se esforçavam para brilhar numa névoa rosada.

– É, é lindo – disse ele. E pela primeira vez eu o vi com o cabelo dourado comprido até os ombros, a boca com bigode e a barba no queixo. Usava uma túnica simples de lã marrom, tão monástica quanto tinha sido o hábito de Benedict, que caía até o peito dos pés descalços.

– Quer dizer que esse é o grande Rhoshamandes – disse eu – com a aparência que tem ao acordar, antes de chegar a pensar em navalhas ou tesouras.

Ele olhou fixo para mim com uma expressão enigmática, sem dúvida não com desprezo ou ódio.

– Você acha que me conhece, mas não me conhece – replicou ele. – Você, com essa sua arrogância, essa sua vaidade e esse seu machadinho reluzente. – Ele o exibiu. O machado cintilava à fraca iluminação elétrica que vinha do teto de pedra, uma instalação simples de metal pintado de branco. Toda a câmara de pedra era pintada de branco, menos o piso, que estava encerado a ponto de ofuscar, e havia a inevitável lareira, construída de arenito macio, com pilastras para apoiar seu fundo console e uma pilha de carvalho na qual as acendalhas amassadas e partidas estavam acabando de irromper em chamas.

Consegui me levantar.

Num movimento tão veloz que não pude ver, ele me chutou de volta para o chão e retornou a seu lugar, ainda com o machado na mão.

– Lembra de quando você decepou minha mão e meu braço com isso? – perguntou ele.

– Sim, lembro. E, se eu precisasse reviver a situação, não agiria como agi – afirmei. – Pense naqueles que sofreram por esse meu ato. Foi inconsequente.

Sem mencionar que seu plano maligno naquela ocasião tinha dado em nada, sem que meu gesto cruel com o machado tivesse alguma coisa a ver com isso. Tampouco importava que eu lhe tivesse perdoado tudo o que ele fizera ao matar Maharet e prender meu filho, e lhe tivesse dito inúmeras vezes que não sentia por ele nada além de boa vontade e queria que fôssemos amigos.

Eu sabia, mas não pensava nisso. Era algo que simplesmente existia.

E dessa vez, quando me pus de pé, foi lentamente, espanando a poeira dos meus jeans e só então percebendo que estava sem minhas botas.

O vento as tinha arrancado de meus pés. E o casaco de veludo preto que eu usava estava rasgado no ombro esquerdo. E meu cabelo era um emaranhado só.

Sacudi meu corpo inteiro. Era agradável estar em pé com minhas meias finas pretas, e o piso de pedra estava quentinho. Senti ao redor de mim uma casa espaçosa. Pude ver luz elétrica entrando por um portal à direita dele, que estava à minha frente. E eu sabia que havia um arco maior atrás de mim, à esquerda, que dava provavelmente para o mesmo aposento.

– Obrigado por me dar tempo para falar – disse eu. De repente, percebi que ele não estava usando nenhum poder telepático para me manter no lugar onde eu estava, mas não trouxe isso para o nível da consciência. – Quero lhe dizer que Benedict fez o que queria fazer, sem se importar com quem quer que tentasse dissuadi-lo. Odiei aquilo. Odiei a cena em si. Ele queria dar o sangue aos mais jovens. Odiei aquilo tudo, e fiquei assistindo porque ele quis que eu assistisse e tinha trazido para mim uma espécie de trono dourado. Foi presente dele.

Rhoshamandes ouviu essas frases inexpressivo, os olhos claros imóveis como se fossem de vidro. Eles refletiam a luz como os olhos de ampulheta de antigas bonecas francesas.

– Ele disse que sua hora tinha...

– Eu ouvi o que ele disse – atalhou ele. – Não me fale de Benedict, nem mais uma palavra, se quiser ter o total de seus quinze minutos. E sei que você fez seus amigos jurarem que seriam fiéis à sua vontade. E sei que aqueles nojentos daqueles seus amigos replimoides restituíram minha fortuna, como você lhes ordenou. E sei que nenhum de seus amigos conseguiu vir atrás de você, porque os deixei para trás antes de passar por cima do grande mar.

Enfiei o polegar em meus jeans e, cabisbaixo, dei de ombros. Engoli em seco algumas vezes e me forcei a olhar para o fogo até meus olhos, irritados por causa do vento, começarem a lacrimejar com a luz forte.

– De nada me valeria, não é mesmo, eu lhe dizer que nunca lhe faltei com a palavra? Nunca. Que repetidas vezes defendi sua vida contra os que teriam preferido destruí-lo.

– E de que modo eles um dia teriam conseguido esse feito? – perguntou ele. – Você agora está vendo meu poder. Vocês todos viram meu poder. Qual de vocês tem condição de me enfrentar?

Ele contraiu os olhos, e seu rosto se tornou implacável. De repente, a boca estava tão branca quanto o rosto, até um lampejo de emoção deixar todas as feições humanas com uma trama de velhas rugas por um instante. Ele agora parecia estar numa fúria muda. Mas não estava usando nada daquele seu poder para me controlar.

Aproximei-me um pouco.

– O que posso fazer para sensibilizar seu coração? – perguntei. – Para você poupar minha vida?

Mais uma vez, ele não mantinha nenhum controle telepático sobre mim. Apenas me olhava, os lábios numa movimentação febril e os olhos se arregalando como se ele não conseguisse conter a emoção, antes de voltar a contraí-los.

Fui me aproximando, cada vez mais um pouco, e então me deixei cair de joelhos de novo, a poucos palmos dele.

– Talvez eles não pudessem ter tido êxito – disse eu. – Talvez não tivessem a menor ideia do seu poder. Mas fui eu que falei em sua defesa, Rhoshamandes. Fui eu que me tornei seu defensor inúmeras vezes.

Abaixei a cabeça. Fiquei olhando para a bainha de sua túnica marrom, para o tecido velho e puído, para a pele nua por baixo, as unhas dos pés reluzentes como sempre, os pés tão perfeitos quanto os de um santo na igreja. Lá nas alturas, com seus ventos enregelantes, ele não tinha sentido nada nessas vestes ralas, enquanto me trazia para cá, nada da dor que eu sentia agora em cada músculo, em cada membro.

– Admiro como você atinge seus objetivos – prossegui. – Como não poderia admirar as escolhas que fez e a forma com que as fez? Velocidade e surpresa.

Ouvi-o falar, mas não levantei os olhos.

— Você realmente está querendo me convencer de que tem outro sentimento que não seja o ódio por mim? – perguntou ele. – Você nunca me conheceu. Seus companheiros nunca me conheceram. Vocês nunca souberam que eu fiz o que fiz a Maharet só porque ela estava cogitando dar um fim a todos nós.

— Mas isso eu sabia, sim – afirmei, ainda com a cabeça baixa. – E disse aos outros. – Fui me aproximando dele centímetro a centímetro, mas ainda havia mais de meio metro entre nós. Eu sentia o cheiro do vento nas dobras de sua roupa.

— Não, você não me conhece. Você ainda me considera um monstro, mesmo agora.

— Pelos deuses! – exclamei, olhando para ele ali acima, e pela primeira vez deixei-me invocar a imagem de minha mãe, minha Gabrielle, na noite em que entrei no aposento em que iria morrer em Paris, na Île Saint-Louis, e lhe mostrei o que tinha acontecido comigo, que eu já não era humano, e vi tanto o receio como o triunfo em seus olhos. As lágrimas vieram exatamente como eu esperava que viessem. Vieram em sua costumeira enxurrada como sempre me acontecia quando eu me entregava a elas, e tremi com violência, de corpo inteiro.

Mal encobrindo os olhos com os dedos, olhei para ele ali acima, enquanto chorava, e vi a perplexidade em sua expressão.

— Como eu poderia não considerar você um monstro agora, Rhoshamandes? O que devo pensar? – disse, soluçando. – Que devo pedir agora, ajoelhado diante de você? O que tenho para me defender? Ah, se ao menos eu tivesse velocidade. E surpresa!

À maior velocidade que consegui, eu me ergui e, com toda a força que tinha, golpeei o rosto dele com o topo de minha cabeça. Seu nariz foi fraturado e empurrado com violência para dentro do rosto, mas eu o segurei pelo cabelo dos dois lados.

Ele deu um rugido de dor ensurdecedor, com o machado caindo ao chão, enquanto recuava aos tropeços, mas me agarrei a ele com todas as forças e então cravei meus polegares direto em suas órbitas. Arranquei seus olhos e os engoli inteiros.

— Pare, pare com isso! – ele urrava.

Deixei-me cair no chão.

Tudo tinha acontecido num segundo.

Ele girava, os braços estendidos em desespero, e lançava o fogo pelo aposento inteiro. A tinta branca nas paredes se empolava, borbulhava e ficava negra. Ele lançou o fogo ao teto de gesso e, pelas janelas abertas, ao céu. E então fui *eu* quem lançou o fogo contra *ele*.

Com toda a minha força e toda a minha vontade, lancei o fogo contra ele.

– Não, você não está entendendo, pare, preste atenção! – disse ele, uivando.

Mas o fogo o dominava. O fogo pegou nas mangas compridas e largas, e lhe queimou o rosto num medonho vermelho-sangue arroxeado. Eu não parava de lançar o fogo contra ele, e também lancei meu poder telecinético mais forte, jogando-o dentro da lareira.

Suas vestes estavam em chamas e seu cabelo também. Em desespero, com as duas mãos, ele tentava apagar as chamas, mas elas o assoberbavam. E eu não parava de mandar o fogo, até sua cabeça e suas mãos ficarem pretas.

– Não! Está tudo errado – vociferou ele.

Apanhei o machado de onde ele o deixara cair e, chegando por trás dele, enquanto ele se endireitava, enquanto girava trôpego, uma tocha enorme ardendo diante de mim, rugindo palavras loucas que eu não conseguia entender – "*La bait hah so roar, la bait hah so roar*" – em meio às chamas, dei-lhe um golpe perfeito que separou a cabeça do pescoço.

A bait hah so rah!

Silêncio. Uma imagem frágil, bruxuleante, de Benedict. *Benedict*. Depois, nada.

Segurando a cabeça pelo cabelo comprido, joguei-a contra a quina de pedra do console da lareira, ouvindo os ossos se esmagando; e de novo e de novo, até estar segurando não mais do que uma bolsa de sangue e ossos.

Trouxe-a à minha boca, com o rosto sem olhos voltado para o outro lado, e chupei o sangue da nuca sangrenta, suguei com todas as minhas forças, e minha mente ficou tonta com seu sangue espesso, viscoso.

Era um sangue mudo. Mas era tão forte, tão doce e forte, o sangue do cérebro, tão luminoso e brilhante. Era elétrico e acendeu cada circuito dentro de mim, encontrando meu coração e o aquecendo até eu achar que também iria pegar fogo. Seu poder produzia a bem-aventurança; era grandioso para além da imaginação, grandioso demais para eu descrevê-lo. Era o sangue de meu inimigo derrotado, o sangue de quem tinha assassinado minha mãe, e era todo meu.

Os únicos sons enquanto eu bebia sem parar eram o do fogo, o do mar e um barulho horrendo de batidas e arranhões que me despertou de meu desmaio. Fiquei imóvel. De repente, eu não sabia onde estava.

Mas o sangue de Rhoshamandes tinha se tornado uma perfeita estrutura de aço a me sustentar, e eu estava aquecido, aquecido como se nunca tivesse sentido frio em toda a minha vida.

Uma brisa apática, modorrenta, encheu o aposento. Trazia o cheiro do oceano, salgado e limpo, me lavando e lavando o ambiente. E lá fora vi estrelas sem conta, estrelas de tanto brilho e tanta distância que o firmamento já não era a abóbada celeste pintada, mas um imenso e infinito oceano de estrelas.

Olhei para baixo e vi o corpo decapitado caído ali, ainda ardendo e fumegando, as vestes totalmente queimadas, revelando a pele arroxeada das costas. O corpo sem cabeça se movimentando, se arrastando, tentando se agarrar ao piso encerado com seus enormes dedos abertos, tentando dar impulso com os joelhos.

A visão foi tão horrenda que por um instante não consegui me mexer. Um gigantesco inseto sem cabeça não teria sido mais apavorante.

E então eu me ajoelhei e, rolando o corpo no chão, bebi da fonte da artéria – e o sangue percorreu meus membros como aço derretido. Suas mãos socavam a esmo minha cabeça, meus ombros. Mas eu não conseguia ver nada. Eu era o sangue que estava bebendo. E bebi tudo o que pude. Bebi quando já não conseguia beber mais. Me empanturrei com o calor e o poder; e afinal caí para trás sobre minhas mãos, olhando para o teto destruído. Poeira fina escorria de uma teia de rachaduras no reboco; e o tórax sem cabeça subia e descia, subia e descia, como as mãos subiam e desciam, implorando com os dedos muito abertos.

Sangue vazava do corpo sem cabeça, mas eu não aguentava beber mais. Sua pele, de um preto arroxeado, já estava branca. Até a cabeça esmagada, jogada no piso, olhando para mim com suas órbitas vazias, já estava passando de preta para branca, à medida que o último sangue nela restaurava a pele queimada.

Peguei de novo o machado e, com as duas mãos, golpeei suas costelas. Espirrou sangue do ferimento terrível, e o coração batia cada vez mais rápido enquanto as mãos procuravam me alcançar, tentavam me encontrar e me segurar, até que arranquei o coração de dentro do corpo e espremi o sangue direto em minha boca.

Agora o corpo estava quieto.

Recostei-me sentado, olhando para o céu distante, para lá dos arcos abertos, com a língua lambendo o coração, e então deixei que caísse. Não parava de tentar encontrar os limites mais remotos das estrelas, o lugar onde as estrelas se dissolviam numa luz prateada, mas não consegui encontrá-lo. Por fim, de olhos fechados, escutei o mar. Parecia que estava me alcançando, que as estrelas estavam caindo no mar, que o céu e o mar tinham se tornado apenas um, e quis dormir para sempre.

Mas não havia tempo para isso.

Fui de quatro até o lugar onde a cabeça esmagada e encolhida tinha caído diante do fogo, apanhei-a, levei aos lábios a órbita do olho direito e suguei até o próprio cérebro escorrer para minha boca. Ah, que coisa nojenta, viscosa, esse cérebro!

Quando minha língua tinha conseguido espremer todo o sangue dele contra o céu da boca, cuspi os tecidos repugnantes. Uma náusea me pegou despreparado. Os olhos voltaram à boca, mutilados, sem brilho e grudentos de sangue, e eu também os cuspi. Novamente, vomitei sangue e tecidos que meu corpo não tinha como absorver. E por alguns segundos, o enjoo foi quase insuportável.

Difícil descrever uma sensação tão física de aflição. Mas passou.

Rhoshamandes já não existia.

As ondas arrebentavam na praia abaixo do terraço. O fogo crepitava e consumia as achas de carvalho.

Velocidade e surpresa.

Deitei-me de costas mais exausto do que jamais tinha me sentido em toda a minha longa existência. Eu poderia ter dormido um ano inteiro e imaginei, sem querer, que estava a salvo em casa, no castelo de meu pai, e que a música tocava no salão de baile, como sempre.

Mas eu precisava sair dali. Nem mesmo sabia onde estava, menos ainda se estava em segurança, ou quem poderia chegar a qualquer instante. Talvez mortais que residiam nesse lugar, ou crias que ele tivesse preparado para ajudá-lo na vingança.

Sentei-me ali mesmo no chão. E, por um enorme esforço de vontade, consegui me pôr em pé e entrar no outro aposento iluminado.

Lá, de um lado a outro de uma cama enorme, avistei uma colcha de veludo vermelho-escuro, e a arranquei dali, espalhando para todos os lados uma pirâmide de travesseiros de veludo. Arrastei então a colcha até o primeiro aposento.

Por um instante, achei que ia perder a consciência. Minha cabeça latejava de dor, mas minha visão nunca tinha sido tão nítida, e eu disse a mim mesmo que conseguiria fazer o que devia. O sangue de Rhoshamandes mais uma vez surgiu de relance em minha consciência como uma estrutura de aço que de fato me dava apoio, um tecido de aço intricado e interminável; e eu me perguntava que proporção dele não era o sangue excepcional de Gregory.

Veio um som de longe, um som irregular e incomum que indicava algum ser vivo.

Fiquei imóvel, desacelerando meu coração para escutar. Será que havia outro imortal nessa casa? Mas tudo o que ouvi foram os inevitáveis equipamentos modernos, o ar-condicionado, o aquecedor de água, a circulação da água na tubulação. O ronco de um motor. Possivelmente de um gerador. Não. Mais nada. Eu estava sozinho ali.

– Comece a pensar, Lestat – disse eu.

Joguei o corpo decapitado na colcha, lancei a cabeça esmagada e vazia por cima do corpo, depois recolhi o coração e o que eu tinha vomitado do cérebro e dos olhos, acrescentando tudo ali. Fiz então um saco com a colcha, o joguei por cima do ombro e saí cambaleando pela escuridão fria do terraço sobre o mar.

Eu não sabia que horas eram, mas, quando olhei para as estrelas, enquanto procurava ver seus desenhos através das névoas em movimento, percebi que estava, sim, nas ilhas do Pacífico – e, se tivesse a força para tanto, poderia subir agora e me entregar aos ventos, voando suavemente com eles para o oeste, ao redor do mundo, uma hora após a outra, acompanhando a noite, sobrevoando o Extremo Oriente, a Índia, o Oriente Médio, até chegar à Europa e à França, à casa de meu pai nas montanhas, sem nunca parar por conta do sol nascente. Eu tinha de fazer isso.

Mais uma vez, achei que captei um ruído incomum. Seria a pulsação do coração de um dos antigos?

Uma fraca voz telepática falou.

Como foi que você conseguiu?

Foi isso mesmo o que ouvi? Eu estava ouvindo risadas? Era tão fraca que chegava a ser uma tortura, como se alguém estivesse brincando comigo, alguém que estivesse assistindo a isso tudo e se divertindo a valer.

Mais razão para partir agora mesmo. Eu nunca tinha tentado uma façanha tal como essa longa viagem para o oeste, mas agora estava determinado e prestes a empreendê-la.

– Você abateu o grande Rhoshamandes, certo? – sussurrei, falando comigo mesmo. – Pois bem, Lestat, seu diabinho, levante voo agora, recorra a todo o poder em seu sangue e volte para casa!

Segurando firme as pontas da colcha, eu me descobri subindo antes mesmo do que pretendia, e fui me dirigindo lentamente para o oeste, deixando que o vento me carregasse cada vez mais alto, até eu atravessar o frio úmido das nuvens.

Agora o firmamento se exibia em toda a sua indescritível beleza diante de mim, as estrelas como diamantes para onde quer que eu olhasse, diamantes de um brilho inexprimível, cintilando como presentes no negrume da enorme abóbada celeste, presentes de quem ou do que nós podemos nunca vir a saber.

– Para casa – disse eu. – Guiem-me para casa.

Capítulo 18

Sempre que eu de fato cochilava, começava a cair, as nuvens me pegavam desprevenido e eu voltava a subir para continuar. Quando a névoa se dissipava, eu via continentes que só conhecia de mapas e globos, mas eles pareciam irreais tão lá embaixo, da mesma forma que as luzes de cidades cujos nomes eu não podia adivinhar.

À certa altura, acima das areias do Oriente Médio, acordei com um sobressalto, meu corpo descendo veloz pelo ar quente e seco; e, antes que eu pudesse captar o perigo, senti duas mãos me segurarem. Elas me agarraram pela cintura e me impeliram de volta para a escuridão do firmamento. Estou imaginando isso, pensei. E de imediato lembrei-me da história de que mortais em expedições temerárias através do gelo e da neve costumavam imaginar "outro" com eles, alguma criatura solícita, cuja presença era simplesmente natural, uma criatura de quem nunca falavam, mas alguém que era conhecido de cada um dos que estavam na expedição. E agora você está imaginando um ser desses, pensei; e agora ele o força a avançar, e você ganha velocidade, sobe mais e viaja mais rápido do que antes, cada vez mais impaciente pela linha de chegada.

As estrelas não mentiam. As estrelas me guiavam. A noite continuava sempre, sempre, e houve momentos em que quase deixei cair o saco na escuridão das terras não mapeadas lá embaixo. Mas minhas mãos apertavam mais o pano torcido, eu respirava fundo aquele vento e via aquela estrutura de sangue dentro de mim.

De algum modo, eu prosseguia. De algum modo, eu avançava.

E aos poucos voltei a pensar. Não simplesmente saber. Eu tinha vencido Rhoshamandes. Eu tinha agido exatamente do jeito que Jesse dissera que ele e Benedict tinham derrotado a grande Maharet, com velocidade e surpresa. E agora Benedict estava morto, e Rhoshamandes tinha sido derrotado.

Eu tinha assassinado o maior inimigo que um dia se dispusera a me enfrentar, o inimigo que roubara de mim todos que eu amava, o inimigo que queria destruir a corte. E só por um instante, um pequeno instante, senti o tipo de felicidade que muito raramente conheci na vida, felicidade... como se eles não estivessem todos mortos, acabados, encerrados.

Não pare. Siga em frente. Seja um filho da lua, das estrelas e do vento. Continue. Pense naquelas ocasiões em que, quando menino mortal, você saltava de penhascos altos para córregos de montanha, ou do lombo de seu cavalo, saía voando por sobre os campos, como se fosse uma águia. Vá em frente.

Por fim, vi as luzes inconfundíveis de Paris refulgindo através da névoa e soube que estava quase chegando.

– Meus amigos – gritei. – Estou de volta. Gregory, Armand, David, eu voltei. – Enviei a mensagem telepática com toda a energia que me restava, e ela parecia mais forte do que eu, mais forte do que a aparição que descia lentamente da trilha dos ventos rumo às montanhas cobertas de neve.

Quando o château surgiu diante de mim, senti que mergulhava tão rápido que bati no piso de pedra da torre noroeste com enorme violência. Um século atrás, isso teria fraturado todos os ossos de meu corpo. Mas agora não. Sem dar bola para o impacto, levantei o saco imundo por cima do ombro e abri a porta que dava para a escada.

– Venham ao salão de baile, todos vocês! – Comecei a descer a escada de pedra, consciente de passos ruidosos pela casa inteira, de vozes exclamando "Ele voltou. Lestat está vivo. Está de volta". E corações pulsando ao redor de mim. Era como se o château inteiro estivesse animado com a movimentação, as próprias pedras vibrando, um coro de gritos e vivas se erguendo para me saudar.

Por fim, cheguei ao andar principal.

Abaixei a cabeça, sem olhar para os que de repente se apinhavam em torno de mim, e segui trôpego rumo à porta do salão de baile. E uma vez que tinha chegado ao meio do salão, uma vez que estava firme, em pé no assoalho de parquê, abaixo do enorme brasão gravado no teto que assinalava o centro em si, abri a colcha e dela caiu o corpo decapitado de meu inimigo, com os membros brancos, sem vida, emaranhados nos restos queimados do hábito marrom rasgado. Horrores, os restos da cabeça e do coração, tamanho horror, e a carne sobrenatural tão branca quanto tinha sido antes que ele morresse.

— Este é Rhoshamandes! — bradei. Rostos ao meu redor, Cyril e Thorne, Gregory, Armand, Rose, Viktor, Benji, Sybelle, Pandora, Sevraine, Chrysanthe, Zenobia, Avicus, Flavius, e novos rostos, rostos jovens e impetuosos e rostos envelhecidos, dos quais o tempo tinha lavado todo o calor humano ou toda expressão; a multidão pulsante e ondulante em torno de mim.

Houve gritos de "Abram espaço" e "Deixem que ele fale"; exclamações de surpresa e o som sibilante de uns tentando calar outros.

Os lustres estavam faltando, mas inúmeras velas bruxuleantes ocupavam os consoles, e luminárias elétricas de parede lançavam sua luz forte ao lado dos espelhos das lareiras. E candelabros de ferro tinham sido postos em uso ao longo de todas as paredes. As lareiras perfumavam o ar com a fragrância do carvalho queimando e de um incenso indiano doce e forte. E um calor delicioso me envolveu e começou a dissolver devagar o frio doloroso, o frio impiedoso que encerrava meu corpo inteiro.

Fiquei ali, rígido, como se não fosse capaz de desabar, com meu corpo voltando a ter sensações, voltando a sentir desconfortos e dores.

Vi Seth, Fareed, Barbara, Notker, o Sábio, careca e sorridente, com as sobrancelhas cerradas erguidas, e as caras redondas e atentas de seus meninos sopranos. E onde estava Antoine? Lá estava ele, com o rosto manchado de sangue, e Eleni e Allesandra — todos eles, toda a minha querida corte, minha gente do escuro país da noite a me cercar, todos menos os que mais importavam, os que tinham desaparecido para sempre, aqueles em nome de quem eu tinha feito justiça, mas que nunca, jamais, poderiam ser restaurados.

— Eis o corpo queimado e enegrecido de meu inimigo — exclamei. — E aqui sua cabeça, separada de seus ombros; e ali o coração arrancado de seu peito por mim. — Uma enorme energia nova nascia dentro de mim, tão vulcânica quanto os gritos e berros deles. — Eis tudo o que restou daquele que trouxe a morte e a ruína a esta corte.

Berros, gritos, brados e aplausos estrondosos sacudiram o próprio salão.

E como estava esplêndido o salão, mesmo com as paredes chamuscadas e o teto enegrecido, com o reboco arrancado da pedra nua e vigas carbonizadas expostas lá no alto. As grandes brechas abertas para o lado de fora tinham sido tampadas com tijolos, impedindo a neve de entrar, mas o cheiro de madeira queimada e de poeira de estuque permanecia, por trás do perfume das lareiras. E o imponente timbre de Lioncourt no escudo acima de mim estava preto de fuligem. Mas que diferença fazia? É que o salão, que tremia agora com gritos e pés batendo no chão, abrigava a corte de meus companheiros bebedores de sangue, minha própria gente, em sua elegância macabra, cada rosto uma lâmpada iluminando esse momento com mais luz do que qualquer outra fonte poderia emitir.

"Morte a Rhoshamandes" vinham os gritos, e "Vitória ao Príncipe" e "Lestat, Lestat, Lestat" num coro ensurdecedor.

Alguma coisa foi atiçada em mim, alguma coisa que exigia entendimento, alguma coisa imensa, mas eu estava cansado demais naquele momento para captar o que era, receoso demais talvez para captar algo que me levaria a me recolher para o interior da mente e do coração, aonde eu não me dispunha a ir. Não, eu queria isso, isso que estava acontecendo agora, este momento, eu o queria e ouvi minha própria voz se avolumando acima da multidão.

– Trucidei Rhoshamandes – disse eu. – A sorte estava comigo, assim como a vontade de viver. E, com inteligência e velocidade, eu o derrotei. – O coro aumentou em volume, mas prossegui. – Não reivindico nenhum poder maior por essa tremenda façanha. Dei-lhe um único golpe no rosto com o topo da minha cabeça e o ceguei enquanto ele uivava como um animal ferido. Depois lancei o fogo contra ele, repetidamente. Foi a vitória de um brincalhão, a vitória de seu Príncipe Moleque! Mas agora estamos a salvo.

A multidão delirava, com sucessivas ondas de aplausos vindo em minha direção; e por toda parte punhos erguidos em saudação, enquanto as tenras crias novatas davam pulinhos. Sybelle estava abraçada com Benji, e Antoine enlaçava os dois ao mesmo tempo. Gregory segurava Sevraine junto ao peito; e, para onde quer que olhasse, eu via esses casais improvisados, aqueles punhos socando o ar e lágrimas de sangue.

Ocorreu-me uma lembrança, clara e nítida como um relâmpago, da multidão naquele show de rock muito tempo atrás, quando os poderosos motoqueiros, com seu cabelo desgrenhado e armadura de couro, socavam o ar da mesma maneira; e os sons de aclamação vinham de todos os lados, reverberando nas paredes e na abóbada do teto, debaixo daquela impiedosa iluminação solar. Ah, sim, era tão parecido com aquela ocasião, até mesmo com os tímpanos da orquestra agora rufando e a estridência dos pratos – aquele momento estontente em que, inebriado de felicidade, eu tinha cantado do alto do palco... *visível para todo o mundo mortal.*

Mas isso aqui era agora, e o agora era magnífico. Aquela lembrança de repente se desbotou e desapareceu a uma velocidade espantosa na explosão de olhos e vozes sobrenaturais que aclamavam com lágrimas de sangue. Elevei ainda mais a voz.

— E agora a grande Maharet foi vingada – declarei. – E Marius, Louis e minha mãe, Gabrielle, todos eles estão vingados.

Um bramido uniu todas aquelas vozes, um imenso bramido que ameaçou destruir meu equilíbrio, mas consegui baixar a mão enquanto falava, peguei a cabeça de Rhoshamandes e a ergui bem acima da multidão.

Ah, como era horrível de se olhar, com o cabelo grudado de sangue, as órbitas vazias, as bochechas murchas e uma boca como o grito medonho e mudo da máscara da tragédia.

— Ele morreu e já não pode nos fazer mal!

Eu poderia ter caído naquele instante. Estava perdendo a consciência. Mas me forcei a continuar.

— Afastem-se um pouco. Abram um espaço para eu poder ver a lareira – gritei. E, enquanto eles se apressavam a obedecer, lancei a cabeça em meio às chamas distantes.

Perdido naquele oceano de sons ensurdecedores, curvei-me e peguei o que restava do coração, ah, coitado daquele coração vazio, encolhido e enegrecido. E, espremendo uma última gota de sangue dele, um sangue escuro e reluzente, atirei-o contra os tijolos por trás do fogo e o vi cair como se fosse nada mais que uma cinza nas vorazes chamas cor de laranja.

Mais uma vez, o bramido cresceu, atingiu o ápice e pulsou com gritos ferozes. E, à medida que ele aumentava e diminuía, eu ouvia o coro de vozes de outras salas, de salas completamente cheias como esse salão estava cheio, e parecia que todo o vasto château estava repleto de vozes triunfais. E essas vozes estavam me sustentando em minha súbita exaustão total, em meu desamparo com a perda de equilíbrio, meu quase colapso. De repente, mãos me firmaram. Thorne e Cyril me seguravam: Cyril me afagando, afagando minha cabeça e segurando meu pescoço como uma ursa maternal. E Barbara tinha me abraçado, a doce Barbara, com os lábios em meu rosto. A multidão nos pressionava enquanto vozes por toda parte gritavam para outros se afastarem.

— Sangue nos restos – disse eu, gritando ainda mais alto que o bramido da multidão. Esperei o silêncio, com a mão erguida. – O sangue está frio, mas é poderoso – gritei. – Bebam e, quando terminarem, entreguem o corpo ao fogo. Que acabe em cinzas ele que não pôde se perdoar o que tinha feito à Maharet, que não pôde me perdoar o fato de eu lhe ter perdoado e de tê-lo convidado para conviver conosco em paz, que não pôde nos amar por quem somos e não via grande futuro em nossas esperanças e sonhos aqui. Que acabe em cinzas quando vocês tiverem tirado tudo o que ele tem a dar.

Mais uma vez, as ondas de som me encobriram, como o calor a me envolver, o calor agradável do ar, o ar acolhedor retirando do meu corpo o agressivo gelo dos ventos, derretendo-o enquanto derretia toda a força dentro de mim.

Eu não podia dizer mais nada, fazer mais nada, ficar mais um instante que fosse em pé.

Vi os vampiros se aproximando para levantar aquele medonho corpo branco, sem cabeça, envolto em vestes de lã rasgadas e queimadas. Saquei meu machado de dentro do casaco e o joguei ali embaixo. Mãos o apanharam, e eu vi o primeiro membro decepado do corpo por Benji Mahmoud, o mesmo braço que eu no passado tinha cortado fora de modo inconsequente; e depois o outro braço. E então a aglomeração ficou entre mim e todo o resto.

Percebi que estava sendo carregado por meus abençoados Barbara e Gregory até o tablado e o trono. E, por um átimo, vi o trono e me dei conta de que sua douração tinha sido refeita e brilhava como se fosse novo, com o veludo vermelho limpo de toda a poeira.

Como foi bom me encostar no espaldar de veludo, reclinando minha cabeça para o lado. Antoine tinha começado uma dança frenética e triunfal com a orquestra, e só agora, enquanto Barbara escovava meu cabelo para livrá-lo de coágulos de sangue, e Gregory tirava meu casaco manchado de sangue, eu me dava conta da figura que eu tinha apresentado, descalço e sujo da batalha.

Tiraram minha camisa e me vestiram com uma limpa. Repetidas vezes, a escova me causava ondas de sensações deliciosas enquanto Barbara limpava meu cabelo. Calçaram meus pés com meias e botas novas. Eu me curvei para a frente para receber um paletó de veludo limpo. Ah, veludo da cor de carmim, a cor tão amada por mim e por Marius. Meus olhos se encheram de lágrimas por Marius.

– Mas ele morreu, meu amigo, meu querido Marius – sussurrei. – Quem te matou está morto e acabado, com todo aquele vil poder letal.

Meus auxiliares me puseram em pé, e eu ouvi novos brados de todos os lados.

– Viva o Príncipe! Viva Lestat!

Lestat, Lestat... como o público do show de rock de tanto tempo atrás, numa única voz: *Lestat, Lestat, Lestat.*

Mais uma vez senti alguma coisa sendo atiçada em mim, aquele pensamento imenso pairando logo depois do limiar de meu conhecimento, aquela revelação extraordinária que me escapava. A dor a interrompia, a afastava, dor por meu Louis, minha Gabrielle e meu Marius. Minha mão tratou de esconder meus olhos.

– Nosso Príncipe... nosso soberano... nosso paladino.

A voz de Gregory sobrepujou a do coro.

– Viva, o nosso senhor da Comunhão do Sangue.

Suas palavras foram recebidas com vivas e gritos de aprovação. E então passaram a ser entoadas em louvor: Senhor da Comunhão do Sangue.

Verdadeiro Senhor da Comunhão do Sangue.

Não veja o rosto de sua mãe. Não sinta a mão dela procurando pela sua. Não veja os olhos melancólicos de Louis. Não ouça a voz de Marius em seu ouvido, dando-lhe aconselhamento e força, dando-lhe a firmeza para fazer o que se esperava de você.

Deixei-me cair de novo na poltrona. Recostei-me, cansado demais na mente e no corpo para me mexer. Os relógios por todo o château estavam anunciando a meia-noite com sua melodia monótona. Em meio a todo esse alarido, captei seu prelúdio sincronizado, e então vieram as batidas graves, profundas. Sorri ao pensar que era só o meio da noite desde que eu os deixara.

Eu tinha dado a volta ao mundo com a noite e retornava a eles no exato ponto central da sua primeira noite em luto por mim, com minha vitória tendo sido alcançada enquanto dormiam. E eu os tinha apanhado antes que pudessem fazer mais do que varrer os cristais quebrados, levantar de novo a parede destruída, limpar dali as cinzas. De repente aquilo me pareceu terrivelmente divertido. E, quando fechei os olhos e encostei a cabeça no estofamento de veludo vermelho da poltrona, fiz o que sempre faço em momentos semelhantes. Eu ri. Ri baixinho, mas sem parar; e ouvi alguém rindo comigo.

Ah, você, você me ergueu quando eu quase bati no chão do deserto! É, bem, ria, porque fazer qualquer outra coisa seria demais. Ria, vamos nos falar com nosso riso, nosso riso eloquente.

Onde ele estava, esse que tinha me erguido? Esse que estava rindo comigo agora? Endireitei-me na poltrona e passeei o olhar pelo salão. Os últimos restos dos membros de Rhoshamandes tinham sido jogados no fogo; e a multidão olhava para mim, voltada para a orquestra.

– Baudwin! – gritou uma voz.

– Entreguem Baudwin! – veio outro grito.

– É, Baudwin, entreguem Baudwin, Baudwin agora para festejar a vitória do Príncipe. Queremos Baudwin – disse outro.

Todo o aglomerado fervilhava com gritos pedindo por Baudwin.

– Entreguem Baudwin, que tentou matar o Príncipe. Baudwin, que tentou matar Fontayne e incendiou seu refúgio.

A orquestra parou. Somente os tambores continuaram, os tímpanos, marcando o ritmo por trás do coro de gritos cada vez mais altos.

– Faça o que estão pedindo – disse Gregory. – Ele não se arrepende de nada.

Pela primeira vez, eu o vi realmente, ao meu lado, em seus trajes modernos normais, com a barba feita e o cabelo aparado, meu conselheiro alto e elegante, com os olhos escuros e ágeis fixos em mim, aguardando que eu desse a ordem.

– Sim, faça isso, por favor, alteza – pediu a voz suave de Fontayne ao meu lado. Tateei em busca de sua mão, encontrei-a e a segurei. – Faça isso.

Ele estava usando algumas de minhas próprias roupas, uma sobrecasaca acinturada de seda verde e uma camisa com camadas de renda, e a renda caía sobre suas mãos estreitas com anéis de pedras preciosas. Os olhos claros, suplicantes.

E o que diria Marius? O que ele faria, pensei de modo irracional, inútil. Será que Marius concordaria com tudo isso? E então a voz de Marius me voltou baixinho, em confidência, me falando do que eu me recusava a entender, sim, é claro – a multidão agora aos berros pedindo Baudwin, pedindo seu sangue, sua execução pública. *Você não pode fazer anjos de nós, Lestat. Anjos nós não somos. Somos assassinos.*

– Sim, nós somos o que somos – murmurei, mas acho que ninguém me ouviu.

– Chefe, desta vez não hesite – disse Cyril, em pé, debruçado acima de mim, o braço em torno do encosto da poltrona. – Chefe, entregue Baudwin para eles.

A percussão marcava apenas um ritmo lento, insistente.

– Muito bem – disse eu. – Podem lhes entregar Baudwin. *Agora você é um príncipe de verdade.*

– Quem disse isso?

Inclinei-me para a frente, esquecido da multidão irrequieta que não parava de pedir que lhe entregassem Baudwin, e ao longe, encostado na parede remendada e restaurada, sozinho numa poltrona estava um vulto encapuzado, dificilmente visível nas sombras, mas eu conseguia divisar seus olhos verdes e uma cabeleira loura desgrenhada por baixo do capuz escuro.

– Quem é você?

Capítulo 19

Dele não veio resposta.

Os tambores começaram um rufar prolongado, a multidão calou-se, como que por alguma ordem, e o prisioneiro, Baudwin, com seu traje de ferro foi arrastado para o centro do salão de baile por Cyril e Thorne. A multidão de vampiros recuou para abrir uma arena diante do tablado. Precisei me pôr em pé. Não havia como fugir a meu dever. Contrafeito, com minha doce Barbara ao meu lado, eu encarei o prisioneiro e falei em voz alta e clara.

– Você sabe onde está, Baudwin?

– Sim, sei onde estou – uma resposta abafada, porém audível. – E eu te amaldiçoo, amaldiçoo tua corte e tua casa; e invoco meu criador, Gundesanth, para me vingar.

Eu estava a ponto de responder quando uma voz ressoou do canto distante do salão, daquela figura encapuzada.

– Não, não vou te vingar!

Agora ele também estava em pé e empurrou o capuz para trás por sobre os ombros. Era mais alto do que eu, com um rosto grande e bonito, olhos fundos de um verde vibrante e uma cabeleira loura e desgrenhada, que chegava até os ombros. Ela parecia palha, mas era bonita sua forma de se derramar sobre o couro fino e flexível da longa capa. Ele falou em inglês perfeito, sem nenhum sinal de sotaque.

– Baudwin – disse ele enquanto avançava na direção do prisioneiro –, quando foi que te passei ensinamentos que te indispusessem contra teus iguais?

A multidão abriu caminho para ele.

– Quando foi que te aconselhei a destruir outros bebedores de sangue por capricho e a usar meu nome como teu talismã? Não vou te vingar. Vou te ver executado aqui, e teu sangue ser dado aos novatos segundo a decisão da corte.

Ele chegou ao centro do salão, com a longa e ampla capa de couro ondulando ao redor, e ocupou uma posição ao lado de Baudwin. Então, com uma facilidade horrorizante, retirou as tiras de ferro em torno da cabeça de Baudwin como se fossem fitas, deixando-as cair no chão com estrondo, revelando uma gaforinha rebelde e o rosto vermelho e cheio de malevolência.

Os novatos abafaram gritos de espanto.

– Eu te amaldiçoo – disse-lhe Baudwin. – Eu te amaldiçoo por ter deixado que isso me acontecesse, criador traiçoeiro e cruel. Algum dia questionei quando você incendiava colônias de humanos e de bebedores de sangue também? E agora você se tornou um lacaio dessa corte, mais um pateta encantado em meio a essa multidão ridícula.

O louro alto, que era com toda certeza Gundesanth, continuou a retirar as faixas de ferro até o prisioneiro estar totalmente livre, uma figura robusta usando couro e jeans, esfregando freneticamente as mãos e braços doloridos.

– Que autoridade eles têm para fazer o que fazem?! – Baudwin perguntou a seu criador. – E como é possível que você, você que desertou da irmandade do Sangue da Rainha, curve o joelho diante de uma corte como essa? Eu te amaldiçoo! E amaldiçoo a todos vocês – ele olhou em volta, para mim e para os outros – vocês com seu veludo, seu cetim, sua renda, suas danças bobas, sua poesia, seus regulamentos e seus sonhos vazios de "Comunhão do Sangue". Exijo que me libertem, vocês todos e também você, criador covarde.

– Ah, você tão desprovido de imaginação – disse Gundesanth. – Ah, você que desperdiçou uma dádiva que poderia ter feito de outro um herói ou um peregrino. Ah, tudo o que você deixou de ver aqui...

A palavra "peregrino" me atingiu. Mas eu estava ansioso para que ele prosseguisse.

Ele se voltou e olhou para mim, com um sorriso no rosto bonito e animado. Seus olhos eram claros, verdes à luz e depois da cor de avelã, mas cheios de uma tranquila boa vontade e empolgação. Era um rosto feito para a sociabilidade, exatamente como o de Baudwin era feito para a ira.

– Um lugar como este nunca existiu em toda a nossa longa história sangrenta – declarou Gundesanth. Ele olhou para os outros ao redor enquanto prosseguia, a voz ecoando nítida no silêncio. – Nunca um lugar como este, livre de todas as mitologias de deuses mortos e de vocabulários do mal e de demônios inventados por almas aflitas. Este é um lugar que existe somente para o benefício de todos nós aqui reunidos, bem como de todos os bebedores de sangue perdidos pelo mundo que virão para se unir a nós. Salve o Príncipe!

Salve a corte! Salve uma nova revelação, não dos astros cegos ou dos oráculos da loucura, mas uma revelação que nos chega proveniente de nossa mente e nossa alma, vinculadas como estão à carne, à carne viva, uma revelação que brota de nossa dor, nossa sede e nosso coração!

Ao ouvir essas palavras, senti um enorme arrepio me percorrer. Era quase, quase, aquele mesmo conceito que pairava tão junto de mim, querendo que eu o recebesse de tal modo que para mim, e só para mim, ele transformaria praticamente tudo.

Subiu da multidão mais um grito ensurdecedor, e o salão tremeu com as batidas de pés, os sons de palmas e mais votos aleatórios de fidelidade e lealdade.

Mas o orador retomou a palavra, e de imediato o salão ficou em silêncio.

– Nós encontramos em nossa alma um melhor propósito do que qualquer outro que um dia nos tenha sido dado por deuses ou demônios. – Ele bateu no peito com o punho direito. – Encontramos dentro de nós mesmos uma sabedoria que ultrapassa a de antigos reis e rainhas. E nós, nós temos nas mãos a chave de nossa própria sobrevivência. E para aqueles que gostariam de nos reduzir novamente a uma turba de monstros que infligem as piores crueldades uns aos outros, não há lugar para eles neste nosso mundo novo. Minha decisão é de te condenar, Baudwin. Com a autoridade de criador, eu te condeno à morte aqui.

Novamente os louvores, as aclamações, as palmas, as vozes crescendo num rugido retumbante, mas eu estava imerso no fundo de mim mesmo com as palavras que ele dissera.

Sim, nossa própria sobrevivência. Nossa própria sobrevivência era o que encarávamos aqui. Percebi que estava concordando em silêncio, e que eu vinha fazendo que sim a cada palavra que ele dizia. Estava exausto demais para captar a verdadeira importância do que estava acontecendo. Sabia apenas que estava presenciando algo maravilhoso e que tinha de me abrir para essa coisa maravilhosa para que esse momento fosse pleno.

Ainda sorrindo para mim, essa grande figura loura sacou uma espada curta e plana de dentro da longa capa escura de couro, e a apresentou a mim como uma saudação de gladiador.

Mais uma vez, eu assenti. Mesmo tremendo com o horror daquilo, fiz que sim. Concordei, apesar de pensar em qual deveria ser a agonia de Baudwin nesse instante, sozinho, desamparado, em meio a uma turba que berrava por seu sangue.

Baudwin estremeceu por inteiro como se estivesse recorrendo a todas as suas forças para lançar o fogo contra mim, mas estivesse sendo contido, decerto sem condições de fazer nada, por Sevraine, Gregory ou Seth, ou por todos eles que tinham o poder para tanto.

Segurando Baudwin pelo cabelo, Gundesanth ergueu a espada e cortou o pescoço de Baudwin de um lado a outro, segurando então a cabeça no alto para todos verem. A multidão voltou a ficar delirante, berrando como tinha berrado diante dos restos de Rhoshamandes.

Os olhos de Baudwin olhavam espantados dali da cabeça, como se um cérebro pensante ainda estivesse sofrendo por trás deles. A boca não parava de se mexer com lábios úmidos, trêmulos. Quantos horrores como esse eu tinha visto nos últimos dias? E como eles me eram repugnantes. Como me senti só de repente, como me senti isolado e frio, e ainda entorpecido pelo vento, como me senti pequeno no calor desse enorme salão com todos os seus bebedores de sangue em plena vibração.

Enquanto Cyril e Thorne seguravam o corpo, Gundesanth jogou essa cabeça viva no chão aos seus pés e decepou os braços e as pernas de Baudwin. Guardou, então, de novo a espada e se afastou da enorme movimentação em volta do banquete.

A orquestra começou a tocar mais uma canção lenta e sinistra como tantas que agora enchiam esse salão noite após noite, semana após semana, melodia que ia se avolumando enquanto o ataque à cabeça e aos membros de Baudwin continuava, a música se sobrepondo aos inevitáveis ruídos da ceia.

Gundesanth abriu caminho seguindo pelas bordas da multidão e se aproximou do trono. Pegou minha mão direita e a beijou, lançando para mim um olhar fulgurante enquanto seus lábios tocavam meus dedos.

– Era você quando eu quase caí – disse eu. – Você me pegou.

– Sim, era eu – confirmou ele, a voz baixa e descontraída. Ele se postou ao meu lado no tablado, olhando de cima para mim. Era um homem de ossos grandes, com malares altos e fortes, a boca generosa e agradável, e uma testa que subia reta das sobrancelhas de um louro-escuro até o início da cabeleira desgrenhada, como uma juba. – Mas você teria acordado – disse ele. – Você não precisava de mim. Também não precisou de mim para derrotar Rhoshamandes. E como isso foi bom, porque cheguei tarde demais para ajudar. Você exagera na modéstia quando descreve como o derrotou.

– Depois que engoli seus olhos, não havia mais esperança para ele – disse eu. – E tudo foi muito rápido.

Eu tinha uma vaga noção de que muitos ao redor estavam me escutando. Cyril sem dúvida estava escutando.

– Engoliu seus olhos! – disse Gundesanth, e seus próprios olhos de um verde-escuro se arregalaram num assombro divertido.

Como sua pele era branca e totalmente lisa, como a de todos os antigos! Mas ele era um ser tão animado que as rugas de um rosto humano surgiam e ressurgiam à medida que ele falava, rugas de riso nos cantos dos olhos, rugas nos cantos da boca. O terceiro a ser criado pela Mãe. Seis mil anos.

– Estou tão cansado que meus ossos caíram no sono dentro de mim – relatei. – Foi só isso, peguei-o de surpresa, tirei-lhe os olhos e... o sangue. E, tomei seu sangue. Mas meu coração e minha cabeça já estão adormecendo. Não posso dizer mais nada, e de qualquer forma não há mais nada a dizer.

Ele riu baixinho. Caso se revelasse tão sincero e bem-humorado quanto parecia ser agora, seria um maioral na corte.

– Príncipe, você precisa de um anel para nós beijarmos – disse ele, sem o menor sinal de zombaria. Enfiou a mão nas vestes e tirou um anel de ouro com um rosto em relevo. E o exibiu para que eu o visse. Era a cabeça da Medusa no anel, com a grande massa de cobras enroscadas no lugar do cabelo, olhando carrancuda para mim.

– Sim, é um belo anel – disse eu. Fiquei olhando enquanto ele o colocava no meu anular direito. Senti que ele o forçava para se ajustar e que cortou um pouco do que sobrou do ouro e da liga. E, abaixando-se sobre um joelho, ele beijou o anel.

– Que eu seja o primeiro a beijá-lo – replicou ele. E então olhou para o alto, e seus olhos se fixaram em Gregory.

Os dois se abraçaram. Caídos um contra o outro. Ouvi soluços abafados e uma enxurrada de palavras, palavras naquela língua antiga em que Rhoshamandes tinha falado ao morrer. Essa foi a última coisa que vi antes de fechar os olhos e cair num sono profundo bem ali onde estava, no trono dourado dado de presente por Benedict.

Em algum momento – enquanto a orquestra tocava, a percussão soava e os vampiros dançavam – fui carregado para minha cripta lá embaixo, acordando uma vez enquanto descíamos a escada, achando graça de me encontrar jogado sobre o poderoso ombro de Cyril como se eu fosse um menininho. Com extremo cuidado, como se eu pudesse me partir, ele me depositou na bancada de mármore. Agora eu não precisava de nenhum encantamento para dormir. E ninguém precisava montar guarda à porta, pensei. Pois estamos todos em paz, e quando haveremos de prantear aqueles que perdemos? E onde está Armand? Meu pobre Armand desesperado, que andara esmurrando as paredes, coitado do meu Armand. Eu não o tinha visto.

Mas o sono chegou e com ele sonhos, sonhos com Rhoshamandes em chamas, uivando e vociferando como um enlouquecido. *Você não está entendendo. A bait hah sa rohar.*

E aquele último grito queixoso por Benedict. Será que ele tinha visto Benedict ao morrer? Será que existia um paraíso misericordioso que recebera a ambos depois de sua longa jornada, jornada para a qual nenhum mortal jamais está preparado, jornada que, por mais longa que seja, termina com a morte?

Voltaram-me as palavras de Gundesanth... *Salve uma nova revelação, não dos astros cegos ou dos oráculos da loucura, mas uma revelação que nos chega proveniente de nossa mente e nossa alma, vinculadas como estão à carne, à carne viva, uma revelação que brota de nossa dor, nossa sede e nosso coração!*

Capítulo 20

Só acordei ao anoitecer do dia seguinte.
De imediato, tive a sensação de estar deixando uma enorme teia de sonhos inter-relacionados, na qual assuntos da máxima importância tinham sido debatidos e planos feitos para realizações notáveis. Mas o que de fato se estendia diante de mim era a tarefa de reconstruir o lugarejo e restaurar aquelas partes do château danificadas pelos ataques certeiros de Rhoshamandes. E eu me pus a trabalhar de pronto, entrando em contato com meu arquiteto em Paris, trazendo-o de volta, e também sua equipe para a reconstrução.

Foi necessário transferir fundos para a empreitada, e isso foi uma questão de alguns telefonemas decisivos. Depois, acompanhado de Barbara, fiz uma inspeção do trabalho que tinha sido feito em nossas criptas inferiores. A parede do salão de baile fora restaurada, mas tanto o acabamento interno quanto o externo ainda estavam por fazer. Estucadores precisariam vir durante o dia, com os artífices que trabalhavam com eles, para recriar as molduras dos painéis de seda ao longo das paredes e os grandes desenhos dos tetos; o acabamento dos pisos tinha de ser refeito; os dois enormes lustres precisavam ser consertados e pendurados de novo; e não parava por aí, uma lista que parecia interminável.

A cada instante, algo fazia com que eu me lembrasse de Marius, Louis e Gabrielle, e foi só pelo ato mais frio de força de vontade que me impedi de cair num poço de sofrimento atroz, tão atroz que me deixaria cego para tudo e para qualquer coisa.

Enquanto isso, Amel e Kapetria estavam se dedicando a restabelecer sua pequena colônia no meio rural inglês, e eu prometi visitá-los assim que me fosse possível. Gregory tinha de dar alguma assistência com isso e levou junto o lendário "Santh", que tinha conseguido extrair de todos a promessa de o chamarem de Santh em vez de Gundesanth, nome que havia muito ele associava à infâmia.

– Gundesanth era um nome que despertava o terror nos desertores da Rainha – explicou ele. – Santh é um nome para inspirar confiança.

Detestei vê-lo ir, porque estava ansioso por conversar com ele. E, desesperado para evitar minha própria dor, entrei na antiga biblioteca de Marius e passei as últimas horas da noite com Pandora, Allesandra, Bianca e Sevraine, que estavam reunidas ali. Bianca, obcecada com a ideia de pôr em ordem todos os documentos mais recentes de Marius, se comportava como se a qualquer instante fosse começar a dar gritos incontroláveis; e Pandora com frequência deixava seu olhar perdido na lareira, repetindo baixinho que "os dois" tinham morrido, referindo-se a Arjun e Marius.

Mas consegui atrair todas para um simulacro de conversa em que Sevraine afirmou que devíamos continuar a obra de Marius com nossa constituição e nossas leis. E Allesandra disse que a pior dor da Estrada do Diabo era ver outros caírem pelo caminho sem ter a capacidade de ajudá-los.

Outro trabalho exigia minha atenção. Avicus e Cyril queriam explorar as masmorras recém-descobertas e, com um grupo de novatos prestativos, se puseram a trabalhar na retirada de séculos de solo acumulado e levando uma impiedosa iluminação a celas gradeadas cavadas fundo na terra. Na verdade, as masmorras pareciam não ter fim, pois eles encontravam um andar atrás do outro, mais fundo, bem como corredores que levavam a outros corredores, e um deles a um local de fuga para além dos rochedos mais próximos.

Enquanto isso, a casa estava se enchendo com novos visitantes – bebedores de sangue mais velhos dos quais nada sabíamos e mais jovens que nunca tinham ousado fazer a viagem – todos atraídos pela história da derrota de Rhoshamandes, todos ansiosos por ver o Príncipe que tinha realizado a façanha, todos fascinados com a ideia de que essa nova corte, com toda a sua promessa, talvez de fato perdurasse.

Mas onde estava Armand?

Quando mais uma noite começava, eu não conseguia pensar em nada a não ser em Armand. Não o tinha visto desde meu retorno. Ele não participara daquela primeira recepção; não aparecera na câmara do conselho; mas eu sabia que estava debaixo daquele teto. Podia sentir sua presença e fui procurá-lo.

Gregory tinha voltado com Santh, e os dois foram comigo. Santh, agora transformado num espião entre mortais, o cabelo aparado curto, lustroso e bem penteado, calças e paletó de um espesso tweed irlandês.

Armand estava em seu próprio apartamento no château, uma série de aposentos que ele tinha projetado e decorado sozinho – com arcas e mesas pesadas em estilo neorrenascentista, com tapetes e cortinas de veludo vermelho-escuro. Nas paredes, quadros de alto brilho da época em que ele tinha nascido – de santos com auréolas e Virgens com véus, assim como magníficos ícones russos que cintilavam à luz fraca.

Sybelle e Benji estavam com ele quando entrei, os dois sentados no piso diante da lareira. Sybelle num vestido solto, descalça, e Benji numa túnica preta de beduíno, velha e gasta.

Mas Armand estava distante, num enorme sofá moderno e macio, perto da janela, olhando pela vidraça fosca para a neve. Havia um bloco de esboços na mesinha diante do sofá, e na página vi um rosto admirável que parecia estar surgindo de uma escura nuvem de carvão. Era um fragmento tão cheio de vida que eu quis dizer alguma coisa a respeito, mas sabia que não era a hora.

Quando apresentei Santh, Armand respondeu com algumas palavras monótonas, de cortesia. Depois, seu olhar mudou de foco, e ele ergueu os olhos para Santh como se o estivesse vendo pela primeira vez.

– E da profunda escuridão do Egito, chega mais um grande viajante – sussurrou Armand. – Com histórias a contar.

– Sim, e muito prazer em estar com vocês – disse Santh, com seu costumeiro sorriso simpático. Ele vinha sendo alvo de elogios e perguntas dos novatos desde sua volta. Mas agora recolheu-se para as sombras, como que para nos permitir privacidade – como se ouvidos por todo o château não estivessem escutando – e, encontrando uma poltrona num canto distante, ele se sentou, com as mãos unidas no colo, descontraído.

Gregory se sentou ao lado de Armand no sofá e tomou a liberdade de segurar sua mão esquerda.

Benji se aproximou, postando-se atrás de Armand, com as pequenas mãos morenas nos ombros de Armand, que continuava a observar a neve caindo.

Armand parecia tão exausto quanto eu me sentia. Suas roupas, empoeiradas e desleixadas; o rosto, abatido e esfaimado; e os olhos castanhos, opacos enquanto olhava fixo através da vidraça. Ele me deixou falar quando lhe contei o que ele já sabia sobre a morte de Rhoshamandes e sobre como seria posta em prática a visão de Marius da constituição e das leis. Expliquei que novos visitantes vinham chegando, mesmo enquanto estávamos ali falando. Acho que o que eu queria dizer era que, por maior que tivesse sido nossa perda, nós persistiríamos, e que a corte não apenas tinha se recuperado da agressão de Rhosh, mas tinha adquirido uma força nova.

Por fim, depois que eu já não tinha o que dizer, Armand falou, com os olhos ainda voltados para o espetáculo silencioso da neve que caía.

– Você se comportou como um tolo – disse ele. As palavras saíam em voz baixa, firme, veemente, mas com pouca ou sem nenhuma emoção. – Deveria ter destruído aquele monstro em Nova York no Portão da Trindade, quando o tivemos sob nosso poder pela primeira vez. Os outros queriam. Jesse queria. Eu queria. E Gregory e Seth queriam. Só você não quis. Sua vaidade não permitia. – Sua voz permanecia calma, as palavras fluindo suaves enquanto ele prosseguia. – Não, sua vaidade quis perdoar, engambelar, seduzir e conquistar o monstro. E assim veja o que aconteceu: Marius, Louis e Gabrielle se foram para sempre, e em nome de quê? Da sua vaidade.

Ele parou como se estivesse esgotado, mas não olhou para mim. Continuou a olhar para a neve.

Benji estava numa aflição profunda, os olhos implorando para que eu tivesse paciência. Gregory fazia mais ou menos o mesmo.

– Não digo nada em minha própria defesa – repliquei.

– Você não tem nada a dizer em sua própria defesa – retrucou Armand, na mesma voz comedida – porque não existe nada que possa ser dito em sua própria defesa. Você jamais conseguiu defender qualquer um de seus atos desastrados... transformar uma criancinha num vampiro, despertar uma rainha que tinha fechado o coração e a alma para a natureza e a história com a queda do Egito. Mas você pode me escutar agora.

Ele se voltou e olhou para mim, os olhos chispando de malevolência.

– Escute – disse ele, naquele mesmo tom monótono – preste atenção quando eu lhe digo que você deve exterminar por completo aquelas criaturas replimoides que está amparando no meio de um mundo que de nada desconfia.

Ele fez uma pausa. Eu nada disse. Ele continuou.

– Extermine aqueles seres agora da face da terra que eles poderiam destruir com tanta facilidade. E aniquile o corpo físico daquele espírito odiado, Amel, que nos criou, fez com que nos voltássemos uns contra os outros e quase levou você para a eternidade junto com ele pelas mãos de Kapetria. Faça isso. Não seja um tolo mais uma vez. Por razões que não compreendo, os anciãos dessa pretensa tribo não se dispõem a fazer essas coisas a menos que você dê a ordem. Bem, trate de fazer isso. Proclame a ordem de que todos esses impostores medonhos devem morrer. Faça isso agora pelo mortal que você um dia foi. Faça isso agora pelo mundo mortal que você um dia amou. Faça isso agora pelo destino mortal pelo qual você um dia chorou. Faça isso agora pelos milhões de inocentes lá fora que não fazem a menor ideia de que essas criaturas prosperam em seu meio, multiplicando-se com uma eficiência diabólica. Faça isso antes que elas proliferem a tal ponto que sua destruição seja impossível. Faça isso por um mundo que nunca o conhecerá nem lhe agradecerá, mas um mundo que você agora realmente pode salvar.

Silêncio. Ele desviou o olhar de mim, de volta para a nevasca.

– No passado, você buscou o reconhecimento por parte dos humanos deste planeta; no passado, você ansiou com tanto desespero por esse reconhecimento e aprovação que compôs músicas e fez filmes sobre nossa própria história secreta.

"Você descumpriu sua promessa a Marius, tudo pelo amor de seus irmãos e irmãs mortais! Louco por breves instantes de fama e reconhecimento por parte de mortais, você instigou a espécie humana a nos exterminar."

Ele olhou para mim novamente.

– Onde está agora seu amor por todos aqueles mortais? – perguntou Armand. – Onde está sua enorme paixão por se tornar um herói dos mortais?

Não respondi.

– Você acha que já vivenciou algum remorso – disse ele. – Mas o remorso que conheceu não é nada perto do que vai sentir quando esses monstros o abandonarem, a você e a seus lamentáveis acólitos bebedores de sangue, e se alastrarem sem controle, na clandestinidade.

Silêncio. Ele suspirou como se tivesse de novo esgotado suas forças. Olhou para mim com olhos cansados, cheios de repulsa, e mais uma vez se voltou para a janela. Atrás dele, Benji reprimia as lágrimas.

Gregory parecia estar imerso em pensamento.

– Ouvi o que você tinha a dizer – disse eu a Armand. – Conheço sua posição. Eu a conheço desde o início, quando você quis que fossem aniquilados. Não posso e *não vou* fazer isso.

– Tolo – replicou ele, chispando os olhos para mim mais uma vez. O sangue lhe subiu ao rosto. – Peço do fundo do coração que a espécie humana descubra essas feras antes que elas se multipliquem tanto que se tornem incontroláveis. Peço que alguma coisa natural e salutar neste universo em que vivemos surja para tragá-los...

– Você não fará nada...

— Não, não – disse ele. – Não farei nada. Como eu poderia fazer alguma coisa? Nunca vou me insurgir contra você, e você tem os membros mais fortes e mais letais da corte à disposição. Acha que quero ser entregue à turba em seu salão de baile? Ser esquartejado para uma noite de diversão antes de meus restos serem jogados na lareira?

— Armand – disse eu. – Por favor. – Caí de joelhos diante dele, olhando para seu rosto.

Toda a emoção que ele tinha contido até então aparecia agora gravada ali. Ele estava enfurecido.

— Será que seu coração está totalmente voltado contra mim? – perguntei. – Você não tem nenhuma confiança no que estamos procurando construir aqui?

— Tolo – retorquiu ele, mais uma vez. A voz agora embargada pela emoção que não conseguia reprimir. – Sempre te amei. Te amei mais do que qualquer outro ser no mundo inteiro a quem amei um dia. Te amei mais do que a Louis. Te amei mais até mesmo do que a Marius. E você nunca me deu seu amor. Eu seria seu conselheiro mais fiel, se você me permitisse. Mas você não permite. Seus olhos passam por mim como se eu não existisse. E sempre foi assim.

Eu estava ali de joelhos, derrotado. Não sabia por onde começar. Não sabia o que dizer. Sentia uma exaustão tão imensa que não via como sair dela, como encontrar a eloquência, a razão ou o vigor para tentar alcançá-lo, tentar ultrapassar a malevolência e alcançar sua alma.

Ele prosseguiu, olhando fixo para mim enquanto falava.

— Eu te odeio tanto quanto já te amei um dia – disse ele. – Ah, eu não desejei que Rhoshamandes te destruísse. Por Deus, isso eu nunca desejei. Nunca. Quando ouvi os gritos de que você tinha voltado, chorei feito criança. Nunca desejei uma coisa dessas, que você desaparecesse nas mesmas trevas que tragaram Louis e Marius. Mas como eu poderia não te odiar? Foi você que saiu à procura de meu criador há tantos anos, quando eu já mal acreditava na existência dele. E você foi encontrado por ele, resgatado da terra por ele, acolhido por ele em sua toca, você a quem ele amou, você a quem ele contou os segredos de nosso surgimento, quando ele nunca tinha vindo me libertar dos Filhos de Satã, a você que ele deu amor, enquanto me abandonava às ruínas de tudo o que você tinha destruído ao meu redor. Eu te odeio! E entendo a própria definição de "ódio" quando penso em você.

Sem conseguir continuar, ele se calou. Benji estava agarrado a Armand, com a cabeça no ombro do amigo, chorando baixinho. E eu ouvi Sybelle também chorando junto da lareira distante.

Procurei em vão encontrar palavras, palavras que tivessem algum significado, mas não consegui. Mais uma vez, eu tinha resvalado para o só saber, sem pensar. Tinha resvalado novamente para uma consciência desprovida de objetivo que era uma lâmina remexendo em meu coração.

– Você, que me humilhou e destruiu meu mundo – disse ele, a voz agora um frágil sussurro. – Você, que mais tarde, com tanto prazer contou como destroçou minha seita, minha pequena seita de santo propósito. Mesmo assim, não desejei sua morte. E eu devia ter sabido que você não morreria. Claro que não. Como qualquer pessoa haveria de conseguir acabar com você? Como Rhoshamandes deve ter parecido desajeitado diante da sua esperteza simples, vulgar! – Ele riu baixinho. – Como deve ter se espantado ao se descobrir cego e em chamas com sua investida. Você. Lestat, o pretensioso. O Príncipe Moleque.

Descobri-me de novo em pé. Sem me dar conta, eu tinha recuado, afastando-me dele. O ar entre nós era um veneno. Mas eu não podia olhar para outro lado nem ir embora.

– Ainda te amo – disse ele. – É, mesmo agora eu te amo, como todos te amam, teus súditos à procura de um sorriso, um cumprimento de cabeça ou um rápido toque de tua mão. Eu te amo como todos, de um lado a outro do palácio, que sonham em beber só uma gota de teu sangue. Bem, agora podem me deixar. Não vou sair daqui. Aonde haveria de ir? Estarei aqui se precisarem de mim. E por ora peço que me concedam meu desejo, você e seus veneráveis amigos. Vão e me deixem em paz.

Ele se curvou para a frente e escondeu o rosto nas mãos.

Benji deu a volta e se postou ao seu lado, forçando Gregory a ceder o lugar. E Benji não o soltou, implorando que não chorasse, dando-lhe beijos e lhe dizendo que isso iria mudar, que ia passar, que ele e Sybelle o adoravam e não poderiam prosseguir sem ele, que ele precisava viver e amar por eles.

Não me mexi.

Ele parecia ser o de sempre, um garoto angelical, enquanto dizia tudo aquilo; e me ocorreu a lembrança da primeira vez que tinha posto os olhos nele, na penumbra empoeirada de Notre-Dame de Paris, um anjo vagabundo sem asas. Pensei então em Gabrielle. Pensei em Marius..., mas não, eu não estava pensando. Estava simplesmente sabendo. Sabendo o que era passado. Sabendo o que era presente. Sabendo quem e o quê já não estavam aqui.

Eu não podia lhe dar uma resposta. Não tinha como confortá-lo. Não podia dizer nada. Não fazia sentido nem mesmo tentar.

Foi Gregory quem falou, dizendo que aquelas eram palavras perigosas ditas por um bebedor de sangue muito amado, que era em momentos trevosos como esse que bebedores de sangue tentavam se destruir; e que ele, Gregory, não queria deixar Armand sozinho.

Armand endireitou-se no sofá. Tirou do bolso um lenço de linho e enxugou os olhos.

– Disso não precisa ter medo – disse ele – porque meu pavor da morte é maior do que meu pavor de não importa o que seja que nos aguarde aqui. Receio que a morte seja como um pesadelo do qual não possamos despertar. Receio que, uma vez desligados de nosso corpo, nós continuemos em algum estado confuso e angustiado no qual estejamos perdidos para sempre, incapazes de escapar. Vão e façam todas aquelas inúmeras coisas que a corte exige de vocês, o trabalho diligente de construção de uma comunidade que no passado foi uma obsessão para mim e que me dava a ilusão de um propósito.

– Venha conosco agora – disse Gregory. Ele se levantou e segurou a mão esquerda de Armand com suas duas mãos.

– Agora não – respondeu Armand.

Fui me afastando, na direção da porta, e encontrei Santh ali, à minha espera.

– Descanse então e vivencie seu luto – disse Gregory a Armand. – E me prometa que, se esses pensamentos se tornarem pesados demais para você, você virá nos procurar; não tentará fazer mal a si mesmo.

Armand deu alguma resposta confidencial, mas eu não a ouvi. Não distingui as sílabas dos ruídos crepitantes do fogo ou do som dos soluços de Sybelle. Talvez eu tenha me dado conta de que não me importava com o que Armand estava dizendo. Talvez eu simplesmente soubesse que não me importava. Não pude ter certeza.

Lá fora, rajadas de vento sopravam a neve contra as vidraças escuras.

Eu me sentia tão prostrado quanto ao ser atingido por aquele vento, ou pelos ventos gélidos do ar mais alto. Eu estava tão contundido e exausto quanto se tivesse acabado de fazer ainda mais uma vez a longa viagem de volta do covil de Rhoshamandes, no Pacífico.

Saí do aposento e atravessei as salas do château como se não tivesse em mim nenhum sentimento, nenhum coração a ser partido, cumprimentando os numerosos novos hóspedes debaixo de nosso teto, escutando uma ou outra pergunta insignificante, recebendo um pequeno elogio, como se nada tivesse acontecido.

E todo o resto da noite, cuidei dos assuntos da corte. Por fim, chegou a hora em que pude escapar para meu leito de mármore, e foi o que fiz. E a última coisa que ouvi antes de fechar os olhos foi Cyril falando comigo com uma voz afetuosa, garantindo que tudo estava bem na casa e que eu deveria dormir bem sabendo disso.

– Em todos esses séculos – disse Cyril – nós nunca soubemos de um único que pudéssemos considerar nosso paladino. Chefe, você não tem como saber de verdade simplesmente o que representa agora para os outros. Você acha que sabe, mas não sabe. E é por isso que vou estar bem aqui diante de sua porta novamente, dormindo no corredor, dormindo aqui para que nada nem ninguém consiga ter acesso a você ou consiga feri-lo, enquanto eu estiver vivo.

E então – com o vilão Armand desprezado – fiquei sozinho na escuridão gelada, na companhia do filho que não tinha protegido a mãe, do amante que não tinha protegido Louis de si mesmo ou de outros e do discípulo desgraçado de Marius que tinha se equivocado tanto em sua avaliação de Rhoshamandes que agora Marius estava morto.

O limiar do sono pode ser uma hora preciosíssima.

Senti de novo algo me instigando, alguma cutucada das profundezas da minha alma a me dizer que alguma grande mudança estava ocorrendo em mim, uma mudança vital – e mais um pensamento insistente, alguma coisa a ver com línguas. O que era mesmo? Algo relacionado à língua que Gregory estava falando com Santh. Masmorras. Eles estavam fazendo uma limpeza naquelas masmorras todas. Rhoshamandes tinha dito alguma coisa... e o que eu tinha visto? Uma escada que levava a uma masmorra?

Horas depois, quando a tarde tinha terminado, e a lua e as estrelas tinham surgido, eu soube do que era que eu vinha lutando para me lembrar, as últimas palavras que vieram de Rhoshamandes enquanto ele morria.

Saí apressado das criptas e atravessei a casa até chegar à Câmara do Conselho – onde as luzes estavam acolhedoras e o perfume de flores permeava o ar – e lá encontrei Gregory com Seth e Sevraine, a linda Sevraine em seu vestido de seda branca, já conversando sobre como prosseguir com a obra de Marius. Jesse Reeves também estava lá, uma flor discreta em suas roupas de lã sem graça, assim como Barbara, minha querida e dedicada Barbara, que escrevia sem parar num caderno quando entrei.

Cyril e Thorne tinham me acompanhado, como era de esperar, e eu pedi a Cyril que procurasse Allesandra e lhe pedisse que viesse se juntar a nós.

– E se Everard de Landen ainda estiver aqui, você pode procurar por ele?

– Você quer as crias de Rhoshamandes – disse ele.

– Sim, é o que eu quero. – E lá se foi ele.

Sentei-me à mesa e, percebendo que todos olhavam para mim, comecei a falar. Mas foi a Gregory que dirigi meu apelo.

– Rhoshamandes disse alguma coisa antes de morrer – relatei. – Ele falou numa língua estrangeira, e não sei o que foi que disse.

Quando Allesandra abriu a porta, ela trouxe David junto. Ambos estavam de preto, simples, trajes de luto, e achei que vi cinzas no cabelo comprido e liso de Allesandra. Eu não tinha tido um instante a sós com David desde a noite de minha volta, porque ele estava ocupado na Inglaterra, com Kapetria, Gremt e outros, trabalhando na reinstalação da colônia de replimoides.

E agora nós nos abraçamos, calados, pela primeira vez desde que Marius e Louis tinham sido levados. Ele então se sentou à minha esquerda. Sua aparência era levemente sacerdotal naquele terno preto e camisa simples. E Allesandra poderia ter sido uma nômade do deserto em suas vestes negras.

Eu sabia que David estava sentindo profundamente a perda de Louis. Ninguém precisava me dizer isso. Mas eu não podia naquele instante ter a consciência de que eles estavam perdidos, todos perdidos. Precisei expulsar isso por completo de minha mente, como vinha fazendo repetidas vezes desde que lancei às chamas o último vestígio de Rhoshamandes.

Eu tinha algo, algo a que me aferrar e a investigar; e aquilo me amparava como o sangue de Rhosh tinha me amparado, com uma estrutura de aço quando eu me considerava exausto demais para prosseguir.

A verdade era que eu ainda estava exausto, ainda com o corpo inteiro contundido pelos ventos ferozes, e por tudo o que Armand me dissera, tanto que só um fragmento de mim seguia em frente. Mas ele seguia em frente.

– Fale – pediu Gregory. – O que Rhoshamandes disse? – Suas mãos imaculadas não paravam de brincar com uma antiquada caneta tinteiro; e por fim ele a colocou na mesa.

– Bem, vou tentar repetir – disse eu. – Era uma sequência de sílabas... Na realidade, Rhosh disse coisas estranhas... Lembro-me de ele ter deixado escapar frases como "Pare, você não está entendendo" e acho que ele disse "Espere, está tudo errado" e então ele pronunciou essas sílabas numa língua estrangeira, talvez em egípcio antigo, que me pareceu *bait hah so roar*... alguma coisa assim. Quando ele disse isso, captei uma imagem de uma escada de pedra. Naquela hora, nem mesmo pensei nisso nem em registrar o que foi. Eu estava totalmente entregue a uma tarefa, que era destruí-lo, e essas palavras não chamaram minha atenção. Mas foi a última coisa, bem, quase a última coisa que ele chegou a dizer.

Pareceu que aquilo não disse nada a Gregory. E Santh não estava na sala. Eu estava prestes a dizer alguma coisa sobre sua língua antiga quando Allesandra se manifestou.

– Ah, mas é claro – disse ela. – O nome antigo que ele usava para seu cárcere particular. Vem da Bíblia em hebraico, o nome da prisão do faraó, onde José é mantido no livro do Gênesis. – Ela então pronunciou, exatamente como ele tinha pronunciado, um aglomerado de sílabas que eu não conseguia reproduzir, mas das quais me lembrei com perfeição ao ouvir Allesandra repeti-las com tanto cuidado. Ela soletrou tudo para mim em nosso alfabeto. – *Bet ha sohar.*

– Isso mesmo – confirmei. – Foi isso o que ele disse.

– Talvez ele em desespero estivesse tentando enganá-lo – disse Gregory. – Propondo um trato pelo qual, se você desistisse da agressão, ele permitiria que você vivesse. – Gregory estava olhando para Seth. Eles então começaram a falar entre si numa língua diferente por alguns instantes, e eu captei trechos de sílabas semelhantes, mas tudo era rápido demais para mim. E mais uma vez, vi a escada de pedra. E dessa vez, celas fechadas com grades e todas as coisas que se costuma ver numa prisão antiga. E me ocorreu o pensamento incômodo de que a velha masmorra desta casa estava sendo desobstruída e limpa para uma finalidade que ninguém ousava confessar.

– Bem, esse era o nome da própria prisão secreta dele – disse Allesandra –, o lugar onde ele mantinha mortais em espera, para quando quisesse se banquetear com o sangue deles.

Sim, e é muito provável que seja isso o que todos em torno de mim estão planejando para aquela prisão por baixo desta casa. Eles só não querem dizer isso.

– Mas, Príncipe, aquela velha prisão desapareceu há muito tempo – disse ela. – O mosteiro foi destruído há séculos. Toda aquela terra está agora ocupada por vinhedos. Máquinas agrícolas lavraram aqueles campos. Quem sabe onde foram parar aquelas velhas pedras? Vi naquele vale um muro de jardim construído com pedras antigas que poderiam ter vindo daqueles mesmos aposentos em que eu residira no passado. Tudo desapareceu sem deixar vestígios.

Sevraine parecia estar refletindo. Allesandra estava com o olhar perdido como se o passado a tivesse dominado.

– Por um tempo, permaneceu em pé uma arcada, ah, mas isso foi no passado longínquo, quando eu estava com os Filhos de Satã; e me lembro de todas aquelas mãos brancas tentando demolir os arcos, todas aquelas pedras caindo, e o capim, o capim era como trigo selvagem. – Sua voz foi se calando com as duas últimas palavras.

– E Saint Rayne? – perguntei. – Poderia haver uma prisão secreta em Saint Rayne?

– Nós fomos a Saint Rayne – disse Seth. – Vasculhamos a ilha inteira. Não havia nenhuma masmorra lá, somente algumas celas de fácil acesso, inclusive aquela em que Derek foi mantido.

O rosto de David era a imagem da tristeza.

– Lestat, por que você está se submetendo a isso? – perguntou ele. – Kapetria e os outros examinaram a ilha durante o dia. Eles foram a Budapeste e revistaram a casa de Roland, velho amigo dele.

– Verifiquei essa moradia também – disse Seth. – Lá não havia masmorra nem prisão de verdade. Apenas um deplorável cômodo sem janelas, onde Derek foi confinado, e outros dois cômodos iguais a ele, onde era óbvio que Roland mantinha mortais.

– David, preciso ter certeza – disse eu. – Pense bem. Por que ele gritaria daquele jeito dizendo essas palavras? E se houver algum lugar em Saint Rayne, longe do castelo?

– Príncipe, aquele castelo não é uma verdadeira construção da Idade Média – respondeu Sevraine. – Rhoshamandes o projetou como o refúgio para um bebedor de sangue; e ele não tinha a menor necessidade de masmorras profundas àquela altura, e não há nenhuma por lá. Eu também examinei a ilha inteira. Olhei, escutei, percorri cada centímetro daquele lugar. Nenhuma masmorra.

– Você tem certeza mesmo? – disse eu, antes de conseguir me refrear. Pedi desculpas imediatamente. Estava falando com imortais tão mais poderosos do que eu. Fiquei acabrunhado.

– Pelo contrário – respondeu Seth, olhando direto para mim. – Nós todos temos enorme respeito por você, Príncipe. Não nos sentimos superiores. Você derrotou Rhoshamandes. Nós achávamos que seria impossível. Ainda não entendemos direito como conseguiu.

Fiz que não e levei as mãos aos lados do rosto. Ouvi a voz de Rhoshamandes, aquele insistente "Você não está entendendo". Recostei-me e me descobri olhando para o teto, para as figuras cheias de movimento, pintadas de modo tão magnífico por toda parte, e então me dei conta de que estava contemplando o trabalho de Marius, Marius que estava perdido para sempre.

De repente a dor que senti me sufocou e ameaçou se tornar maior do que eu poderia suportar. Quase me levantei para sair, mas aonde eu haveria de ir? A Saint Rayne para não encontrar nada? A Budapeste para vasculhar uma casa na qual era provável que Rhosh nunca tivesse morado?

O que foi que ele tinha dito? *Está tudo errado.*

– O que ele poderia ter querido dizer? – perguntei.

– Lestat, é óbvio – disse Jesse Reeves. – Ele era um egoísta, um imortal preguiçoso e comodista, sem uma única partícula de profundidade ou de verdadeira compreensão da vida. É claro que achou que você não o entendia, porque você queria fazê-lo pagar pelo que tinha feito a outros, e isso ele não poderia tolerar. – Ela parou de repente. – Olhe, será que precisamos repassar tudo isso? Bem, permita-me dizer que, se vocês precisarem repassar tudo, peço licença para deixá-los à vontade. – Ela se levantou, e eu fiz o mesmo.

– Não saia sem que eu lhe dê um abraço – disse eu. – Nunca pretendi lhe causar dor, nunca mesmo.

– Você não me irritou – disse ela, enternecendo-se enquanto eu a abraçava. Beijei seu denso cabelo da cor de cobre e sua testa. – Você é meu paladino – sussurrou. – Você derramou sangue pelo sangue dela. – Mas continuou se dirigindo para a porta, que Cyril abriu, e ela se foi. Não podia culpá-la.

Voltei a me acomodar na minha cadeira.

– Quero procurar em todo e qualquer lugar que ele possa ter possuído ou visitado – informei. – Sinto que preciso fazer isso. Está claro que ele estava tentando me dizer alguma coisa sobre uma prisão, uma masmorra ou um esconderijo, e eu preciso investigar isso ao máximo. Será que isso não faz sentido para mais ninguém? Por que ele mencionaria uma prisão?

– Muito bem. Nós faremos isso com você – disse Gregory. – Ainda esta noite, atravessarei o Atlântico para encontrar esses vinhedos que ele possuía no vale de Napa. Vou me certificar de que não haja lá nenhum lugar que pudesse servir de prisão.

– Santh conhece a casa para a qual ele levou você, não conhece? – perguntou Seth. – Vou procurá-lo e juntos iremos lá examinar aquela casa.

– Que tolice a minha não ter feito isso – murmurei. E tinha sido uma tolice. Mas a verdade era que eu estava tão exausto e num estado tão estranho de descrença quanto ao que tinha de fato acontecido.

– O que você quer que eu faça? – perguntou Sevraine.

De repente, me senti comovido com a disposição deles para entrar em ação.

– Ah, sim – disse eu. – Eu tinha me esquecido desses vinhedos americanos. Eu deveria ir com vocês, mas não posso... – Calei-me, a simples ideia de voar nas correntes gélidas acima das nuvens me deixou exausto.

Sevraine aguardava. Gregory aguardava. David aguardava.

Era evidente que Allesandra estava pranteando a morte de Rhosh, imersa em suas lembranças, os olhos baixos. Ela cantava alguma coisa para si mesma, algum hino, e murmurava baixinho.

– E esse lugar no vale do Loire – insisti, embora detestasse a ideia de interrompê-la.

– Eu estava tão apaixonada por ele naquela época – relatou ela, em resposta. – Quando ele me salvou, me levou para lá e me mostrou a prisão lá embaixo. Falava de José no livro do Gênesis e de o faraó tê-lo mantido na prisão especial todos aqueles anos. Disse que ele era o faraó de seu mundo. E que era nesse lugar que podia deixar mortais desafortunados para definhar.

Eu via a cena enquanto ela a descrevia, a larga escada de pedra, a umidade cintilando na pedra não aparelhada.

– Nessa prisão havia monges, monges que ele tinha feito prisioneiros, implorando pela vida, estendendo as mãos através das grades para suplicar, pedindo que ele, se temia a Deus, os deixasse partir.

Percebi que Sevraine, Gregory e os outros estavam vendo a cena.

– Ele falou do Talmude, acho – contou Allesandra, com o olhar perdido. – Alguma coisa sobre Deus determinar o destino de cada indivíduo na festividade sagrada do Rosh Hashaná. E disse que todos os bebedores de sangue deveriam ter uma prisão, e usou aquela mesma palavra em hebraico, como a que o faraó mantinha para prisioneiros humanos, mas que ele, Rhosh, era misericordioso e libertava um prisioneiro no primeiro dia de cada ano. – De repente, ela riu. – Até Benedict chegar. Foi aí que ele ficou louco de paixão por Benedict, e Benedict lhe implorou que abrisse a prisão e soltasse todos aqueles monges. Rhosh protestou, dizendo que eles agora estavam todos malucos, todos eles. – Ela olhou para mim. Sua expressão estava animada, e ela sorria enquanto continuava. – Rhosh disse a Benedict que os monges seriam recebidos como loucos quando começassem a delirar a respeito do cativeiro, que seriam acorrentados em algum lugar pior do que sua prisão onde ele lhes dava carne e vinho todos os dias.

Ela parou de repente, mergulhando de novo em suas lembranças. Não ousei interrompê-la. Queria desesperadamente que ela continuasse.

— E então Benedict conseguiu o que queria – disse ela, rindo. – Vejo como se tivesse sido ontem, Benedict descendo correndo aquelas escadas em curva. E monges subindo, uma procissão de monges macilentos e esfarrapados, em vestes puídas, cantando, todos eles realmente cantando algum salmo em latim e escapando velozes para o bosque. O bosque vinha direto até o mosteiro. O bosque escondia o mosteiro do mundo. Benedict ficou exultante, e depois disso Rhoshamandes passou a ser um deus para ele, como era para todos nós. É claro que Rhoshamandes passou trancas em todas as portas, e nós mesmos nos mantivemos nos aposentos subterrâneos pelos meses seguintes, enquanto os padres vinham procurar pelo lugar lendário onde os monges delirantes tinham sido mantidos no *bet ha sohar* por um demônio egípcio...

— Mas e se essa prisão permanece subterrânea, por baixo de todos os vinhedos? – perguntei. – Por baixo da floresta?

— É possível – respondeu ela. – Mas já procurei naquela região e não encontrei nada. Só alguns meses atrás. Sevraine me levou lá. Encontramos um fragmento de ruína, um velho campanário de uma antiga capela. A capela ficava a mais de um quilômetro do mosteiro.

— Preciso ir lá – disse eu. – Preciso ir agora. Você quer vir comigo? Tenho de tentar encontrar qualquer coisa que reste daquela prisão.

— Irei com você – disse Sevraine. Em seu vestido branco, tremeluzente, com a cabeleira solta, ela não parecia nem um pouco preparada para a viagem, mas pediu a Thorne que buscasse sua capa na biblioteca. A biblioteca queria dizer a biblioteca de Marius, e Thorne saiu de imediato para cumprir a tarefa.

— Eu também vou – disse Allesandra.

— Mas Lestat – disse David –, o que você espera descobrir se de fato encontrar essa prisão? Não ouvimos nem uma única palavra daqueles que ele levou. Foram silenciados quase de imediato.

— Não quero pensar nisso – respondi. – Quero ir, quero ver, descobrir o que ele quis dizer com aquelas palavras, por que motivo usou aquelas palavras específicas. Ele tinha de estar se referindo a seu antigo refúgio no Loire.

— Você se dá conta de que Kapetria e Amel visitaram pessoalmente a região – disse David.

— Encontraram algumas construções modernas – disse Seth. – Foram lá durante o dia e examinaram cada casa do patrimônio de Rhoshamandes. Elas eram ocupadas por famílias que cuidavam dos vinhedos.

— Não todas elas – retrucou Sevraine, já em pé. Thorne chegou com a longa capa escura e a colocou em seus ombros brancos. – Havia um imóvel vazio.

— É – disse Allesandra. – A velha casa vazia com o jardim. Eu me lembro do jardim. – Quando ela se pôs de pé, assumiu novamente o gesto e o porte de uma velha, da velha que era quando me deparei com ela pela primeira vez por baixo de Les Innocents. David estava a seu lado. Ele usava trajes modernos, um paletó pesado com um suéter por baixo, que o manteriam aquecido durante a viagem, mas Allesandra usava apenas uma túnica leve.

Eu estava prestes a dizer algo a respeito, quando Thorne apareceu de novo, trazendo um longo casaco preto de cashmere para ela e a ajudou a vesti-lo.

— Rhosh estava nos vigiando o tempo todo em que estivemos lá – informou Sevraine, voltando-se para mim. – E eu queria sair de lá. Finalmente ele se aproximou e nos perguntou o que estávamos fazendo em suas terras. Eu lhe respondi que Allesandra queria ver o lugar onde tinha Nascido para as Trevas, e ele disse que não restava mais nada. Tudo acabado. Ele nos convidou para visitar Saint Rayne. Eu não quis ir com ele.

Gregory fez um gesto pedindo que todos nós esperássemos. Ele se retirou para um canto da sala com seu iPhone, falando em voz baixa. Eu podia ouvir Kapetria na linha. Ele desligou.

— Nós vamos lá com você – disse-me ele. – Mas Kapetria já fez uma varredura de alto a baixo nessa casa desocupada. Ela garante que ninguém esteve lá há décadas.

— Deixe que nós vamos, Lestat – ofereceu Seth. – A prisão pode ainda estar no subsolo. É muito provável que esteja. Não voltaremos enquanto não a encontrarmos. Mas você trate de ficar aqui. Precisa descansar. Precisa estar aqui no salão de baile. A multidão hoje é ainda maior do que a de ontem à noite. Notícias do combate com Rhoshamandes deram a volta ao mundo.

— É claro que não posso ficar aqui – disse eu. – Você sabe que não posso.

Capítulo 21

Era mesmo uma casa destes nossos tempos, mas não se poderia chamar de nova. Calculei que tivesse no mínimo trezentos anos. Construída de pedra da região, com dois andares e um telhado alto, muito inclinado, com janelas divididas ao meio por barras verticais, ela estava de fato vazia e muda, sem nenhuma previsão de iluminação ou aquecimento, e quase sem mobília.

Não havia ninguém por perto. Somente as desoladas vinhas de inverno, desprovidas de suas uvas, estendendo-se por quilômetros; um bosque distante de árvores antigas de tamanho enorme; e a chuva gelada, uma chuva pior para mim do que a neve, caindo sobre tudo como se caísse sobre o mundo inteiro, uma chuva quase silenciosa que causava a sensação de agulhas no dorso de minhas mãos e em meu rosto.

A casa não estava trancada e tinha um ar de propriedade abandonada; mas, assim que entramos na sala principal, avistei uma lareira com achas e as acendi. Havia velas grossas no console de pedra, e eu as acendi também. O piso estava coberto de poeira, e teias de aranha cintilavam nos cantos. Eu sentia o cheiro do pó queimando na lareira.

É claro que não precisávamos dessa luz. Podíamos enxergar perfeitamente no escuro. Mas a luz realmente facilitava as coisas, e eu levei comigo uma vela acesa enquanto ia de um aposento para outro. O piso parecia sólido por toda parte.

Cada laje que, ao acaso, arranquei do chão estava assentada numa camada de concreto. Sem dúvida, isso fizera parte de uma reforma moderna, mas não havia o menor sinal de que alguém um dia tivesse estado nesse lugar.

Quer dizer, até eu chegar ao último aposento, uma sala ampla e comprida, que continha uma mesa de refeitório com bancos dos dois lados. Ali, de repente, dei com uma antiga vitrola sobre pequenas pernas curvas com um velho disco preto e grosso no prato, identificado com o nome de uma ópera de Verdi. Quer dizer que talvez Rhoshamandes tivesse vindo aqui um dia, muitas décadas atrás.

Antigas gravações em capas de papel pardo estavam empilhadas no canto. Verdi, Verdi, mais Verdi. E, por baixo da mesa, avistei o que me pareceu ser um mosaico quadrado, com a figura de Baco numa biga, cercado por ninfas, suas adoradoras.

– Esta mesa foi tirada do lugar recentemente – disse eu. – Vejam as marcas na poeira. – Empurrei para um lado a mesa, com suas pernas rangendo na pedra, e o banco tombando no chão.

O mosaico era belíssimo e possivelmente antigo, remontando aos tempos romanos. Andei para lá e para cá em cima dele, batendo nele várias vezes com o bico de minha bota. Não senti nada, nem vi nada que indicasse que não estava profundamente engastado na pedra.

– Só que toda essa pedra é nova – disse Gregory. – Esse piso nem de longe é tão antigo quanto o mosaico.

De imediato, David, Allesandra, Gregory e eu começamos a examinar com as mãos as paredes por todos os cantos em busca de algum tipo de manivela ou maçaneta, e não descobrimos nada. Perdi a paciência e quis procurar pelo resto da casa.

Fui até as portas duplas que davam para o jardim, e ali vi uma enorme pilha do que pareciam ser chapas de metal, rebrilhando à luz do céu chuvoso. Chapas de metal!

Ora, por que aquilo estaria ali?

– Poderia haver centenas de razões – respondeu David. – Para consertar o telhado, reforçar paredes.

Saí para a chuva e examinei a pilha. Vi que todas eram chapas de aço, cada uma talvez com uns quatro centímetros de espessura.

– De que é feito o aço? – perguntei.

– De ferro, principalmente de ferro – disse Gregory.

Fiquei ainda mais empolgado, e David ainda mais entristecido, desejando por tudo neste mundo conseguir de algum modo me poupar de tudo isso.

Agora, o que esse material estava fazendo ali, todo esse aço, que é principalmente feito de ferro? E não fazia muito tempo que estava ali, não, porque o mato verde baixo estava esmagado sob a pilha de chapas soltas. E marcas fundas de pneus levavam ao jardim, sulcos que estavam cheios de reluzentes poças de chuva.

Era fácil concluir que um veículo pesado tinha trazido essas chapas de aço ali com alguma finalidade.

Gregory estava ao meu lado, indiferente ao frio em seu fino terno de executivo de lã penteada, com camisa social e gravata. Parecia perfeitamente imune à chuva que aos poucos encharcava seu cabelo curto e seu rosto. Ele contemplava os campos áridos. E, quando percebeu que eu estava tremendo, tremendo como um tolo, tirou sua longa echarpe de cashmere e a enrolou em meu pescoço.

Tentei fazer objeção a isso, mas ele não quis saber.

Outra figura apareceu à porta. Era Santh.

Estava com um paletó de tweed e suéter de gola rulê, jeans e botas muito parecidas com as minhas. Seu cabelo louro estava bem tratado pela primeira vez desde que o conheci, caindo como um manto sobre os ombros. Também ele contemplava os campos; e me dei conta de que ele estava escutando.

Por um bom tempo, eu o observei, observei atentamente como se alguma coisa fantástica fosse acontecer, e então aconteceu.

– Estou ouvindo alguma coisa – sussurrou ele.

Gregory olhou para mim de relance, e eu soube que nós dois estávamos tentando escutar. Mas eu não ouvia nada além da chuva no telhado alto e nas empenas, bem como nas folhas do bosque distante. Árvores tão enormes, sem dúvida preservadas da floresta mais antiga.

– Não estou ouvindo nada – replicou Gregory.

– Nem eu – disse Sevraine.

– Mas eu estou – retrucou Santh. – Estou ouvindo um coração batendo. Acho que ouço mais de um, mas sei que ouço um.

– Espere aí... – murmurou Gregory. Sua mão apertou meu braço direito. Por um instante, ele me machucou, mas não me importei.

– É um coração – disse Santh. – O som vem de algum lugar por baixo dessa terra e mais lá para fora.

– Acho que também estou ouvindo – concordou Gregory. – Uma batida irregular, cansada.

Começamos imediatamente a trabalhar, procurando no chão ao redor de nós, chutando pedras, levantando pedras maiores, cavando a terra solta com o bico de nossas botas.

E então Allesandra deu um grito.

– Lá, lá no meio das árvores, sim, as mesmas árvores... – disse ela. Saiu correndo na direção do bosque afastado e desapareceu entre os troncos escuros e folhas molhadas.

Todos fomos direto atrás dela.

Aqui havia pedras antigas viradas para lá e para cá pelas raízes das árvores e por trepadeiras incansáveis que as procuravam enterrar. Santh e Gregory soltavam as pedras do chão e as atiravam longe. Depois começaram a cavar com as mãos até terem descoberto o que restava de um piso.

– É só um fragmento de um piso – disse Gregory, espanando os joelhos. Allesandra baixou a cabeça, desanimada, e Sevraine a abraçou para reconfortá-la.

– Uma viagem em vão – sussurrou Allesandra. – E a culpa é minha. Eu jamais quis ver esse lugar de novo, jamais quis estar debaixo desse céu e dessas estrelas.

Santh estava petrificado. De repente, ele se virou e fixou o olhar na distante colina coberta de árvores, depois da borda do vinhedo, e desapareceu.

É claro que ele não tinha se desmaterializado. Tinha simplesmente usado sua velocidade sobrenatural para chegar à floresta próxima. Gregory foi atrás dele, e eu também.

A floresta molhada era densa e jovem, e a luz do céu ainda era mais do que suficiente para vermos mais pedras, pedras antigas, pedras levantadas do lugar por mais raízes, e trepadeiras ávidas por abraçá-las. Era uma subida íngreme, com a terra lamacenta e escorregadia, e um vento frio passava cortante pelas árvores, chacoalhando as folhas molhadas e açoitando meus olhos. Mas eu não parava de procurar, como todos nós, jogando as pedras para um lado e para o outro.

De repente, Santh apareceu no alto do monte. Ele nos chamou com um aceno.

– A velha capela! – gritou Allesandra.

Num instante, estávamos com ele.

– Está aqui perto, o coração – disse Santh. – E sem dúvida é mais de um. Mas consigo ouvir nitidamente apenas um. O ritmo é lento. O ser está em sono profundo, mas está vivo.

Eram inconfundíveis as ruínas da "velha capela". Topamos com uma longa sequência de arcos quebrados que terminava perpendicular ao quadrado de um campanário destruído. Ele se erguia em três andares por entre as árvores, com as paredes rasgadas, quebradas, escancaradas para o céu.

– Estou ouvindo – exclamou Gregory. – Está debaixo da terra, aqui mesmo!

– Também estou ouvindo – disse Sevraine. – Ouço o coração de mais dois também.

Eu não conseguia controlar minha empolgação.

Trepadeiras cobriam a ruína inteira, grossas trepadeiras de inverno, fortes como cordas com folhas de um verde-escuro. E nós começamos a rasgá-las, soltando-as da pedra, arrancando-as do piso. De repente, por baixo da cortina de trepadeiras, vi o brilho do aço.

Era uma porta revestida de aço, uma porta de entrada no campanário. Uma chapa de aço tinha sido cortada sob medida e aparafusada à porta.

Eu a derrubei com um golpe, e Santh e Gregory entraram atrás de mim.

Nós nos encontramos numa sala retangular aberta para o céu lá em cima, com uma escadaria estreita de pedras toscas descendo à direita. Tudo isso era construção nova. Eu sentia o cheiro de concreto e de madeira nova.

– Rhoshamandes reformou tudo isso – disse Sevraine. – A obra foi feita depois que estivemos aqui.

Mas eu mal dei atenção a suas palavras porque estava ouvindo outra coisa.

– Estou ouvindo – confessei. – Estou ouvindo o coração, só um, mas estou ouvindo. – As batidas eram lentas, de uma lentidão impossível, exatamente como Santh tinha dito, o coração de um antigo adormecido. Comecei a tremer de corpo inteiro. David não me largava e me conduzia adiante.

Descemos apressados a escada, com os outros nos seguindo, e nos descobrimos num porão espaçoso e moderno. Havia ali uma pilha de chapas de aço, exatamente como as que estavam ao lado da casa, no velho jardim. Eram novas e ainda tinham as etiquetas com o preço. Mas tudo o mais por ali estava coberto de poeira, e o local parecia não ter outra entrada ou saída a não ser pela escada que vinha de cima.

Aflitos, procuramos por toda parte. E então Santh empurrou para um lado a pilha inteira de chapas de aço, lançando-as com estrondo contra a outra parede, e lá estava o alçapão, um alçapão largo com uma enorme argola de ferro.

– Esperem – disse David. Ele ainda me segurava e ficou quieto até os outros olharem para nós. – Não sabemos o que vamos encontrar. Não sabemos o que ele fez com eles.

– Vamos! – exclamei. – Deixem que eu abro.

Santh passou à minha frente para fazer as honras da casa.

Nenhum mortal, na realidade nenhum grupo de mortais, teria conseguido abrir aquela porta. Talvez eu mesmo não tivesse conseguido. Mas aquilo não foi nada para Santh, que a abriu e escancarou, revelando sua enorme espessura.

Era como uma rolha retangular no gargalo de uma garrafa, a coisa, feita de pedras presas com ferro. O ar que subiu até nós era frio e seco; e eu senti o cheiro de sangue, não sangue humano, mas nosso sangue. E mais alguma coisa, um cheiro forte que era familiar e estranho.

Santh sumiu no quadrado de escuridão, pousando no chão lá embaixo com um forte baque.

– Podem descer – gritou ele, a voz reverberando nas paredes. – É uma queda tranquila.

Ele estava certo. O salto não foi difícil para nenhum de nós, mas Allesandra ficou com medo, eu a peguei no colo e a carreguei lá para baixo comigo.

– Isso aqui faz parte da casa antiga – exclamou ela quando a coloquei em pé no chão. – *Mon Dieu*, olhem para os archotes nos cantos.

Eram quatro e tinham sido untados com breu fresco. Era do breu que eu estava sentindo o cheiro. Fazia muito tempo desde que eu tinha segurado um archote como aqueles. Santh acendeu todos eles com a força do pensamento e então pegou um para iluminar a alta entrada em arco de uma catacumba.

– Essa passagem vai até os porões do antigo mosteiro – disse Allesandra. – Era assim que poderíamos escapar se um dia os Filhos das Trevas cercassem o mosteiro. Nós viríamos até essa catacumba aqui e sairíamos pela torre.

A catacumba era larga e estava bem varrida. Havia mais archotes nas paredes, e eu os acendi enquanto avançávamos, só pelo conforto da iluminação, embora pudéssemos enxergar perfeitamente com aquele que Santh levava na mão direita.

Andamos a passo apertado por bem uns cinco minutos por esse corredor, fazendo algumas curvas fechadas que pareciam nos mandar de volta na direção de onde estávamos vindo. Eu não saberia dizer. Mas, por fim, chegamos a uma ampla sala, uma sala com seus próprios archotes a serem acesos, uma mesa encostada na parede oposta à entrada, e outros itens aleatórios aqui e ali, bem como chapas de aço refulgindo à luz bruxuleante dos archotes.

E ali no piso sem revestimento estava uma longa fila de caixões de ferro, do formato antiquado, de um hexágono alongado, em sua maioria vazios, com a tampa aberta, e somente três deles fechados, sendo esses três os mais próximos de nós.

Agora David e Allesandra podiam ouvir a batida do coração. E eu estava ouvindo três corações ao todo.

Os outros olharam para mim, esperando que eu tomasse a iniciativa, mas descobri, para meu espanto, que não conseguia. Fiquei olhando para os caixões, preparado para um horror que ainda não podia imaginar.

Mas Santh avançou e, de uma vez, arrancou a tampa do primeiro. E nós nos descobrimos olhando fixamente para o que parecia ser o corpo de um adulto totalmente enrolado numa mortalha de aço. Por um instante, não tive noção do que era aquilo.

– Ele pegou o aço e o modelou seguindo a forma do corpo – disse Santh. – Envolveu o corpo bem apertado, tanto quanto você embrulhou Baudwin.

– Safado espertinho – disse Cyril. – Ele soube o que eu fiz com Baudwin. E sabia que o aço é composto principalmente de ferro.

Santh descascou o invólucro de aço como se não fosse nada e aos poucos revelou o corpo de uma mulher numa camisa branca rasgada, jeans e botas, seus braços e pés caindo bambos quando ele a levantou, a cabeça totalmente coberta pelo cabelo. Ele colocou o corpo nas pedras do piso. Eu sabia que era Gabrielle. Ajoelhei-me ao lado dela.

– Mãe – sussurrei. Eu podia ouvir o ritmo de seu coração, lento de dar agonia.

Estendi a mão para repartir seu cabelo, descobrir seus olhos, e só então percebi o que ele tinha feito com ela.

Era sua nuca que estava de frente para mim. Ele tinha virado por completo sua cabeça em torno do pescoço. Tinha quebrado seu pescoço. Abafei um grito de susto.

– Cuidado – disse Gregory. – Não, não toque nela. Esse é um assunto para nosso médico de vampiros. Ele partiu sua medula espinhal, e só Fareed saberá com precisão como repará-la.

– Se puder ser reparada – murmurou Sevraine.

É claro que pode ser reparada, pensei. Por que ela está expressando uma dúvida dessas, ela, uma das mais antigas? Por outro lado, e se souber de alguma coisa que eu não sei? Por fim, o medo ocupou o lugar das palavras dentro de mim.

– Fareed há de saber – disse Gregory, impaciente. E ligou para Fareed, pedindo-lhe que viesse de imediato, descrevendo a rota estranha, a floresta acima dos vinhedos e o campanário.

Permaneci ao lado de Gabrielle, beijei o cabelo em sua nuca e lhe disse baixinho que estava ali. Peguei sua mão inerte na minha e a beijei. Pus minha mão com delicadeza sobre seu coração e lhe disse que podia ouvi-lo batendo.

– Que minhas palavras cheguem a sua mente, Mãe – disse eu. – Estou aqui. Eu vim. E vou levar você para casa. Vou levar todos vocês para casa.

Nenhum som vinha do corpo, nem mesmo um som telepático. Mas eu sabia que Fareed estava a caminho, e que esses minutos seguintes seriam os mais longos que enfrentaria em toda a minha vida.

Atordoado, fiquei ali sentado observando enquanto os outros removiam os dois corpos que restavam. Com imenso cuidado, Gregory e Santh afastavam os invólucros de aço.

Reconheci o terno simples de lã escura de Louis e os sapatos de cadarço, assim como a túnica solta de veludo vermelho de Marius. E eles também tinham sofrido a mesma agressão.

Deles não vinha nenhum som, a não ser o dos batimentos do coração, e isso tinha de querer dizer que estavam vivos e poderiam se recuperar. Tinha de ser isso. Mas quem sabia? Que livro continha imagens desse tipo de desastre e instruções em claros termos científicos sobre o que se deveria fazer com o bebedor de sangue vítima de um absurdo daqueles? Será que Fareed um dia acrescentaria esse tipo de horror aos livros que estava escrevendo e explicaria como corpos com lesões dessa natureza poderiam ser reanimados?

– Nunca vi coisa parecida – disse Gregory. – Mas agora entendo como ele os silenciou tão depressa. Quebrando seu pescoço. Foi assim que conseguiu trazê-los para cá sem que fossem capazes de emitir o menor chamado por nós. Estão num sono semelhante à morte.

Eu não podia suportar vê-los ali deitados enfileirados, os três, os rostos voltados para o chão. Deixei-me cair recostado na parede. Era como se eu tivesse novamente percorrido milhares de quilômetros nas asas do vento, de tão cansado que estava. Comecei a rir de um modo quase histérico enquanto contemplava os três, com suas mãos brancas e as roupas exatamente como estavam na noite em que foram levados.

Eu tinha visto tantas coisas medonhas nessas últimas noites que sabia que minha existência agora estava completamente transformada. Mas nós os tínhamos encontrado, eles estavam aqui, estavam a salvo, e eu tinha certeza, certeza com base em tudo o que sabia, de que os três se recuperariam plenamente.

As palavras de Rhoshamandes voltaram a me ocorrer, sua alegação de que eu não o entendia de modo algum, sua alegação de que não era um monstro. Mas qual era sua intenção cruel com aquilo tudo?

De repente, o corpo de Marius começou a se mexer.

Todos ficamos pasmos.

Um joelho subiu por baixo da túnica de veludo vermelho-escuro, e o salto da bota raspou no piso de pedra. Em seguida, o corpo foi se levantando aos poucos até ficar sentado no chão, e as mãos subiram vagarosas até a cabeça. Nenhum de nós ousou se mexer ou dizer uma palavra.

Com toda a calma, as mãos apalparam o crânio através do cabelo, e então começaram a girar a cabeça devagar. Ouvimos barulhos de estalidos, crepitações e até mesmo um rangido fraco, mas agora o rosto de Marius estava voltado para nós, e muito de repente os olhos se abriram e estavam cheios de vida.

Marius olhou para mim, depois para os outros e então para mim de novo, com um sorriso preguiçoso surgindo nos lábios.

– Eu sabia que você viria – disse ele. Avancei apressado para ajudá-lo a se ajoelhar, embora fosse claro que não precisava de ajuda. E, quando ficou em pé, eu chorei em seus braços. Em minha cabeça, o único pensamento, a única imagem, a única ideia, era sobre Armand, e sobre como Armand se sentiria quando também pudesse abraçar Marius desse jeito e saber que Marius estava vivo, que estava recuperado, que todos eles estavam em perfeita segurança. E, usando meu maior poder, mandei a mensagem para ele. Mandei a notícia. E junto mandei meu amor para Armand.

– E o monstro? – perguntou Marius. Sua voz estava rouca e não era bem sua voz. – O que aconteceu com ele?

– Morto, destruído, varrido da face da Terra – disse eu.

– Você tem certeza disso?

– Tenho, sim – disse eu, rindo. – Tenho certeza total. – Eu não conseguia parar de rir. – Eu o destruí com minhas próprias mãos. Vi seus restos serem queimados diante de meus próprios olhos. Ele se foi. Derrotado. Pode confiar em mim.

Passei-lhe a história de como tinha acontecido. Derramei sobre ele detalhes de minhas lembranças e vi o alívio percorrê-lo por inteiro. Ele fechou os olhos.

– Lestat – disse ele –, você é impossível! Que os deuses o protejam sempre. Você é de fato a mais impossível das criaturas!

Fareed tinha acabado de chegar enquanto nós ríamos, e eu precisei me conter para não desatar a chorar como um menininho. Mas agora eu estava tão convencido de que tudo daria certo que não pude mais conter as lágrimas por muito tempo.

Fareed examinou os dois corpos e então perguntou se Rhoshamandes era destro.

– Sim – respondi. – Ele segurou meu machado com a mão direita.

– Exatamente como pensei – disse Fareed. Ele então se ajoelhou ao lado de minha mãe e, pegando sua cabeça nas mãos, a girou cuidadosamente, prestando atenção a cada mínimo ruído de estalo ou crepitação, como se eles lhe estivessem confiando algum segredo. Finalmente, ela jazia ali como que num sono profundo, sem que respiração alguma saísse por sua boca, mas só com o coração batendo.

– Mãe! – exclamei. – Mãe, acorda. Sou eu. Lestat. Sou eu.

Por alguns segundos torturantes, ela ficou ali inerte, com os olhos entreabertos; mas então as pálpebras tremelicaram, e ela olhou direto para o teto. Respirou fundo, sobressaltada. E sua expressão plena lhe voltou à medida que ela parecia absorta no que via, com o peito subindo e descendo enquanto sorvia o ar fundo repetidas vezes.

– Está me vendo? – perguntou Fareed. De imediato, ela olhou para ele, como se o estivesse vendo pela primeira vez.

– Sim, estou te vendo – respondeu ela numa voz sonolenta, rouca. Seus olhos passaram da direita para a esquerda. Quando me viu, disse meu nome.

– Estou aqui, Mãe – disse eu.

Fareed recuou um pouco, examinando-a atentamente. Eu a peguei no colo como um homem pega sua noiva e beijei sua boca. Podia ouvir o sangue correndo em suas veias. Podia sentir o calor em seu rosto. Eu a pus de pé no chão, hesitante, e a segurei tão grudada a mim quanto possível, com meus sentidos inundados pelo perfume de seu cabelo e de sua pele. Eu tremia. Penteei seu cabelo com meus dedos. Era cabelo novo e liso, que tinha crescido depois que Rhoshamandes os tinha cortado. Engoli em seco, recusando-me a lhe mostrar minhas lágrimas. Disse "Mãe" porque não pude me conter, "Mãe" como se fosse a única palavra que eu sabia.

– Mãe.

– Meu paladino – disse ela, na mesma voz rouca. – E onde está aquele demônio?

– Varrido da face da terra – respondi. Eu tentava afastar o cabelo da frente de seu rosto.

– Lestat, para de fricote comigo – pediu ela. Era óbvio que ela estava determinada a ficar em pé sozinha, mas assim que a soltei ela começou a cair. Eu a segurei e voltei a prendê-la num abraço. Quando falou de novo, suas palavras saíram arrastadas. – Onde estamos? Que lugar é esse?

– Um antigo porão subterrâneo que pertencia a Rhoshamandes – expliquei. – Ele trouxe vocês para cá. Nós todos achamos que ele tinha destruído vocês. Queria que nós acreditássemos nisso. Ele os envolveu em aço, como Cyril tinha envolvido Baudwin em ferro. Mas vocês estão a salvo, em perfeita segurança agora.

Ela continuou encostada em mim por um bom tempo, mas então ficou em pé sozinha e me disse que eu já tinha ajudado o suficiente.

Não discuti com ela. Ainda bem que a hora de chorar já tinha passado; e eu me voltei para assistir ao trabalho de Fareed com Louis.

Meu maior temor era por Louis.

Pude ver que Fareed estava tomando um cuidado extremo. Girou a cabeça de Louis muito devagar, prestando atenção novamente àqueles sons inevitáveis como se lhe estivessem confidenciando algo de importância vital. E, por fim, o rosto de Louis estava como deveria estar, mas Fareed ainda o segurava, esperando que as pálpebras mostrassem os primeiros sinais de vida.

Pareceu que se passou uma eternidade até que se abrissem aqueles olhos verdes de uma beleza deslumbrante, mas eles por fim se abriram, e Louis olhou ao redor, sonolento, e murmurou alguma coisa incoerente que não consegui captar. Mas eu sabia que era em francês.

– Fale comigo – pediu Fareed. – Louis, olhe para mim. Fale comigo.

– O que você quer que eu diga? – perguntou Louis. Sua voz estava tão rouca quanto a de Gabrielle, de início, e eu vi que ele se encolheu como se atingido por uma dor aguda. – Estou com dor de cabeça – disse ele. – Minha garganta está ardendo.

– Mas você está nos vendo com nitidez – disse Fareed.

– Sim, estou vendo vocês – confirmou Louis –, mas não sei onde estamos. O que aconteceu com ele? Ele morreu?

Quando eu lhe disse que sim, que Rhoshamandes tinha morrido, ele fechou os olhos como se quisesse dormir, e foi isso o que fez. Gregory pegou-o no colo para a viagem para casa, garantindo-lhe que nós todos estávamos a salvo agora.

Capítulo 22

Passava pouco da meia-noite quando voltamos para o château. Podíamos ouvir os gritos, as palmas e os vivas antes de chegarmos ao salão de baile, onde encontramos a maior multidão que jamais tinha lotado o local. Bebedores de sangue estavam apinhados no terraço e nos salões adjacentes. Parecia que toda a Comunhão do Sangue tinha vindo compartilhar da alegria e se juntar a nós em gratidão.

Rose e Viktor, com Sybelle e Benji, imploraram às três vítimas que explicassem tudo.

Foi Marius quem assumiu o comando e relatou a história, mas sem revelar os detalhes importantíssimos de como eles três tinham se tornado indefesos. O envelopamento do corpo em aço, isso ele chegou a explicar, mas não como a fratura do pescoço os tinha levado a um estado mudo, sem sonhos, no qual não podiam comunicar nada. Percebi sua prudência em não revelar essa parte e me assombrei com sua descrição do salvamento como o trabalho heroico do "Príncipe Moleque", que nunca tinha perdido a esperança de que os sequestrados por Rhoshamandes talvez ainda estivessem vivos.

Houve gritos de meu nome, vivas e um coro repetindo "o Príncipe Moleque" até Marius erguer sua voz retumbante para lembrar a todos que o Príncipe Moleque era também o Príncipe. Então se voltou, pegou minha mão e beijou o anel de ouro da cabeça da Medusa e fez um gesto para que eu me sentasse no trono.

Meu Primeiro-Ministro.

Enquanto passeava os olhos pelo salão de baile, vendo a prova da fúria de Rhoshamandes nas paredes e no teto, bem como o rosto radiante e animado dos novatos que o cercavam, ele declarou que haveria um grande baile daí a dez noites – quando o salão estaria plenamente restaurado – e que até então os jovens deveriam retornar a seus territórios de caça, e os anciãos, que não tinham necessidade de caçar, teriam boa acolhida caso quisessem permanecer tranquilos no castelo, enquanto ele, Marius, tencionava dar ao teto do salão os afrescos que o local merecia antes de sua reabertura.

– O pior inimigo que esta corte jamais enfrentou está agora derrotado – disse ele. – E deste palácio proclama-se que na décima noite a partir desta, todos deverão se reunir para celebrar a existência da corte e de seu propósito. Por ora, peço que todos sigam cada um seu caminho, pois preciso de um tempo calmo com os que me são mais próximos.

Armand não estava nessa reunião. E Marius tinha registrado sua ausência e trocado olhares comigo enquanto refletia sobre isso.

– Ele precisa de você – sussurrei para ele.

– Ah, venho esperando por isso há muito tempo – confidenciou ele. – Afinal seu coração já não está fechado para mim.

Essas palavras me causaram um espanto mudo. Armand não temia que Marius o tivesse repudiado? Será que os dois tinham se enfrentado em campos opostos? Talvez não. Talvez a verdade fosse que Armand só agora tinha chegado ao ponto em que podia abrir o coração para Marius, como tinha aberto séculos atrás em Veneza. Eu não podia saber o que esses dois imortais tinham a dizer um ao outro.

Não havia como eu saber as histórias de todos os imortais de um lado a outro do château, imortais aos pares, em turmas, em grupos informais ou perambulando solitários, sem serem importunados, pelas diferentes bibliotecas, gabinetes e salões, imortais com tantas histórias a contar que ainda encheriam um volume atrás do outro em estantes intermináveis, histórias que outros imortais poderiam herdar e ler como parte da promessa deste estranho lugar que estava se definindo diante de meus olhos.

A reunião estava encerrada. Gregory se aproximou para me pedir que autorizasse mais fundos para acelerar a restauração do lugarejo; e Barbara estava logo ali também, pedindo mais equipamentos para as velhas cozinhas que eu tinha instalado quando reformei a construção pela primeira vez. De algum modo, eu me descobri à minha mesa de trabalho, assinando um documento depois do outro, quase sem perceber que tinha concordado com a instalação de banheiros por todo o "complexo" de masmorras e com a aquisição de refrigeradores gigantescos. Por menos de um segundo, passei os olhos por um mapa dos andares da prisão subterrânea; e então chegaram mais documentos a assinar para a restauração da estrebaria, o conserto das estradas e para a ampliação das estufas em que nossas flores eram cultivadas, de tal modo que elas pudessem fornecer frutas e legumes frescos para os carpinteiros mortais. As paredes externas precisavam ser rebocadas, onde Rhoshamandes as derrubara; e havia a necessidade de andaimes para Marius fazer a pintura que desejava; e Alain Abelard, meu modesto arquiteto, solicitava mais uma equipe de telhadistas. E aquilo não tinha fim.

Enquanto isso, Marius tinha ido procurar Armand, e Pandora e Bianca foram junto. E eu ouvia vozes de inúmeros aposentos, além do som de um filme sendo projetado numa das bibliotecas.

Dei um enorme suspiro de alívio quando pensei em Marius e Armand, mas me descobri olhando atordoado para um pedido de instalação de uma enorme fornalha adjacente às masmorras. Por que motivo neste mundo nós precisávamos de uma fornalha daquele tamanho, eu me perguntei, mas no fundo não me importava, e assinei onde me disseram para assinar. Fiquei feliz quando pude escapar para descer até a rua do lugarejo e ver o progresso da reconstrução. O frio estava delicioso. A noite estava límpida, revigorante, com uma infinidade de estrelas; com a fragrância de achas de carvalho queimando em lareiras, de madeira nova e de tinta. E o zum-zum leve de algumas vozes mortais por trás de cortinas fechadas nas casas geminadas.

Foi pouco antes do amanhecer que Gregory e Seth me encontraram e me fizeram a pergunta que eu deveria ter previsto. Para esse encontro, Gregory abdicou do poder sedutor de suas vestes majestosas e do cabelo babilônio. Sua atitude foi profissional e franca. Se não quiséssemos manter prisioneiros mortais nas masmorras, os vampiros jovens poderiam, mais cedo ou mais tarde, cometer crimes nas cidades mais próximas de nós, o que era rigorosamente proibido. Ou eles desistiriam de uma vez da corte. Não tinham como suportar a sede de se encontrarem afastados de seus territórios de caça.

– Para nós é fácil demais esquecer essa sede – disse ele. – E é verdade que poderiam aguentar muito mais tempo do que aguentam, mas eles sentem dor, e não é assim, de modo algum, que desejamos que se sintam, quando vêm a nós.

Estávamos parados na estrada pavimentada que conduzia à ponte levadiça, e me flagrei olhando para o enorme castelo lá no alto, com suas janelas iluminadas aqui e acolá, e, mais além, o céu que começava a clarear, com seus últimos sinais de estrelas. Os pássaros matutinos cantavam na floresta. E um último automóvel deixou o local, passando em alta velocidade pela ponte e por nós, rumo à autoestrada.

– Quer dizer que é isso o que devo fazer? – perguntei. – Ser responsável por uma masmorra de condenados nos subterrâneos da casa de meu pai?

– Sempre foi só uma questão de tempo – respondeu Gregory. – Os mais jovens precisam se alimentar. E mais do que nunca eles querem estar aqui. Querem ver você, conversar com você, dançar nos bailes. Histórias de sua vitória contra Rhoshamandes estão sendo compostas por eles em poemas e canções. – Ele sorriu como se não pudesse se reprimir. – E algumas dessas baladas são bastante boas, e eles querem apresentá-las a você.

Choque de memória. Choque de conhecimento: como um dia eu tinha me postado no palco de um auditório lotado na periferia de San Francisco, cantando minhas próprias baladas ao acompanhamento estridente e ensurdecedor de guitarra e percussão, o Vampiro Lestat, o cantor de rock, o criador de uma série de curtos e luminosos "vídeos de rock" que tinham falado ao mundo sobre nossa tribo, que tinham instigado o mundo a acreditar em nós, a vir nos procurar, a nos exterminar. Voltei àquele momento, de novo no palco sob a forte iluminação solar – tão orgulhoso, tão arrogante, tão visível.

Vocês sabem o que eu sou.

E a agonia de não ter onde me encaixar tinha sido anulada, aquela surda e desesperada consciência da total insignificância no esquema mortal das coisas. Eu podia ouvir o bramido daquelas vozes, as batidas daqueles pés, aqueles gritos e uivos delirantes. *Visível.*

Como o mundo mortal tinha se fechado rapidamente encobrindo aquela noite e todo o seu abandono inconsequente – os restos negros e lustrosos de vampiros queimados no asfalto num relance pela vontade da grande Mãe de todos nós; as testemunhas que alegavam ter visto minha pele sobrenatural, que a tinham tocado! O rolo compressor do tempo achatou toda aquela experiência, reduzindo-a às páginas de um livro. Onde estariam aqueles filminhos que eu tinha feito? O que o mundo se lembrava era só de mais um cantor de rock, de cabelo comprido e nome francês. Os poucos fiéis verdadeiros que se recusavam a negar o que tinham visto com os próprios olhos acabaram relegados às margens da vida, ridicularizados, arruinados, ligeiramente enlouquecidos e, com o tempo, questionando a si mesmos e os motivos pelos quais tinham arriscado tanto para insistir na veracidade de algo que era tão obviamente fictício e previsível. Cantores de rock, vampiros, góticos, românticos.

– Lestat – Gregory me chamou de volta a mim mesmo. – Vamos manter vítimas mortais para eles. Estão loucos para ficar conosco; e pense no que podemos ensinar a esses jovens.

– Ninguém nunca deu a mínima para os jovens – disse Santh, embora estivesse assombrado com aquilo.

E voltou a me ocorrer a voz de Benji no rádio. "Somos uma tribo sem pais. Onde estão vocês, anciãos? Por que não abrem as asas para nos abrigar?"

– Sim, vítimas mortais, muito bem – disse eu.

Na noite seguinte, sentado em meu confortável apartamento no château com Louis e Gabrielle, nós refletíamos sobre a vitalidade da corte que estava aumentando de tamanho ao redor de nós. Falamos sobre Rhosh e sobre as razões pelas quais ele tinha mantido vivos os prisioneiros, em vez de destruí-los.

– Ele queria que você sofresse o que ele tinha sofrido – disse minha mãe. – Pelo menos isso ele me disse. É a última coisa de que me lembro antes de me descobrir incapaz de me mexer ou de respirar, caindo numa espécie de vazio.

Eu não aguentava imaginar minha mãe nos braços daquele demônio. Mas por que ele não lhe esmagara a cabeça, o que poderia ter feito com uma só mão enquanto desaparecia com ela?

Vi Louis ter um calafrio, enlaçando a parte de trás dos braços. Ainda estava arrasado com o sequestro e não dava a menor pista de como tinha vivenciado a situação.

– Acho que ele pretendia nos usar depois que você morresse – disse minha mãe. – Acho que a intenção dele era destruir você e depois negociar a paz, oferecendo nos devolver para a tribo.

– É, acho que é um bom palpite – repliquei.

Mas todos concordamos que na realidade nunca saberíamos mesmo. Quanto às palavras que ele disse em seus últimos momentos, Rhosh estava negociando comigo para salvar sua vida.

– Nunca vou conseguir transmitir – disse eu – a rapidez com que tudo aconteceu. Num instante, eu estava à mercê dele; no instante seguinte, ele estava cego e praticamente indefeso. E por maior que seja seu poder para incendiar e destruir, nenhum bebedor de sangue possui o dom de apagar chamas, uma vez que esteja sendo consumido por elas. Só a água pode apagá-las. Se ele tivesse fugido correndo da sala e mergulhado no mar, talvez tivesse conseguido se salvar. E era fácil fazer isso. Mas não lhe dei tempo para chegar a essa conclusão.

Eu o via de novo, trôpego, empurrado contra a lareira com toda a força que eu conseguia reunir contra ele. Decerto ele sabia para que lado fugir. Mas a verdade é que eu o atirava contra as pedras e lançava o fogo em jatos velozes, um atrás do outro.

Não senti pena dele naqueles instantes, absolutamente mais nenhuma pena. Isso estava bem claro. Parecia impossível que eu um dia tivesse me compadecido dele. Mas eu tinha uma nítida consciência de que outra coisa me havia impedido de condená-lo à morte, e ela era simplesmente meu respeito por ele enquanto ser vivo.

Eu não apreciava ter o poder de vida ou morte sobre outras pessoas em termos formais. Deus sabe, e só Deus mesmo, quantas vidas já encerrei. Mas condenar formalmente à morte uma criatura de minha própria espécie não é algo que jamais serei capaz de fazer com tranquilidade, por mais que o conselho me pressione a tanto. Com a visão da mente, repassei a morte de Baudwin, e meu coração se enregelou com a lembrança dos gritos que a exigiam. Há jeitos de matar e jeitos de matar. Há o assassinato, o massacre, a carnificina. E o que eu queria para esta corte era algo que agora corria enorme perigo.

Mas como eu poderia explicar isso para Gabrielle e Louis, Louis, que muitos anos antes tinha confessado que tirar uma vida humana era sua inequívoca definição do mal? Louis, que agora estava pálido e com fome, e tinha me perguntado mais de uma vez se eu iria com ele a Paris, Paris onde ele poderia caçar na alta madrugada, sozinho, apenas comigo ao lado, caçar alguma coisa que nenhum de nós dois jamais veio a encontrar.

Pela primeira vez, contei aos dois a história de meu retorno com os restos de Rhoshamandes, muito embora soubesse que eles a tinham ouvido de outros. Contei-lhes como Baudwin tinha sido trazido da masmorra e como Santh o decapitara. Contei-lhes como o salão de baile reverberava com gritos impiedosos enquanto um ser imortal, um ser imune a doenças e a uma morte natural, tinha perecido junto com tudo o que tinha visto um dia, tudo o que sabia, enquanto Antoine aguardava para dar início à dança que celebraria a passagem daquele ser.

– E esse pequeno ritual você despreza, é isso? – Foi minha mãe quem fez a pergunta, sentada recostada no antigo sofá de veludo em seu conjunto safári cáqui e botas, com o cabelo novamente preso para trás numa única trança. – É isso o que está nos dizendo?

– Sim, eu o desprezei – respondi, desviando o olhar. Os olhos dela não estavam mais implacáveis do que de costume, nem seu tom menos cínico e distante.

– Mas eles adoraram aquilo tudo – disse Louis. Ele não tinha falado todo aquele tempo. – É claro que adoraram.

– Neste momento em que estamos falando, as velhas masmorras no subterrâneo desta casa estão sendo reformadas – comentei. – Um nível ainda inferior de celas foi descoberto. A sujeira de séculos está sendo removida.

– Lestat, os novatos anseiam por estar aqui com você – disse Louis – e você conhece a necessidade deles de sangue.

– Ah, então você também é favorável – retruquei.

– E você não é? – perguntou ele, sinceramente confuso. Não respondi. – São os jovens que precisam de você, muito mais do que os anciãos. São os jovens que você deve preparar para a Estrada do Diabo. E os jovens precisam beber ou vai ser uma tortura para eles.

– Eu sei – disse eu, desalentado. Percebi de súbito e em silêncio que Louis me enxergava do mesmo jeito que os outros, que ele de fato estava me vendo com uma mistura de reverência e assombro. – Meu Deus, não me diga que você está começando a acreditar nisso tudo! – disse eu.

Uma sombra de decepção caiu sobre o rosto dele. Ele me implorava enquanto falava.

– Você está querendo dizer que não acredita nisso?

Minha mãe riu baixinho, com delicadeza.

– Ele acredita, Louis – disse ela, com um tom de alegria na voz. – Acredita nisso tudo e que a corte transformou nosso mundo para sempre. E é isso o que ele quer, e o que sempre quis.

Eu sempre tinha querido *isso*? Como ela podia ter essa opinião? Mas eu sabia que ela estava dizendo a verdade, e eu tinha a suspeita desconcertante e profunda de que ela sabia mais do que eu sobre a verdade dessa questão.

– Os prisioneiros mortais – mencionou ela. – Isso era inevitável. Se vocês não tivessem descoberto aquelas velhas masmorras por baixo da torre sudoeste, teriam precisado criá-las. Você tem o apoio do conselho nessa sua decisão. Você deveria ter... – Ela se calou com um pequeno gesto de desculpas.

– Eu sei, Mãe – disse eu. – Sei que devia ter dado ouvidos a eles quanto a Rhoshamandes muito tempo antes. Agora eu sei.

Eu não conseguia ler a expressão no rosto dela. Tampouco no rosto de Louis. Mas os dois estavam olhando para mim; e então minha mãe se aproximou e, apesar de não me tocar, se sentou ao meu lado no piso diante da lareira.

– Você não está só – disse ela. – Por mais que seja forte, meu filho, você já não está só.

Louis me contemplava com um leve sorriso, e eu, de repente, senti uma ternura por eles dois que não conseguiria exprimir. As palavras de Louis vieram lentas e suaves.

– Você tem a todos nós.

Capítulo 23

Três noites depois, as celas de nossas masmorras estavam repletas de perversos mortais condenados, traficantes de drogas, traficantes de escravos, mercenários, terroristas, cafetões, contrabandistas de armas e assassinos. As antigas cozinhas que eu tinha instalado quando reformei o château foram agora postas a funcionar para alimentá-los. E a fornalha estava pronta, com seu ventre de fogo, para receber qualquer lixo com que fosse alimentada. E, ao fechar os olhos, eu podia ouvir o burburinho de vozes lá embaixo na escuridão, onde nunca faltava carne e vinho, em especulações sobre qual governo tirânico tinha ousado prendê-los nesse lugar indescritível, sobre como eles poderiam negociar algum jeito de sair dali. A escória de Mumbai, Hong Kong, San Salvador, Caracas, Natal, Detroit e Baltimore logo foi se misturar aos célebres gângsteres e traficantes de armas de Moscou, do Afeganistão, do Paquistão e da Espanha.

Contra todas as objeções, insisti em que não houvesse nenhum ritual público no qual esses bandidos desgraçados fossem oferecidos a uma multidão, mas que os famintos poderiam descer pela escada de pedra para escolher sua vítima em silêncio, à luz de archotes, e trazê-la a um grande aposento, ricamente mobiliado, onde se realizaria a "alimentação", como tinha ocorrido tantas vezes no passado, tendo como pano de fundo paredes revestidas de gesso, quadros muito envernizados em molduras trabalhadas, cadeiras estofadas com damasco, e uma grande cama de dossel, com cortinas de seda e bordados dourados. Entre os travesseiros ou sobre o espesso tapete de lã, o condenado sucumbiria ao abraço fatal, tendo apenas o silêncio por testemunha.

– É assim que deve ser – determinei. – Não somos bárbaros.

Capítulo 24

A reconstrução do lugarejo seguia veloz, apesar do inverno cruel; e, à medida que mais carpinteiros e artífices mortais chegavam ao vale, tomei a decisão de oferecer o Dom das Trevas a meu arquiteto-chefe, Alain Abelard, quando toda a reconstrução estivesse pronta. Naturalmente não lhe confiei essa minha decisão. Quis examinar o assunto com o conselho antes de falar com ele.

Marius estava mais uma vez ocupadíssimo com o trabalho nos documentos que representariam nossas leis básicas. Ele tinha muito a dizer acerca da criação de bebedores de sangue e lutava para dar às suas melhores ideias uma forma exequível.

Dentro de uma semana, Amel, Kapetria e a colônia de replimoides estavam totalmente reinstalados na Inglaterra. Eu fazia visitas frequentes, às vezes sem ver ninguém em especial, só passeando por seu pequeno povoado britânico, pela igreja restaurada, pelos vastos terrenos que cercavam seu solar e pelo prédio do hospício reformado, onde seus laboratórios pesquisavam com afinco questões tão técnicas e incompreensíveis para mim que resolvi nunca subestimá-las nem temê-las, confiante em que o amor de Amel nos manteria a todos em segurança.

Estava claro para mim que Gremt, o fundador espectral da Talamasca, agora fazia parte da comunidade de Kapetria, assim como Hesketh e Teskhamen, embora Teskhamen quase sempre viesse à corte.

Eu sabia que pelo menos um dos projetos de Kapetria era estudar o corpo de carne e osso que Gremt tinha formado para si mesmo, e eu realmente me sentia curioso a esse respeito. Magnus também estava residindo com Kapetria na Inglaterra, e isso também me deixava curioso. Será que Kapetria poderia fazer um corpo de carne e osso para Magnus? Para Hesketh? Para qualquer uma dessas almas humanas que se grudavam à atmosfera ao redor de nós, escutando-nos, observando-nos, desejando voltar à vida da qual iam se esquecendo lentamente com o passar dos anos?

Os avisos de Armand não saíam de minha cabeça.

Mais de uma vez, sentei-me com Kapetria em seu escritório, conversando sobre aquele compromisso assumido tanto tempo atrás, de não fazer nada que um dia prejudicasse a humanidade, e eu estava convencido de que ela acreditava nesse antigo voto.

– Nós sempre seremos as Pessoas do Propósito – garantiu-me Kapetria. – Vou lhe contar mais um pouquinho sobre as provas que captamos a nosso próprio respeito até agora. Todo filho clone nascido de partes de meu corpo tem esse total compromisso e quase todo o meu conhecimento, pelo menos todo aquele conhecimento de que fui dotada de início. E o mesmo acontece com cada filho clone direto de qualquer um de nós, os integrantes da equipe original.

"Permita-me salientar que não há um limite ao número desses filhos clones que podemos gerar. Cortar o mesmo membro a cada vez que se quer criar outro ser funciona de modo tão eficaz quanto escolher outro membro. Mas..." Ela fez uma pausa, com o dedo erguido para insistir em que eu prestasse atenção, antes de continuar.

– Mas, se eu quisesse fazer um filho clone a partir de um filho clone, o propósito e o conhecimento não estão gravados neles com tanta firmeza quanto no clone direto. E então, se um filho clone for feito daquele clone de terceira geração, há ainda menos conhecimento e menos convicção emocional para com o propósito. E assim por diante até que, quando chegamos ao filho de quinta geração, clonado da quarta geração, não há quase nenhum conhecimento inato, nenhuma noção inata de ciência, história ou lógica; e não há absolutamente nenhum conhecimento do propósito.

Fiquei ligeiramente horrorizado.

– Esse filho clone de quinta geração não é desprovido de inteligência, mas é passivo, com uma personalidade maleável e simpática que parece ser uma variante desbotada de minha própria personalidade. Agora, para saber, porque eu *precisava* saber, fui em frente e produzi uma sexta e uma sétima geração. Mas a sétima é tão obediente e submissa, tão fácil de ser conduzida e manipulada que hesitei em seguir adiante. Mas a verdade é que senti que precisava continuar, e, com a décima geração, produzi uma escrava perfeita.

— Entendo — disse eu.

— Bem, a escrava, mesmo com sua inteligência reduzida e sua total falta de ambição ou de curiosidade, ainda assim sente dor e procura evitá-la, e parece querer somente a paz e os confortos mais simples. O que a escrava gosta, acima de tudo, é de se sentar ao ar livre no jardim e assistir ao movimento das árvores na brisa.

— A escrava é capaz de sentir raiva, malevolência ou vontade de ferir?

— Parece que não — respondeu ela. — Mas como podemos saber? Posso lhe dizer que, na minha opinião, se eu lhe desse de presente uma replimoide dessas de décima geração, ela ficaria contente de ser sua hóspede para sempre, fornecendo-lhe sangue sempre que você desejasse. Teskhamen pôs isso à prova. Há uma leve reação na escrava ao ser elogiada pela obediência, uma certa felicidade em saber que seu sangue nutriu outro ser, mas quase nenhuma noção real da diferença entre ela mesma e outros filhos clones, bebedores de sangue ou espíritos encarnados, tais como Gremt. Para a escrava de décima geração, todos os seres se enquadram socialmente em termos do que dizem e de como sorriem ou amarram a cara.

— É um poder que poderia ser mal utilizado com resultados medonhos — comentei.

— Exatamente. Por isso, agora é proibido entre nós que qualquer filho clone se propague. Somente nós nos propagamos: Derek, Garekyn, Welf e eu.

— O que houve com a linha das gerações? — perguntei.

— Bem, são duas linhas: uma de mim e uma de Derek, e os resultados foram praticamente os mesmos. Eles são todos membros benquistos da comunidade aqui, mas a décima geração tem de ser vigiada. Se eu pedisse a Karbella, meu clone da décima geração, para varrer os caminhos do jardim lá fora, ela os varreria uma hora após a outra, noite e dia, uma semana após a outra, um mês após o outro, até alguém lhe dizer para parar.

— Entendo.

— A geração imediatamente anterior a Karbella é muito mais útil em termos de serviço, na medida em que possui o que chamamos de senso comum e uma consciência simplificada e generalizada de nossos principais objetivos aqui. O que vem depois de Karbella, eu não sei. — A essa altura, ela deu um suspiro, mas então continuou. — Mas mais cedo ou mais tarde, eu vou querer saber, porque preciso saber tudo a nosso respeito, e preciso descobrir por que nossos clones herdam "o Propósito" como nós o redefinimos para nós mesmos antes da queda da cidade de Atalantaya, e não o propósito original que nos foi dado quando nos enviaram para cá: o de destruir a cidade de Atalantaya e toda a espécie humana.

– Qual dos seus campos de estudo é mais empolgante para você? – perguntei.

– Descobrir por que o corpo que criei para Amel tem tantos defeitos.

– Mas que defeitos são esses? – perguntei. Amel me parecia não só um belo e saudável ser do sexo masculino, mas aparentava ter uma paixão imensa pela vida.

– Ele não tem como procriar de modo algum – respondeu Kapetria. – E não sente o prazer da tentativa de procriação.

– Ah, sim – disse eu. – E ele tem noção dessa deficiência, tem de ter.

– Ah, ele tem consciência, sim, mas não sente nenhum desejo, de modo que não sente falta de nada; e na realidade, ama todas as coisas com igual intensidade, seja o fato de me abraçar, de beber um copo de um bom vinho ou de escutar uma sinfonia. Na realidade, ele está convencido de que suas paixões eróticas permeiam o todo de seu corpo e sua mente, e que ele aborda tudo na vida com um fervor orgiástico que não tem vontade de perder.

Pensei nele, na alegria que sentia ao escutar música, em seu jeito de adorar dançar, no modo com que podia se distrair e ficar obcecado com o espetáculo da chuva caindo nas calçadas à luz dos postes, ou com a lua se escondendo atrás de camadas de nuvens.

– É assim que é conosco – comentei –, só que ao bebermos sangue, ao levarmos a vítima ao limite, ocorre uma... uma satisfação que não conhecemos de nenhum outro modo.

– Eu sei – disse ela. – Ele me explicou tudo isso. Sua mente transborda com observações e descobertas a tal ponto que ele não consegue organizar o que sabe, ou concentrar a atenção em um único tópico. E vive me pedindo algum tipo de medicamento que desacelere esse processo, se não for por nenhuma outra razão, pelo menos para conseguir dormir.

– Dá para entender.

– Ele diz que, quando os vampiros jazem adormecidos durante as horas do dia, a mente e o corpo deles passam por todo tipo de processo essencial, que não se resume à paralisia porque o sol nasceu, mas que faz parte de um ciclo ativado por alterações na atmosfera proporcionadas pelos raios do sol.

– Ele deve ter muito a nos ensinar assim como a vocês – retruquei. Refleti sobre minha luta com Rhoshamandes e a longa viagem para o oeste, de volta à França. Minha exaustão tinha se tornado excruciante, como a que pode ocorrer a seres humanos. Nós, bebedores de sangue, poderíamos ser torturados por uma vigília eterna, exatamente como os seres humanos.

– Sim – disse Kapetria, referindo-se a meu comentário –, mas enquanto Amel não conseguir algum controle sobre seus impulsos, não vai ensinar nada a ninguém. O motivo pelo qual ele gosta de estar com você, e não conosco, está no fato de que você pensa tão rápido quanto ele, que consegue trazê-lo de volta ao assunto e, bem, também porque ele ama você de um jeito especial. Cada um de nós ama você de um jeito especial. Toda a corte, todos eles amam você, cada um a seu modo exclusivo e especial.

– Isso não vale para todo mundo? – perguntei.

– Eu estava me referindo a alguma coisa particular a você, esse dom que parece ter de fazer cada pessoa com quem se depara se sentir ligada a você. Desconfio que outros tenham o dom, mas em você ele é forte.

Eu me sentia constrangido com esse tópico. Realmente não queria falar a respeito de mim mesmo. Mudei de assunto, perguntando se ela e os outros iriam todos ao castelo para o baile tão promissor.

– Fizemos um convite aberto ao mundo inteiro – comentei –, e estamos descobrindo que bebedores de sangue que não nos deram atenção no passado estão vindo a nós. Gregory e Seth estão recebendo cartas. Fareed calcula que talvez haja dois mil de nós quando o salão de baile for aberto. Suponho que haverá dança no terraço, nos corredores e nas salas adjacentes.

– Acho melhor nós não irmos – disse ela. – Na minha opinião, você não precisa nos incluir em seus eventos especiais. Creio que para você e para seus companheiros bebedores de sangue o melhor é que não estejamos lá, que seja uma noite somente para você e para eles.

Eu estava a ponto de protestar quando alguma coisa me impediu.

– Todos sabem que vocês estão sob nossa proteção – disse eu. – E que vocês podem ir e vir quando bem entenderem.

– Sim, Lestat, e você tem nosso amor por isso. Mas os bailes estão se tornando uma questão diferente, e este próximo em particular é de fato para vocês todos.

– Pode ser que você tenha razão. Vai haver tantos recém-chegados, mais do que nunca até agora.

– É mesmo – concordou ela. – Sabemos que podemos lhe fazer uma visita sempre que quisermos, da mesma forma que você é sempre bem-vindo aqui.

– Alguma coisa *mudou* – disse eu. – Mas não é nada relacionado à sua segurança, nada a ver com isso de modo algum.

– Como você descreveria essa mudança?

– Essa é a questão – respondi. – Eu não sei. Mas agora há algo no ar no palácio. Alguma coisa diferente naquilo tudo.

– E essa coisa é ruim ou é boa? – ela quis saber.

– Acho que é boa, mas não sei.

– Mas você se dá conta de que deixou todos perplexos, certo?

– Bem, se deixei, a sorte teve tudo a ver com isso, a sorte e a impetuosidade, associadas à minha atitude de não estar nem aí. Quer dizer, foi uma coisa supersimples, tudo o que aconteceu.

– É isso o que você não para de dizer aos outros, não é? É como se estivesse envergonhado por toda essa adulação.

– Não me sinto envergonhado, mas acho que qualquer um poderia ter derrotado Rhoshamandes com a mesma sequência de movimentos. Nunca deixamos de ser humanos, por mais antigos que sejamos. Eu não enfeiticei Rhoshamandes. Eu só... – Não disse mais nada. Levantei-me para ir, peguei a mão direita de Kapetria e a beijei, para então lhe dar um beijo na boca voltada para mim.

– Eu sempre vou proteger vocês. Nunca mais vou ser tão tolo quanto fui acerca de Rhoshamandes. Nunca vou permitir que alguém lhes faça mal.

Ela sorriu para mim antes de se levantar lentamente para me dar um abraço.

– Não sei por que você está tão apreensivo. Tudo está se resolvendo como sempre quis.

– Como eu sempre quis? Logo eu? – perguntei. Saímos de seu escritório, atravessamos o jardim e nos dirigimos aos portões dos terrenos do solar. Era uma noite linda e surpreendentemente amena para dezembro. Os enormes carvalhos esparramados me davam uma profunda sensação de paz. Talvez porque me fizessem pensar nos gigantescos carvalhos de Louisiana, e das longas aleias de carvalhos que costumam levar a casas como a casa de Fontayne.

– Sim, tudo está exatamente como você queria – respondeu ela, ao chegarmos aos portões.

– Kapetria, nunca sonhei com uma corte para nós. Nunca sonhei que a casa de meu pai se tornasse aquela corte ou que me convocariam para ser o Príncipe. Acredite em mim, isso não é o que eu sempre quis porque eu nunca poderia ter imaginado nada semelhante.

Ela sorria para mim, mas nada disse.

– O que você está querendo dizer afinal? – perguntei.

— Ah — disse ela. — Amel tem razão. Você ainda não sabe. Mas vamos parar com tudo isso. Estes são tempos felizes. Volte para casa, e eu irei vê-lo em breve. Passarei as próximas noites com Fareed em Paris. Pode ser que nos vejamos por lá.

E esse foi o fim de nossa conversa. Voltei para o château e para o relato de Barbara de que a obra nas criptas tinha sido concluída, tetos foram novamente revestidos com gesso, peças de mármore haviam sido substituídas para recobrir as paredes de granito. Novas criptas estavam sendo escavadas nas encostas por trás do castelo, e em breve mais um prédio seria erguido por lá, um anexo de apartamentos confortáveis para suplementar os aposentos do château.

Barbara caminhava ao meu lado pelos salões, conduzindo-me a meu apartamento, permitindo que recém-chegados me cumprimentassem e fossem cumprimentados por mim, e então, com grande cortesia e firmeza, abrindo caminho para que chegássemos à segurança de meus aposentos.

— Os lustres foram totalmente consertados e pendurados novamente hoje à tarde — informou ela. — E o piso de parquê está totalmente recuperado. Nunca se imaginaria que ele tivesse sido queimado. — Ela estava usando uma longa bata de pintor por cima do vestido habitual, e sua cabeleira negra estava solta sobre as costas.

Eu me assombrava com o modo com que todo aquele trabalho a energizava; e como tudo o que eu tinha para dar em retribuição era minha admiração pelos resultados. Registrei mentalmente que deveria comprar para Barbara alguma coisa linda e preciosa, um cordão de pérolas naturais, talvez, ou mesmo um colar de diamantes para demonstrar minha gratidão. Senti uma tristeza súbita por conhecê-la tão pouco que não conseguisse pensar em nada mais significativo do que isso.

Antes de deixá-la voltar para seus afazeres intermináveis, voltei a dizer que devíamos continuar a enviar o convite a todo o mundo dos mortos-vivos para que comparecessem ao baile.

— Você tem noção de quantos já se encontram aqui? — perguntou ela. — Lestat, se houver um bebedor de sangue em qualquer canto da Terra que não tenha conhecimento do que está acontecendo, é porque ele se isolou de todos por sua própria vontade.

Ela estava certa.

Uma noite após a outra, partia do château a mensagem de que todos os imortais deveriam comparecer ao próximo Baile do Solstício de Inverno, que ninguém deveria se manter afastado por timidez ou medo, que a corte era um lugar onde todos os bebedores de sangue tinham o direito de ser recebidos, e que todos os anciãos dos quais tínhamos conhecimento estariam presentes quando o salão de baile voltasse a abrir suas portas.

Era um pacto feudal o que estávamos oferecendo. Venham à corte, reconheçam sua existência e seus regulamentos e vocês estarão para sempre sob sua proteção, não importa aonde forem.

Todos os aposentos do château, exceto o salão de baile, estavam abertos desde a noite em que Marius, Louis e Gabrielle voltaram.

E Fareed andava ocupado interrogando cada recém-chegado e registrando o máximo possível da história de cada um ou cada uma. Dispunha de uma equipe de auxiliares nesse esforço, indo desde os que digitavam o que ouviam direto em seus laptops àqueles que escreviam as histórias em grandes diários encadernados em couro e ainda outros, que gravavam os relatos a serem transcritos posteriormente.

Muitas descobertas foram feitas.

Revelou-se que Baudwin, que tinha tentado me destruir e, com isso, tinha destruído a casa de Fontayne, era o criador de Roland, o infeliz bebedor de sangue que tinha mantido o replimoide Derek prisioneiro por dez anos. E, ao ter notícia da destruição de Roland pelas mãos dos anciãos de nossa corte, Baudwin tinha jurado me destruir por aquilo, embora soubesse muito bem que eu não estava presente quando os anciãos destruíram Roland. Por que ele não investira contra os replimoides, eu não sabia. Havia uma longa história por trás da criação de Roland, e da criação de Baudwin por Santh, e tudo isso e muito mais entrou na história de Fareed, junto com os relatos feitos por Santh a Fareed de suas perambulações na época anterior a Cristo.

Santh guardava segredo quanto a sua localização durante os séculos da Era Comum, mas, sobre essas noites ainda mais remotas, ele tinha muito a dizer. Foi naquela época que sua forte amizade com Gregory tinha sido moldada; e agora, quando Santh não estava conversando com Fareed, geralmente estava ao lado de Gregory.

Enquanto isso, Louis e Fontayne tornaram-se grandes amigos. Fontayne tinha recebido um apartamento espaçoso na nova torre sudeste, e lá eles liam *Guerra e paz* juntos, em inglês, com Fontayne às vezes lendo o romance em russo para Louis, que estava aprendendo a língua muito rápido.

Gregory tinha enviado fundos para os Estados Unidos para a reconstrução da casa de Fontayne. E as cidadezinhas próximas estavam extremamente gratas por isso, mas Fontayne queria permanecer conosco e estava disposto a vender a propriedade, assim que estivesse restaurada, aos moradores da região, que queriam transformá-la numa pousada famosa para atrair pessoas ao local. A personalidade comunicativa de Fontayne fazia com que todos gostassem dele e o aceitassem. Ele passava tempo com Pandora e Bianca, e com Benji e Sybelle.

Conhecer Benji foi um momento valiosíssimo para ele, pois tinha ouvido os programas de rádio de Benji por mais de dois anos, e estava bem consciente do papel que Benji desempenhara em reunir a todos nós e em estabelecer a corte.

À medida que foi se aproximando a data do baile, fiz com que trouxessem ramos de árvores perenes para decorar cada console de lareira e cada lareira em si. Barbara encomendou caminhões de azevinho para outras ornamentações, e guirlandas de coníferas que foram penduradas de uma luminária de parede a outra ao longo de todos os corredores e salões.

Logo, todo o palácio, como os recém-chegados o estavam chamando, tinha a fragrância da floresta verde. Uma noite, eu mandei preparar uma ceia de Natal, disposta na rua principal, para todos os mortais que trabalhavam no lugarejo e desci para servir, em pessoa, as bebidas. Para esse evento, Notker forneceu um quarteto de cordas de bebedores de sangue, criaturas tranquilas e submissas que passaram facilmente por humanas enquanto tocavam as conhecidas canções francesas de Natal num estilo extremamente sedutor para ouvidos humanos.

É claro que eu estava usando um casaco de lã com capuz, por causa do frio – de veludo preto forrado de peles brancas – luvas de couro e óculos com lentes de um violeta-claro para proteger meus olhos "sensíveis" de todos aqueles archotes bruxuleantes ao longo das ruas. Mas foi um prazer delicioso estar entre meus trabalhadores mortais, passando por humano, conversando com eles como se nada me separasse deles enquanto festejávamos essa época especial do ano. Eu tinha uma noção tranquila de como era importantíssimo que esses mortais inocentes jamais adivinhassem por um instante a real natureza dos que habitavam o château e me sentia confiante de poder preservar sua inocência indefinidamente. Mas me mantinha alerta para Alain, meu arquiteto, que estava ali havia mais tempo do que qualquer outro deles; e eu podia ver o que muitas vezes via nele, uma consciência de que algo muito misterioso estava acontecendo ao redor, algo além da restauração e da recuperação, algo que talvez lhe pudesse ser revelado com o tempo e talvez o fosse muito em breve. (Eu lhe insinuara que tinha segredos a lhe contar e que o faria quando "chegasse a hora certa".) Ele estava um pouco isolado e solitário na festa de Natal e, apesar de conversar com outros que o abordavam, passou o tempo abaixo da placa da estalagem, encostado na parede, olhando fixo para mim, com a gola de lã levantada até cobrir as orelhas.

Tinha sido armada uma fogueira em torno da qual os mortais se reuniram até terem bebido o suficiente para não se importarem com o frio. Um pequeno coro de meninos de Notker cantou, ao acompanhamento de um pandeiro, o hino medieval *Gaudete Christus Est Natus*, e os mortais começaram a bater palmas no compasso e a cantar.

Descobri-me refletindo sobre minha felicidade, minha estranha sensação de satisfação, tão rara para mim, tão pouco típica de mim, e meu pensamento voltou para Kapetria a me dizer que eu tinha o que sempre quis ter. Imaginei que o entendimento dela estava totalmente equivocado.

Quando foi que eu não tinha detestado minha invisibilidade como vampiro? Quando foi que não amaldiçoei minha separação da imensa correnteza da história humana, da qual eu agora aceitava que jamais participaria?

Ninguém sabia melhor do que eu que o sigilo era imperioso para o mundo que tínhamos construído aqui nessas montanhas remotas; e mesmo Benji tinha passado a aceitar que as transmissões de rádio precisavam ser para os iniciados e já não podiam ser acessíveis ao mundo mortal como um todo.

Eu estava prestes a perceber alguma coisa, alguma coisa de enorme importância – aquela sensação de novo, aquela sensação – e apenas por um instante comecei a ver como uma infinidade de coisas tinha se reunido para produzir algo que eu não tinha me permitido reconhecer, muito menos aceitar... quando Alain se aproximou e passou o braço em torno de minha cintura.

– *Monsieur*, podemos nos afastar um pouco?

– Claro que sim – disse eu. E saímos juntos, nos afastando da luz aconchegante da fogueira e dos archotes até chegarmos ao pórtico escurecido da igreja.

– *Monsieur* – disse ele de novo, relanceando o olhar à esquerda e à direita, para se certificar de que estávamos a sós. – Cheguei a uma conclusão. Não quero sair daqui quando todo o trabalho estiver terminado. De algum modo, acho que tudo isso aqui me estragou para o mundo normal.

– E quem disse que você um dia teria de ir embora daqui? – perguntei.

– É líquido e certo, não é? – ele respondeu. – Que um dia toda a restauração estará pronta, e vocês já não precisarão de nós. A velocidade com que tudo isso se recuperou depois do incêndio dá para mostrar que essa hora está mais próxima do que nunca. Mas quero ficar. Quero que encontre alguma coisa para mim, algum lugar onde eu ainda possa ser útil, onde eu ainda possa fazer coisas aqui, morar aqui e...

– Você está se preocupando à toa – disse eu.

Levei as mãos ao seu rosto com delicadeza, virei sua cabeça para ele olhar para mim e mergulhei fundo em seus olhos da cor de avelã. Como ele era jovem ainda aos quarenta anos, com tão poucas rugas nos cantos dos olhos, e a pele tão saudável e bonita aqui na penumbra. Tão perfeito.

– Alain – disse eu –, quero que fique aqui para sempre. Eu lhe prometo. Nunca lhe pedirei que pare de trabalhar para mim.

Ele ficou atônito.

– *Monsieur*, é uma honra. Puxa, é uma honra imensa, sim, sim, vou sempre trabalhar para você. Vou encontrar coisas a fazer. Vou...

– Não importa, meu jovem – disse eu.

Lágrimas subiram a seus olhos. Para mim, ele parecia um menino, mais do que um homem no apogeu da vida. Tomei a liberdade de passar meus dedos enluvados por seu cabelo denso, louro-acinzentado, como se eu fosse um velho; e é claro que para ele eu devia ser mesmo um velho, um velho que o conhecera menino quando seu pai o trouxera ao château para o início da restauração, embora eu não soubesse como ele explicava para si mesmo minha aparência imutável.

Ele tinha noção disso; até aí eu sabia.

Eu o tinha visto crescer, ir embora estudar na universidade, voltar para casa. Eu o tinha visto tornar-se o homem que era agora, um viúvo, de coração partido, com um filho único que morava do outro lado do planeta. Um homem tão bom e forte. Muito bem tratado. *Pronto*. Através do couro fino da luva, senti como era liso seu queixo quadrado. Perfeito. Peguei suas mãos nuas nas minhas, mãos geladas, vermelhas com o frio, e olhei para suas unhas perfeitas. O que ele mudaria em si mesmo se pudesse? Nada, ao que me parecia.

Dei meia-volta e abri as portas da igreja com o Dom da Mente. Houve o clique da fechadura, e as portas se abriram. Eu o ouvi abafar uma expressão de surpresa. Peguei sua mão e o conduzi para o interior escuro da igreja, fechando as portas ao passar, sem olhar para trás.

Ficamos parados na nave, sob os altos arcos góticos. Lá adiante estava o velho altar, coberto de linho branco com acabamento de renda, com seus castiçais dourados e velas de cera de abelha, além de montes de flores recém--cortadas para a missa matinal. Virei-me para ele e o segurei pelos ombros.

– Você sabe o que eu sou, não sabe? – perguntei. Ele não conseguiu responder. Olhava fixo para mim, se esforçando para me enxergar na escuridão na qual eu conseguia vê-lo com tanta facilidade.

— Creio que você é exatamente o ser que descreveu em seus livros, *monsieur*. Eu sempre soube. Já vi coisas, coisas que nunca lhe confessei...

— Eu sei – disse eu. – Na noite em que Rose e Viktor se casaram nesta igreja, você estava observando. Você desrespeitou o toque de recolher e ficou assistindo da janela da pousada. Eu poderia tê-lo mandado para casa, mas não o fiz. Deixei que assistisse.

— É tudo verdade, então – disse ele. Seus olhos rebrilhavam. Fechei os meus e escutei o ritmo de seu coração. Tirei as luvas, peguei suas mãos mais uma vez e nelas senti as batidas de seu coração. Depois beijei a palma de sua mão direita.

— Isso não tem volta – disse eu.

— Eu quero! – exclamou ele. – Quero que me dê o Sangue.

— Em alguma noite, daqui a muito tempo, você chegará à conclusão de que o que estou fazendo agora é muito egoísta; mas, quando isso acontecer, lembre-se do seguinte, lembre-se por favor de que me contive por muitos anos. Nesta vida, fiz muita tolice por impulso, mas o que estou fazendo agora faço com enorme cuidado.

Duas horas depois, eu o trouxe de volta do córrego de montanha em que ele se havia purificado de todos os fluidos de sua morte física e o levei pela ponte levadiça e pelos portões para o pátio inferior da casa. Eu o envolvera em minha capa forrada de peles, com capuz, e era só isso que ele estava usando quando o levei a meus aposentos e o vesti meticulosamente servindo-me da enorme quantidade de camisas e paletós apinhados em meus closets. Depois, desci com ele para o interior da cripta.

Vi que teve um calafrio ao olhar para o caixão, o antiquado caixão envernizado em que agora dormiria. Vi quando se acomodou, ajoelhei-me ao lado e beijei seus lábios. Seus olhos já estavam se fechando.

— Estarei aqui quando você acordar – disse eu.

Capítulo 25

Duas noites antes do baile, a Grande Sevraine enviou baús de belíssimos trajes femininos cintilantes a serem doados à vontade a quem os quisesse usar; e Barbara e eu nos certificamos de que houvesse aposentos repletos de paletós, sobrecasacas, túnicas e togas, batinas ou sotainas – quase todos esses itens feitos de veludo – para os do sexo masculino.

O veludo tinha se tornado o tecido da corte. Eu usava somente veludo e sempre renda branca. Marius também usava veludo e sempre na cor vermelha. Ele era também o tecido de inúmeros vestidos.

Mas havia muitos trajes que faziam sucesso entre nós – de damasco de cetim e seda, entre eles *sherwanis* bordados com pedras preciosas. Pelerines, capas forradas de peles, botas e sapatos finos, camisas, jaquetas de couro de todos os estilos, jeans – todos esses estavam ali para serem utilizados pelos bebedores de sangue nômades que chegassem a nossas portas. Mas qualquer um poderia usar trapos para o Baile do Solstício de Inverno, se assim desejasse.

Enquanto isso, Fareed tinha refeito sua estimativa de nossa população para três milhares no mundo inteiro; mas ele conhecia em pessoa apenas cerca de dois mil bebedores de sangue. E nós ouvimos falar de bebedores de sangue do Extremo Oriente que não mantinham contato com os bebedores de sangue ocidentais havia milênios. Mesmo assim, usamos nossos poderes telepáticos para continuar a enviar o convite.

À medida que se aproximava a data do baile, eu me descobri receoso dele e não sabia por quê. Já havia noites que a casa estava cheia de bebedores de sangue ansiosos por me conhecerem. E eu sentia enorme fascínio pelos bebedores de sangue mais antigos que, após a morte de Rhoshamandes, tinham superado uma reserva anterior para vir ver a corte pessoalmente. Logo, não era uma necessidade de estar só que alimentava esse meu temor. Era alguma outra coisa, alguma coisa a ver com aquela incitação que eu tinha sentido na noite em que trouxe os restos mortais de Rhoshamandes de volta para o château, e o bramido da multidão tinha me lembrado aquele show de rock de tanto tempo atrás.

Na realidade, eu estava apreciando a vida no château como nunca antes – apreciando-a de verdade. Mesmo assim, havia esse temor, esse receio talvez de alguma coisa dentro de mim que estava se transformando, alguma coisa que eu ainda não conseguia dissecar, alguma coisa que talvez não fosse nem um pouco negativa, mas, sim, esplêndida.

Na véspera do baile, Marius convidou o conselho a entrar no salão para ver sua obra terminada no teto.

Ficamos perplexos. Tínhamos esperado o costumeiro panteão de deuses romanos; e, em lugar disso, encontramos lá no alto uma enorme procissão dançante composta dos bebedores de sangue que fizeram ou fazem nossa história, de mãos dadas aqui e ali para sugerir uma imensa corrente circular.

Todos estavam retratados no estilo rico, robusto e colorido do barroco – as figuras régias de Akasha e Enkil com coroas douradas e os cabelos em longas tranças egípcias, o rosto sombrio, remoto, aparentemente sem consciência, e a acompanhá-los a figura de Khayman, pobre Khayman, em vestes egípcias, como poderia ter sido sua aparência quando era o intendente da casa real; depois as gêmeas ruivas com seus olhos verdes fundos e ferozes, o corpo esguio em delicadas vestes enfunadas; e Santh, a poderosa figura de Santh, com sua tremenda juba loura cobrindo os ombros, trajado numa armadura de couro com tachões de bronze, a mão no punho da espada; e Nebamun (nosso Gregory), resplandecente com sua aparência do anjo babilônio que me dera seu sangue; e Seth, o filho da Rainha, todo trajado em linho egípcio; e Cyril, meu Cyril, relembrado bem ali com os anciãos, com seu sorridente rosto moreno e rebelde cabeleira castanha. Seus surrados casaco de couro e botas, pintados com tanto esmero como se fossem vestimentas da realeza. Mas nada superava seu rosto expressivo. Ao lado de Cyril estava Teskhamen, de compleição magra, em longas vestes egípcias. Em seguida vinha a figura estranhamente desvitalizada de Rhoshamandes, com uma expressão que não transmitia nenhum significado, nos austeros trajes marrons que usava quando eu de algum modo consegui destruí-lo; e seu afetuoso Benedict num hábito branco de monge, grudado a seu mestre com um sorriso encantador e infantil. Segurando a mão de Benedict estava a majestosa Allesandra, na roupagem enfeitada e coberta de pedras preciosas que poderia ter usado nos tempos do reinado de seu pai. Ao seu lado, mas separado dela e solitário, estava meu criador, o corcunda Magnus, em sua capa escura com capuz, o rosto branco e macilento, o nariz adunco, impregnado com uma beleza inegável, mas sobrepujada pelo brilho de seus enormes olhos escuros. Depois de Magnus vinha Notker em seu costumeiro hábito monástico, cercado por um grupo de seus cantores segurando liras como anjos numa pintura de um coral celestial.

Então surgia a Grande Sevraine em seu vestido branco de deusa grega, refulgindo com pedras preciosas, e a delicada e arrogante Eudoxia, cria de Cyril perdida havia tanto tempo, sobre quem Marius tinha nos falado e que agora ele ressaltava, seguida pela figura alta e musculosa de Avicus e sua noiva de sangue, a sempre bela Zenobia. E o próprio Marius, Marius em sua conhecida túnica de veludo vermelho, o cabelo comprido totalmente branco, com Pandora, a esquiva Pandora, toda em tons de marrom em seu vestido simples e sandálias nos pés. E então Flavius em sua velha túnica romana, com a perna de marfim que um dia tinha sido sua muleta.

Depois deles vinha o louro Eric, que tinha falecido muito tempo atrás, e Mael, de olhar frio, que também tinha desaparecido. E agora a vibrante e encantadora Chrysanthe, conhecida de todos nós; e Arion com sua bela pele negra e olhos claros, vestido num antigo quítão grego preso com broches sobre os ombros, com a cintura marcada por um cinto de couro. E lá estavam outros

Filhos dos Milênios – alguns novos para a corte e alguns conhecidos apenas por lendas, todos eles figuras impressionantes, figuras sobre as quais se deveria refletir com o tempo, figuras sobre as quais se deveria conversar – até que o enorme séquito passou para os poderosos da época atual.

Armand tinha sido retratado com uma devoção sem disfarces, em vestes de veludo da cor de sangue, seu rosto juvenil angelical, os doces olhos castanhos infinitamente tristes; e ao seu lado estava a graciosa e atraente Bianca em seu imponente vestido púrpura no estilo da Renascença. Ao seu lado, minha mãe, Gabrielle, o cabelo comprido sobre as costas, sua compleição alta e esguia perfeitamente valorizada em seu traje cáqui e botas, a expressão serena com um sorriso ínfimo. Em seguida, vinham Eleni em saias rodopiantes de tecido azul bordado, e Eugenie e Laurent em impressionantes vestimentas do século XVIII, sendo esses os fiéis criados do Théâtre des Vampires em seus primeiros anos. Vinha então Fontayne, em sua antiquada sobrecasaca, renda salpicada com pérolas, o rosto magro brilhando como que iluminado por dentro; e Louis, meu belo Louis, em lã escura e camisa de linho fora de moda, de colarinho alto, contemplando-nos lá de cima com um ar de divertimento mal dissimulado, mas com um segredo em seus hipnóticos olhos verdes. Ao seu lado, Claudia, minha trágica e pequena Claudia, em mangas bufantes, faixa azul e cachinhos dourados – a única verdadeira criança vampiro na procissão – estendendo uma mãozinha gorducha para David Talbot em seu elegante corpo anglo-indiano, que, por sua vez, tentava alcançar a mão de Benji Mahmoud, Benji, primorosamente representado em seu terno preto de colete, com o rosto redondo e animado, os olhos negros risonhos por trás da aba do chapéu fedora preto. E a doce Sybelle, nossa talentosa pianista, a companheira sempre fiel de Benji, a pálida e misteriosa Sybelle, em seu simples vestido moderno de chiffon preto.

Vinha então Jesse Reeves, tão esbelta e frágil, com seu cabelo acobreado longo e ondulante, idêntico ao das gêmeas que tinham sido suas antepassadas; e Rose, de cabelos pretos, a menina indefesa que eu tinha tentado proteger de todos os males enquanto viveu, que agora era uma de nós, e seu cônjuge no Sangue, Viktor, meu filho amado, Viktor, mais alto do que o pai, tão louro quanto ele, e talvez um pouco ameaçador, com olhos que eram frios e lembravam mais os de minha mãe do que os meus. Em seguida vinha a mãe dele, Flannery, em trajes modernos da maior simplicidade, envolta em silêncio e mistério, que se tornara uma de nós muitos anos depois do nascimento de Viktor. Fareed estava ao lado de Flannery, bonito como sempre, a pele dourada irresistível, os olhos ferozes e quase zombeteiros, usando seu traje simples de calça e jaleco brancos de médico. Seguiam-se outros médicos e cientistas bebedores de sangue, cheios de segredos, relutantes, como se estivessem sofrendo em silêncio, como Flannery estava, sob a mão do pintor que os retratava com o mesmo esmero que tinha dedicado a todos os outros. Vinha então Barbara, minha adorável e discreta assistente, em seu elegante vestido de lã fúcsia; e por fim Alain, em último lugar para completar a grande roda, a mão erguida para indicar a figura do Rei Enkil. Alain estava usando a beca elegante que eu lhe impusera, de camurça macia costurada como se fosse veludo, renda antiga, o rosto corado e os olhos da cor de avelã, cheios de otimismo.

Essa era a enorme roda de figuras dançantes que abrangia todo o teto do salão de baile.

Bem no centro, num grande escudo equidistante dos lustres, estava a figura do Príncipe, em sua capa vermelha de veludo forrado com peles, usando de fato uma coroa de ouro e com um cetro na mão.

Corei quando vi aquilo. Senti Marius me dar um tapinha no ombro e o ouvi rir por eu ter corado. Fiz que não e olhei para o chão. Depois olhei de novo para o alto. Era uma semelhança perfeita, como todos os retratos pintados por Marius, e cercando o Príncipe estava o que me pareceu ser a exuberância do Jardim Selvagem.

Por trás dessas grandes figuras deslumbrantes, as figuras da procissão, e o escudo que emoldurava o Príncipe, o céu noturno cobria o teto com um azul desbotado luminescente, salpicado com estrelas minúsculas que formavam seus inevitáveis desenhos e constelações.

Ah, quem dera que as palavras pudessem captar a arte da obra de Marius e o admirável fluxo de cores ao longo da enorme procissão, assim como os sutis toques de ouro e prata, além de seu dom sobrenatural para reproduzir o cintilar de pedras preciosas e a vitalidade de olhos – quem dera, mas as palavras não têm essa capacidade.

Era uma realização magistral. Marius salientou que havia espaço no teto para criar mais um círculo no interior do círculo maior; e espaço suficiente para acrescentar figuras por trás das já existentes.

E saímos do salão de baile convencidos de que todos adorariam essa nova obra.

Por que eu estava apreensivo? Eu não queria o sucesso da corte? É claro que queria. Eu não estava satisfeito por ter destruído Rhoshamandes? Eu estava mais do que satisfeito. Então, o que estava se transformando dentro de mim que me deixava tão confuso? Fosse o que fosse, estava relacionado a mim. Era pessoal e vital para meu bem-estar.

Capítulo 26

Chegou a noite do baile. Enquanto os portões ainda estavam trancados, e o salão de baile ainda isolado, a orquestra foi disposta no lado mais distante à esquerda, e mais para os fundos, o que ainda lhe proporcionou espaço para cerca de cem músicos e para um coro, atrás dela, com cem cantores.

E um tablado novo e amplo fora instalado bem no centro da parede dos fundos, tendo no meio, mais para a frente, o trono que Benedict me dera. Uma fileira de cadeiras francesas douradas tinha sido colocada em arco atrás do trono, e Gregory me disse que elas eram para o conselho.

Achei tudo isso muito bom, mas a posição de proeminência dada ao trono – o fato de ele agora estar de frente para as distantes portas duplas do salão – me deixou muito inquieto. Ver a mim mesmo retratado em cores vivas no escudo no centro do teto de gesso também me causou desconforto.

As masmorras estavam lotadas de homicidas, assassinos e degoladores de todos os tipos, para suprir as necessidades de alimentação dos novatos. E no piso inferior do château, bem na entrada do pátio interno, estavam os aposentos providos de vestimentas a serem oferecidas a todos os que chegassem. Mas fiz questão de avisar a Barbara, Alain e a outros que estavam encarregados desses aposentos que ninguém deveria ser pressionado a aceitar roupas finas a contragosto. Todos eram bem-vindos.

Pouco antes do início oficial do baile, os membros do conselho puseram, perto da entrada do patamar, no alto da escadaria majestosa, um atril com um grande livro de registro encadernado em couro preto, aberto, e uma caneta moderna habilidosamente ornamentada com uma pena, para que os convidados assinassem. Devo admitir que fiquei curioso por saber quais vampiros dedicariam seu tempo a assinar esse registro.

Enquanto isso, o conselho estava a postos para se dividir de cada lado do corredor, desde a entrada até as portas do salão de baile, para cumprimentar os recém-chegados. Toda a família da casa estava em trajes espetaculares, e os anciãos tinham decidido deixar a barba e o cabelo compridos e naturais. Gregory, Seth e Santh eram os vampiros mais velhos da casa, e todos os três usavam túnicas de cetim bordado e escarpins dourados. Marius, Notker, Flavius, Avicus e outros Filhos dos Milênios do sexo masculino, em sua maioria, trajavam longas túnicas gravadas com ouro, apenas Thorne e Cyril usando belos e elegantes casacos de couro e botas, cada um com uma camisa enfeitada com renda nos punhos bem como no colarinho. Eu nunca os tinha visto assim, e fiquei encantado.

Entre as vampiras, Sevraine era a mais extraordinária em suas vestes gregas, retas, de tecido de ouro, com o véu do cabelo acetinado e o mármore dos formosos braços nus. Mas Bianca, Pandora, Chrysanthe e Zenobia trajavam vestidos de baile de veludo suntuoso num espectro de cores suaves e deslumbrantes. E os residentes jovens usavam os trajes de gala que se poderia esperar num baile formal destes tempos, com Viktor, Benji, Louis, Fontayne e Alain de fraque preto e gravata branca; e as jovens, entre elas Sybelle e Rose, nos vestidos de linhas despojadas atualmente na moda. A ostentação de pedras preciosas era de tirar o fôlego, com rubis, esmeraldas, diamantes, safiras para onde quer que se olhasse, ou colares de pérolas, travessas e broches de ouro e de prata.

Quanto a mim, eu estava, como de costume, numa sobrecasaca de veludo vermelho com botões de camafeu, camadas de renda francesa diante do pescoço e a mesma renda branca como a neve caindo sobre minhas mãos; com os inevitáveis jeans passados a ferro e botas pretas altas e lustrosas, além do anel de ouro da Medusa, em meu anular. Meu cabelo estava bem penteado, como sempre está. E me perguntei se eu não seria uma decepção ali no trono no meio do salão de baile, de frente para as portas abertas e o longo corredor até a escadaria imponente, mas não estava assim tão preocupado com isso. Se eu os decepcionasse, seria pelos motivos óbvios: que os recém-chegados, atraídos pela notícia do baile e por nossa história recente, me considerariam comum, jovem e desinteressante. Como já disse, minha aparência cumpre os requisitos para um artista de cinema e sempre foi assim. E enquanto eu não me decidir a realmente ferir alguém, também pareço inofensivo, o que não ajuda. Chega desse assunto.

Agora permitam-me discorrer um pouco sobre os recém-chegados.

Desde que abrimos o château, vinham chegando vampiros. Mas, em sua maioria, eles eram jovens, vampiros Nascidos para as Trevas no século XX. Havia até mesmo alguns que tinham se tornado bebedores de sangue depois do ano 2000. Mas os anciãos que vieram, os bebedores de sangue mais velhos e poderosos, estavam em grande parte em contato com alguém que já se encontrava na corte ou eram conhecidos de alguém na corte. Notker, por exemplo, trouxe um par de bebedores de sangue íntimos seus, de seu refúgio alpino, para conhecer a corte; e de seus meninos sopranos muitos eram antiquíssimos. E Arion tinha se tornado parte da corte, um belo vampiro de pele escura, com olhos amarelos, que estava no mínimo havia dois milênios no Sangue, e nos tinha sido apresentado por meio de sua ligação com o inimigo condenado dos replimoides, Roland. Outro Filho dos Milênios, um eremita por natureza e amigo de Sevraine, também tinha vindo conhecer a corte e permaneceu meses conosco até partir com agradecimentos e bênçãos.

No entanto, de modo geral, os recém-chegados eram jovens, muito jovens, e eles eram os mais ansiosos por fazer parte da corte e serem protegidos por ela; e agora por ter permissão para se alimentarem dos prisioneiros desgraçados na masmorra.

À medida que Fareed compilava suas listas e tentava calcular o tamanho de nossa população, tinha se tornado claro que, em sua maioria, os bebedores de sangue pereciam nos primeiros trezentos anos de existência. E é por isso que Armand, ao se deparar com Louis no século XIX, tinha suposto ser ele próprio o vampiro mais velho do mundo, tendo sido sequestrado pelos Filhos de Satã durante o século XVI.

Agora, após a morte de Rhoshamandes, era cada vez maior o número de jovens vampiros que vinham a nós, e alguns desses visitantes recentes tinham quatrocentos ou até mesmo quinhentos anos, mas sem os poderes ou a sofisticação de Armand, e ávidos por aprender o que quer que fosse que os anciãos da casa lhes ensinassem.

Nesta noite, porém, coisas inusitadas aconteceram.

Em primeiríssimo lugar, praticamente todos os bebedores de sangue que um dia tinham nos visitado retornaram. Cada um deles aceitou de bom grado o convite a se valer do guarda-roupa oferecido e surgiu na escadaria principal em trajes cintilantes que estimularam a atmosfera de divertimento e entusiasmo.

E, ao ocupar meu lugar no trono, quando as portas se abriram, quando todos os jovens residentes encheram o salão de baile à direita e à esquerda, quando a orquestra sob a regência de Antoine começou a tocar um cânone magnífico composto por ele – inspirado em Pachelbel e Albinoni – comecei a perceber, apesar de minha ansiedade e inquietação, que alguma coisa de magnitude histórica estava acontecendo.

Eu podia ouvir os delicados e inconfundíveis batimentos cardíacos de vampiros em tal quantidade que soube que essa multidão ultrapassaria qualquer outra que um dia tínhamos recebido.

Eu ouvia corações, ouvia cumprimentos vindos do piso inferior. Ouvia automóveis percorrendo nossas estradas remotas e desertas, vindo em nossa direção. E me dei conta de outros surgindo como que do nada nos campos cobertos de neve ao redor.

Meu nervosismo aumentou. Um grande caminho aberto em meio à multidão me proporcionava a visão daqueles desconhecidos que acabavam de chegar ao topo da escadaria ao longe, e eu sentia que fazia um esforço desesperado para esconder minha confusão. Foi então que uma mulher surgiu, como que saindo do nada, sorrindo para mim enquanto se aproximava, com a mão estendida para me cumprimentar. Seu cabelo estava penteado no magnífico estilo francês antigo do qual Maria Antonieta teria se orgulhado. Seu corpete de damasco dourado ressaltava uma cintura fina e descia até saias enormes de seda de um roxo-escuro, abertas na frente para revelar uma saia de baixo com camadas e mais camadas de renda francesa que cobria seus pés até a ponta de seus escarpins. O formato de seus braços nas mangas justas até o cotovelo, a visão de seus antebraços nus saindo dos babados de renda na parte inferior das mangas, suas mãos elegantes, tudo isso era sedutor, adorável e provocou em mim um sorriso imediato, até eu me dar conta de que era minha mãe.

Gabrielle! Esses fulgurantes olhos azuis, esses lábios cor-de-rosa, esse riso suave e íntimo – pertenciam a minha mãe.

Quando ela subiu no tablado e ocupou seu lugar ao meu lado, fiz menção de me levantar para lhe dar um abraço, mas ela me disse com delicadeza para eu ficar onde estava.

– *Mon Dieu, Maman* – disse eu. – Nunca te vi tão bonita. – Lágrimas de gratidão começavam a se acumular em meus olhos. O salão girava cheio de cores enquanto eu tentava recuperar o domínio de mim mesmo; e a música e as cores se fundiam em algum tipo de caldo inebriante e difuso que me deixava ligeiramente tonto.

– Você não imaginou que eu fosse ser a Rainha-Mãe para você nesta noite? – perguntou ela, olhando amorosa para mim. – Você acha que não sei o que anda passando pela sua cabeça agora e já há algumas noites? Não consigo ler seus pensamentos, mas consigo ler sua expressão.

Suas mãos, aquecidas pelo calor da caça, seguraram minha mão direita. Ela a ergueu para beijar o anel de ouro da Medusa que logo outros também viriam beijar.

– Vou ficar ao seu lado – disse ela. – Até você dizer que não me quer aqui.

Dei um profundo suspiro de alívio que não tentei esconder dela.

E agora os primeiros recém-chegados estavam entrando no salão e vindo bem na minha direção. Novatos, como era esperado, e orgulhosos e alegres em seus belos trajes, alguns apressando-se a confessar o quanto me adoravam por ter vencido Rhoshamandes, e outros meio retraídos até minha mãe acenar para que se aproximassem.

– Venham conhecer o Príncipe – disse ela, numa voz animada que acho que nunca tinha ouvido nela. – Não tenham medo. Venham!

E então vieram os antigos, antigos que nunca tinham vindo nos visitar, movimentando-se vagarosos na direção do trono, bebedores de sangue tão majestosos, descorados e poderosos quanto Marius ou até mesmo talvez quanto Sevraine, com olhos semelhantes a pedras preciosas. Eu estendia minha mão, e repetidamente eles beijavam o anel em vez de apenas me cumprimentar com um aperto de mãos.

As vozes eram baixas, como que íntimas, apresentando nomes com pouquíssimo preâmbulo: Mariana da Sicília; Jason de Atenas; Davoud do Irã; Kadir de Istambul.

Ouvi a voz de Cyril ao meu lado, à direita, bem atrás de minha mãe, também me saudando. E então ele sussurrou em meu ouvido:

– Não se preocupe, chefe. Tudo sob controle.

E eu lhe dei um sorriso rápido, de gratidão, embora o medo, o medo autêntico, nem mesmo tivesse me ocorrido.

À medida que essas figuras impressionantes iam entrando na multidão crescente, vi que Seth as abordava e lhes oferecia a mão e uma expressão simpática. Enquanto isso, chegavam outros, jovens, radiantes, ainda corados pela carne humana, às vezes tagarelando em seu entusiasmo, dizendo que estavam gratos, tão gratos, por serem acolhidos aqui.

– Todos os bebedores de sangue são bem-vindos à corte – disse eu, inúmeras vezes. – Sigam o regulamento, mantenham a paz, e esta corte é sua. Ela pertence a vocês tanto quanto a nós.

E agora mais um antiquíssimo se aproximava, esguio e com as mesmas feições severas de Seth, o mesmo cabelo totalmente negro e uma barba tão lustrosa quanto a de Gregory.

Velho, tão velho. Tão cheio de poder. Tanto poder quanto Rhoshamandes possuía, capaz de destruir o lugarejo em quinze minutos de inconsequência e capaz de destruir tudo o que tinha sido realizado aqui. Mas nele não havia sinal de malevolência, nenhum vestígio de hostilidade, nenhum toque de rancor.

O volume da música aumentou.

– Estão aguardando que você dance – disse minha mãe. – Vamos, conduza-me nessa valsa para que eles possam dançar também.

Fiquei perplexo. Algum dia nós tínhamos seguido esse tipo de formalidade? Descobri-me pegando sua mão e conduzindo-a para o centro do salão, com um olhar de relance para aquela imagem ofuscante de mim mesmo, no escudo lá em cima. Segurei-a então pela cintura fina, e lá fomos nós descrevendo círculos velozes, enquanto a orquestra enchia o salão com a melodia animada de uma valsa original e sinistra, toda entremeada de mistério e encantamento.

Como sua beleza era perfeita, seus pés delicados acompanhando os passos sem esforço, e o cabelo uma auréola deslumbrante para seu rosto, para seus olhos belíssimos. Bem, se ficarem decepcionados comigo, pensei, olharão para ela e não poderão deixar de considerá-la maravilhosa.

Foi então que me ocorreu a lembrança. Eu já a tinha visto com essa aparência, sim, com uma aparência muito semelhante a essa, tanto tempo atrás, nesta mesma casa: eu a tinha visto com este mesmo vestido num pequeno retrato envernizado dela com meu pai, um quadro que ficava na parede de seu quarto e agora decerto estava perdido para sempre.

Ela ria enquanto eu a fazia girar cada vez mais rápido. A música nos instigava a uma velocidade fantástica, e eu tive a nítida sensação de que estávamos subindo aos céus com a dança, só nós dois, dando voltas e mais voltas, e toda a luz cintilante que nos cercava era o brilho das estrelas. Mas eu podia sentir o chão sob meus pés. Podia ouvir o estalido do salto de seus sapatos, um som tão erótico, o estalido dos saltos de uma mulher; e então vi Gregory, Gregory em seu traje esplêndido, apanhando de mim sua mão e me oferecendo a mão de sua magnífica Chrysanthe.

– Sim, minha querida – disse eu a Chrysanthe –, e com imenso prazer!

Em toda a nossa volta, outros dançavam, muitos formando pares como nós, e os bebedores de sangue mais jovens, sozinhos, meneando o corpo com as mãos erguidas e os olhos fechados. E alguns do sexo masculino dançando como os gregos dançam em tabernas, aquela dança incrível na qual, lado a lado, eles se movimentam para lá e para cá, as mãos nos ombros uns dos outros. A valsa tinha se desfeito numa forma totalmente nova, com a batida grave dos tambores, o choque metálico dos pratos e o canto dos meninos sopranos, enquanto dançarinos sobrenaturais por toda parte criavam sua própria coreografia, em pequenas rodas ou grupos maiores, descrevendo arabescos na pista de dança.

Dancei com Zenobia, com Pandora e com Rose, minha querida e pequena Rose, bem como com a majestosa Mariana da Sicília.

– Príncipe, você se dá conta de que nunca houve uma corte como esta, não é mesmo? – disse ela, o rosto branco e frio como o de Marius.

– Eu tinha essa nítida impressão, senhora, mas não tinha certeza. Agora tenho, já que é o que a senhora diz.

De repente ela sorriu, e a máscara se dissolveu numa expressão simpática, afetuosa, cheia de vida.

– Nunca houve antes nada como isso que você e seus amigos realizaram aqui – disse ela. – E você é uma pessoa simples e direta; e seu sorriso é franco e imediato.

Não consegui pensar no que dizer em resposta, e acho que ela sabia disso, mas não era algo que a preocupasse. Daí a um instante, recebi nos braços a Grande Sevraine enquanto ela, Mariana da Sicília, passava para Teskhamen numa sotaina de ouro e prata.

A dança mais uma vez me enlevou, maravilhosa e sem palavras, e eu me perguntei que aparência esse grande espetáculo poderia ter para olhos mortais, ou mesmo para os olhos de meu jovem Alain, ainda tão mortal, mas não consegui imaginar uma resposta. E de repente me ocorreu a ideia estranhíssima de que eu não me importava com a aparência que tudo aquilo poderia ter para olhos mortais. Não conseguia imaginar nenhuma especulação mais descabida do que essa. Eu quase dei uma sonora risada. Sevraine me garantiu em voz discreta que ela, Gregory e os outros estavam "vigilantes", mas que tudo estava correndo como parecia, com alegria e amabilidade.

– Sim, é assim que é, não é mesmo? – disse eu.

Sevraine foi parar nos braços de Marius, e eu me retirei para o trono, recostando-me para assistir ao baile, para examinar todo e qualquer indivíduo que eu escolhesse na multidão. E vi, vi perfeitamente como cada criatura era diferente. Vi também outra coisa – algo que nunca tinha percebido no salão de baile. Vi como todos estavam totalmente à vontade. Enquanto meus olhos passavam de uma figura para outra, lentamente, eu via como os trajes e a dança eram a plena expressão dos desejos de cada indivíduo. Via como esses seres que dançavam estavam em perfeita paz, em conversas animadas uns com os outros, imersos no ritmo, ou apenas dançando sem sair do lugar, olhando ao redor de si, como que em êxtase. Via o que nunca tinha visto antes, que para todos eles, mesmo os que estavam na corte havia um ano ou mais, que essa era uma experiência totalmente nova. Jamais tinha sido tentado algo semelhante, não nessa dimensão, abrangência ou generosidade.

E havia uma atmosfera extraordinária a nos unir, do conforto de estarmos entre nossa própria gente, sem dar a menor atenção ao mundo mortal.

Não se tratava da imitação da vida mortal que eu tinha, no passado, conseguido obter com Louis e Claudia em nossa pequena casa burguesa no French Quarter de Nova Orleans. Esse aqui era um estilo diferente de vida, nossa vida, definida por como queríamos nos vestir, dançar, falar, estar juntos. E a vida mortal não tinha nada a ver com isso.

Ocorreu-me uma ideia. Levantei-me e saí andando entre os que dançavam. Procurava por Louis e o encontrei quase de imediato. Estava dançando com Rose. Os dois dançavam no estilo convencional em que homens e mulheres dançam, e então enveredavam por variações simples, giros, novos abraços, inventando passos como tantos outros estavam fazendo. Agora a música estava linda, ou foi o que me pareceu, porque aprecio a música melodiosa, não a que se impõe a você querendo deixá-lo arrebatado ou enlouquecido.

Fiquei observando pacientemente enquanto dançavam, até Viktor aparecer e estender a mão para pegar a de Rose. É claro que Louis liberou Rose e então fez uma reverência exatamente como se estivesse num baile na velha Nova Orleans depois da ópera. Aproximei-me, vindo por trás, e peguei sua mão.

– O que você está fazendo? – perguntou ele.

– Dançando com você – disse eu.

Eu o fazia girar sem esforço para lá e para cá ao sabor da música. Percebi que de imediato ele achou constrangedor estar dançando comigo como uma mulher poderia dançar com um homem, e então uma expressão brincalhona e vibrante surgiu em seus olhos. Ele se entregou à dança. Fiz com que girássemos velozes duas vezes e depois três; e então interrompemos a sequência de movimentos. Passei o braço em torno de sua cintura e dancei ao seu lado, acompanhando seus passos, como os gregos.

– Prefere assim? – perguntei.

– Não sei – ele respondeu, aparentando estar transbordando de felicidade. Mas era eu quem de fato estava transbordando de felicidade. A música parecia nos mover como se não tivéssemos vontade própria, sendo levados com delicadeza, e então voltamos a nos encarar e a dançar simplesmente num abraço frouxo, confortável, íntimo, formando um corpo, dois corpos e, mais uma vez, um corpo. Em toda a nossa volta, outros dançavam, dançavam tão apinhados que, por fim, dançávamos sem realmente mexer os pés. Mas que diferença fazia? Pode-se dançar assim. Pode-se dançar de mil jeitos. Ah, se eu ao menos pudesse voltar nos séculos e trazer a luz deste salão de baile ao mundo que um dia compartilhei com outra pessoa...

– Que houve? – indagou-me ele de repente.

– Como assim?

– Vi alguma coisa, alguma coisa nos seus olhos.

– Só pensei num garoto que amei muito tempo atrás.

– Nicolas – disse ele.

– É, Nicolas – respondi. – Parecia que todas as pequenas vitórias da vida e da vida após a morte eram tão difíceis para ele, a felicidade era tão difícil para ele... a alegria era uma agonia, acho, mas não quero pensar nisso agora.

– Alguns de nós somos muito melhores para sentir a desgraça do que a felicidade – disse ele, com delicadeza. – Somos bons nisso, sentimos orgulho e vamos ficando cada vez melhores; simplesmente não sabemos o que significa ser feliz.

Assenti. Meus pensamentos estavam tão densos e confusos quanto os dançarinos e a música. Mas os dançarinos e a música eram belos. Meus pensamentos, não. Eu não conseguia me lembrar de ter chegado um dia a falar de Nicolas para Louis, de jamais ter sequer mencionado o nome de Nicolas. Mas a verdade é que não me lembro de tudo, como já acreditei me lembrar. Existe algo em nós, até mesmo em nós, que não permite isso, algo que aos poucos expulsa para longe a lembrança de um sofrimento insuportável.

– Não tenho nenhuma queda para me sentir infeliz – disse eu.

– Eu sei – disse ele. E riu. Um rosto tão humano. Um rosto tão bonito.

Decerto devia haver agora neste salão de baile o dobro da quantidade de bebedores de sangue que um dia tinha estado ali, e percebi que deveria parar de me divertir tanto e voltar a cumprimentar os recém-chegados como era obrigação do Príncipe. Mas não antes de abraçar Louis por um instante, de lhe dar um beijo e lhe dizer baixinho, em francês, que eu o amava e sempre o tinha amado.

Foi uma luta só abrir caminho para chegar ao meu trono dourado.

Ocupei meu lugar, e Louis se afastou para a penumbra à minha esquerda.

Fiquei assistindo ao espetáculo dos dançarinos, como poderia assistir à beleza de uma tempestade.

Um ancião entrou no salão.

Ouvi os batimentos do coração. Depois, percebi o efeito dos batimentos sobre a multidão, a sutil consciência se abatendo sobre os outros, a consciência sendo registrada por nossos próprios anciãos. Essa era uma criatura tão antiga quanto Gregory ou Santh. Os dançarinos estavam abrindo caminho para ele, afastando-se para criar espaço enquanto ele vinha na minha direção. Aos poucos, ele se aproximou – esse ser alto e branco, um macho, com olhos negros e fundos no rosto, e o cabelo preto e ondulante, que me deu um sorriso discreto muito antes de chegar a mim. Ele era macilento, mais alto do que eu, com ombros largos e as mãos enormes e ossudas. O corpo, vestido numa batina simples de veludo preto. Vi que Gregory o acompanhava e depois Seth. Percebi Cyril querendo se aproximar. Thorne estava ao meu lado também. O recém-chegado fez uma reverência diante de mim.

– Príncipe – disse o recém-chegado. – Séculos atrás conheci membros de sua corte no Egito. Mas talvez eles agora não se lembrem; eu era um criado do Sangue da Rainha, mas não um soldado.

Gregory se aproximou para dar um abraço na figura.

– Jabare – sussurrou ele. – É claro que me lembro de você. Aqui não há criados nem soldados. Seja bem-vindo!

– Velho amigo – disse o recém-chegado. – Deixe-me beijar o anel do Príncipe. – Senti que corava quando ele o fez. De repente, me senti feliz por não ter me alimentado havia muitas noites, por de fato estar faminto, pois assim não haveria tanto sangue a fluir para meu rosto quando alguém de idade tão venerável me prestasse homenagem. – Por que tão tímido? – perguntou Jabare, e de novo ocorreu aquele milagre, quando o rosto semelhante a uma máscara, totalmente desprovido de qualquer expressão, de repente refletia os sentimentos do coração com sinceridade e calor humano inconfundíveis.

– Ele não sabe o que fez, Jabare – disse Gregory. – Esse é um dos muitos encantos de Lestat, que, apesar de todas as suas diabruras e de sua sagacidade, não gosta de aparecer. No fundo ele não entende direito o que está acontecendo ao redor.

Mas eu entendo, sim, eu quis dizer. E de repente veio aquela incitação, aquela grave ameaça de um insight tão poderoso que me levaria a recessos de meu coração que eu nunca tinha explorado, e que, com toda a certeza, me tiraria desse momento.

E eu não queria ser tirado dali. Foi quando me dei conta de algo. Enquanto observava Jabare conversando com Gregory; enquanto os via dando-se as mãos; enquanto os via se beijando; enquanto, para onde quer que olhasse, eu via rostos contentes e confiantes; enquanto por toda parte eu via animação e descoberta e ouvia em todo o redor o som de vozes amigas e o doce riso cristalino, compreendi que o que temia naquela incitação estava concretizado nesse momento, nesse momento radiante e imenso.

Eu quase o capturei, aquele pensamento pleno que vinha me perseguindo noite após noite desde o instante em que, tendo trazido o corpo decapitado de Rhoshamandes para este mesmo salão de baile, eu tinha ouvido os vivas estridentes, visto aqueles punhos socando o ar, e tinha me lembrado do palco do show de rock, o antigo momento como cantor de rock, quando mortais gritavam meu nome, erguiam os punhos do mesmo modo, e eu tinha me sentido tão visível, tão conhecido por inteiro, tão reconhecido.

Mon Dieu! Estava quase ali, aquele momento de reviravolta interior que redirecionaria tudo dentro de mim.

De repente, a música parou. Minha mãe saiu da pista de dança e veio se postar à minha esquerda; e Marius ocupou seu lugar à minha direita, fazendo um gesto para que todos se calassem.

Ele se apresentou simplesmente como Marius, conhecido como Marius, o romano, Nascido para as Trevas num santuário druida havia cerca de dois mil anos.

– Prometi a meu jovem amigo aqui – continuou ele – que ele não precisaria discursar para os aqui reunidos. Eu lhe disse que eu mesmo falaria, e que seria um prazer fazê-lo. Depois de semanas de um trabalho absurdo, reduzi nossa volumosa constituição a algumas normas simples que desejo compartilhar com vocês. Mas creio que todos vocês sabiam quais elas são e como são de importância vital para todos nós.

De repente, Benji gritou, chegando com esforço à primeira fileira da multidão.

– Abatamos o malfeitor para nossa própria paz de espírito. E sempre mantenhamos em segredo nossa presença, nossa natureza e nossos poderes!

Enquanto Marius assentia, com um sorriso, novatos de todos os lados participavam da aprovação e dos risos.

– Sim, sim, sim, perdoem-me todos vocês, jovens, que já escutam há tanto tempo minhas palavras – disse Marius. – Mas na realidade, meus irmãos e irmãs, esses são os mandamentos dos quais depende nossa sobrevivência. E nós damos as boas-vindas a todos vocês, a todos vocês bebedores de sangue deste mundo, a esta corte, para que acreditem nela, a honrem e sejam para sempre protegidos por ela!

Aplausos, murmúrios de concordância, e eu via diante de mim, espalhados por toda essa multidão cintilante, os rostos lívidos e severos dos antigos, enlevados, com ar de agrado. Vi que assentiam, olhavam uns para os outros; vi até mesmo esse último, esse antiquíssimo Jabare, fazendo que sim.

– Caçadores é o que somos – disse Marius – e, da espécie humana, tiramos o que precisamos para viver. E o fazemos sem remorso. Mas estamos reunidos aqui nesta noite para afirmar nossa lealdade uns para com os outros, e nossa aceitação daquilo que somos, não apenas em nós mesmos, mas em todos os que compartilham conosco o Sangue das Trevas, não importa qual seja sua idade ou sua história. – Ele fez uma pausa, deixando que o aplauso viesse. Para onde quer que eu olhasse, via olhos fixos nele, rostos cheios de expectativa. E ele prosseguiu, elevando a voz sem esforço, sem a menor distorção. – Vocês sabem como acabamos nos reunindo. Vocês ouviram a história de como, do simples desejo de nos ajudarmos uns aos outros contra um inimigo comum, nós deixamos a escuridão que nos escondia de nossos companheiros. Vocês conhecem a história de como o inimigo comum se revelou ser Amel, aquele espírito que deu início a todos nós. Vocês todos sabem como aquele ser foi libertado de suas incontáveis correntes invisíveis, sem causar mal algum a qualquer um de nós.

"Mas o que nos traz aqui nesta noite é a necessidade avassaladora de celebrar acontecimentos que agora mudaram nossa história para sempre.

"Não estou falando dos livros e filmes de autoria de Lestat de Lioncourt que deram a cada um de vocês e a todos a história que vocês talvez nunca tivessem conhecido de qualquer outra forma. E não estou falando da enorme generosidade desse jovem ao criar esse prédio magnífico que consegue abrigar todos os bebedores de sangue de nossa tribo. Essas são realizações positivas que beneficiam a todos nós.

"Mas falo agora da luta de Lestat contra Rhoshamandes." Senti que meu rosto se aquecia. Baixei os olhos. Num relance, vi tudo o que aconteceu e não me importei com quem lesse a cena de minha mente, pois na realidade não foi quase nada. E aos poucos percebi que Marius tinha parado de falar e estava olhando para mim.

– Estou falando – disse Marius – do simples fato de que, quando pareceu ser uma certeza que Rhoshamandes destruiria tudo o que foi construído aqui... e os cínicos entre nós diziam que era só uma questão de tempo e que, se não fosse Rhoshamandes, teria sido algum outro... o Príncipe fez algo que nenhum bebedor de sangue na história de nossa tribo jamais fez. E, por estranho que pareça, ele mesmo não se deu conta disso.

Silêncio. O salão estava em tamanho silêncio que era como se não houvesse ali nada com vida. Todos os rostos estavam voltados para Marius. Eu também olhava para ele.

— O Príncipe, sem pensar duas vezes, ofereceu a vida pela corte. Ele se dispôs a morrer para que a corte continuasse.

Fiquei chocado com essas palavras. Olhei para ele e não consegui disfarçar minha perplexidade.

— Ah, eu sei — disse ele para mim, com uma voz baixa e imediata que mesmo assim todos puderam ouvir. — Sei que você tinha toda a intenção de acabar com Rhoshamandes, é claro que tinha. Mas você não sabia de modo algum que conseguiria. E ninguém teria previsto que você conseguiria. E, disposto a morrer, você se entregou nas mãos dele... e o desarmou e o destruiu.

Mais uma vez, o silêncio. E eu mesmo estava sem fala.

— Nenhum bebedor de sangue em nossa história sinistra de seis milênios jamais fez coisa semelhante — disse ele, olhando para mim. — E, com esse gesto e a destruição de um inimigo mortal, espalhou-se pelo mundo a notícia de que todas as ideias grandiosas desta corte estavam enraizadas não em sonhos fantásticos e fúteis, mas em nosso próprio sangue e que, se você, Lestat, podia fazer aquilo por nós, nós podemos nos unir para fazer com que esta corte dure para sempre, uns pelos outros.

O silêncio foi interrompido.

Foi interrompido por murmúrios e sussurros, um zum-zum de vozes baixas concordando, então outras vozes e ainda mais vozes declarando aos gritos que era verdade. Veio então o aplauso, que foi se tornando cada vez mais forte, e pés batendo no chão. O bramido da multidão dominou o salão, e Marius ficou ali parado, olhando para mim.

— Levante-se! — murmurou minha mãe.

Pus-me de pé e só então, quando Marius recuou um pouco, percebi que precisava dizer alguma coisa, mas afinal de contas o que eu poderia dizer, já que tudo tinha sido tão rápido, tão natural, tão simples. Foi quando a palavra, a palavra que eu acabava de usar em meu pensamento mais profundo, a palavra "natural" me ocorreu. E eu soube que jamais conseguiria expressar em palavras o que estava sentindo, o que estava começando a entender, aquele segredo íntimo que eu não conseguiria compartilhar com outros, muito embora ele estivesse totalmente ligado a outros, totalmente ligado a nós, que estávamos aqui reunidos. Ergui minha mão e depois minha voz.

— É isso o que sonho para nós — bradei. — Que essa corte dure para sempre!
— Mais uma vez, vieram gritos de todos os cantos do salão. — Que nós nunca

mais sejamos reduzidos a andarilhos solitários, tão desconfiados uns dos outros quanto somos dos mortais que nos desprezam. Que nós nunca mais bebamos o veneno da aversão a nós mesmos! – Os gritos vinham cada vez mais fortes. – Precisamos nos amar uns aos outros, se quisermos nos manter juntos. E é esse amor de uns pelos outros, e nada além disso, que nos dará a força necessária para escrever nossa própria história.

Os gritos e as palmas me sobrepujaram. Eu ainda tinha mais algumas palavras patéticas a dizer, ou era o que me parecia, mas elas ficaram perdidas na explosão de gritos, vivas e aplauso. E eu soube que agora já não importava falar mais. Estava claro o que se desenrolava.

Vi Armand olhando para mim, vi um leve sorriso nele. Vi Louis em pé ao seu lado, vi meu amado Alain com eles, olhando assombrado para mim; e ao seu lado Fontayne e Barbara.

Olhei para Armand. Usava um traje esplêndido de veludo vinho, tendo voltado a ser ele mesmo, os dedos cobertos de anéis com pedras preciosas, enquanto batia palmas com os outros. Eu mal conseguia acreditar na tranquila expressão de aceitação em seu rosto, mas então ele assentiu. Foi só um leve gesto de cabeça, que mais ninguém teria percebido, mas eu o vi e o vi sorrir de novo.

Marius me abraçou, desceu rápido do tablado e se afastou. Eu me descobri sentado, mais uma vez, afundado no trono de veludo vermelho, com o rosto corado novamente... E a orquestra emprestou sua voz forte ao aplauso, e a multidão em peso voltou a se movimentar ao som da música arrebatadora.

Recostei-me e fechei os olhos. E a percepção que eu vinha evitando desde aquela noite, a noite em que trouxe os restos de Rhoshamandes de volta, aquela percepção que eu tinha evitado por ser impossível, aquela percepção me dominou por completo.

Visibilidade, significância, reconhecimento! Tudo o que eu sempre tinha querido quando subi ao palco do rock, tudo o que sempre tinha querido, quando rapaz, ao me dirigir para Paris com a cabeça cheia de sonhos, tudo o que sempre quis eu agora tinha bem aqui com meus irmãos e irmãs! Tudo o que sempre tive esperança de ter, e tudo isso aqui e agora, neste lugar e em meio à minha própria gente.

A velha história humana simplesmente não importava. Eu tinha isso, tinha esse momento, esse reconhecimento, essa visibilidade e essa significância. E como eu poderia pedir mais do que isso? Como eu poderia olhar da direita para a esquerda, para imortais que tinham presenciado todas as épocas da história registrada, e querer mais que isso? Como eu poderia contemplar imortais que tinham sido atraídos a este local exato por algo mais imenso do que qualquer coisa que jamais tivessem visto, e ansiar por algo mais do que o reconhecimento que eles agora me proporcionavam?

A vitória de nossa própria tribo, de nos acolhermos uns aos outros e abandonar o ódio que nos dividira por séculos, era minha vitória.

– À Comunhão do Sangue – disse eu, no íntimo. E senti a carapaça fria e entorpecente de alienação e desespero que tinha me mantido preso durante toda a minha vida entre os mortos-vivos, senti que essa carapaça se rachava, se partia e se dissolvia totalmente em fragmentos infinitesimais.

O que tinha sido tomado de mim por Magnus fora compensado mil vezes. E o que tinha sido roubado naquela noite em San Francisco, quando Akasha investiu contra nosso show de rock com a morte e o horror, fora devolvido mil vezes mais. E eu agora sabia que poderia ser o monarca que meu povo queria.

Porque eles eram de fato meu povo, minha tribo, minha família. E qualquer coisa que acontecesse daqui em diante não seria apenas minha história. Não! Seria a história de todos nós.

26 de setembro de 2017

Impressão e Acabamento:
LIS GRÁFICA E EDITORA LTDA.